国家社会科学基金项目“晚清文人戏曲创作变革研究”
（项目编号：16BZW074）
国家社会科学基金重大项目“《全清戏曲》整理编纂及文献研究”
（项目编号：11&ZD107）
阶段性成果

杨恩寿戏曲研究

刘于锋 著

凤凰出版社

图书在版编目（CIP）数据

杨恩寿戏曲研究 / 刘于锋著. -- 南京 : 凤凰出版社, 2017.7
ISBN 978-7-5506-2613-3

Ⅰ. ①杨… Ⅱ. ①刘… Ⅲ. ①杨恩寿（1835-1891）－古代戏曲－文学研究 Ⅳ. ①I207.37

中国版本图书馆CIP数据核字(2017)第118972号

书　　名	杨恩寿戏曲研究
著　　者	刘于锋
责任编辑	林日波
出版发行	凤凰出版社(原江苏古籍出版社) 发行部电话025-83223462
出版社地址	南京市中央路165号,邮编:210009
出版社网址	http://www.fhcbs.com
照　　排	南京凯建图文制作有限公司
印　　刷	江苏扬中印刷有限公司 扬中市科技园区东进大道6号,邮编:212212
开　　本	880×1230毫米　1/32
印　　张	8.875
字　　数	247千字
版　　次	2017年7月第1版　2017年7月第1次印刷
标准书号	ISBN 978-7-5506-2613-3
定　　价	46.00元

(本书凡印装错误可向承印厂调换,电话:0511-88420818)

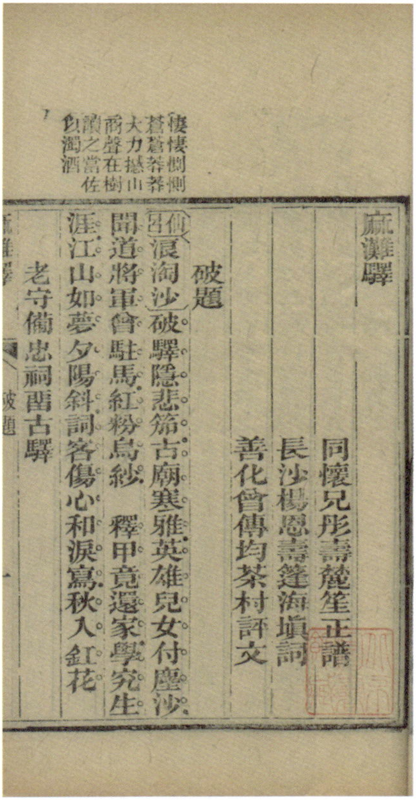

《麻滩驿》书影

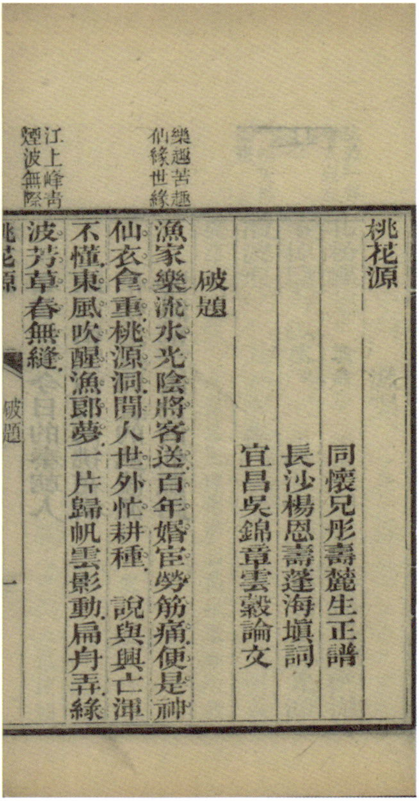

《桃花源》书影

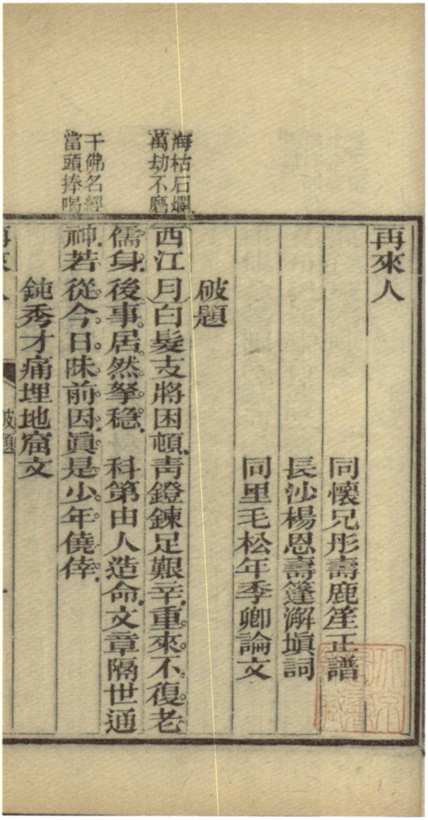

《再来人》书影

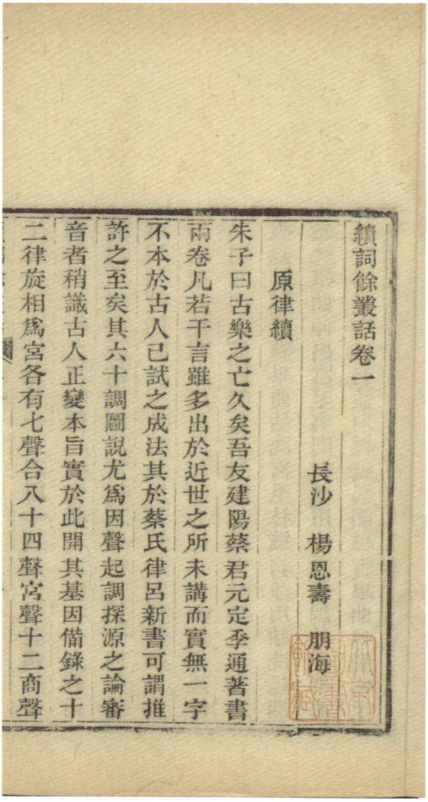

《续词余丛话》书影

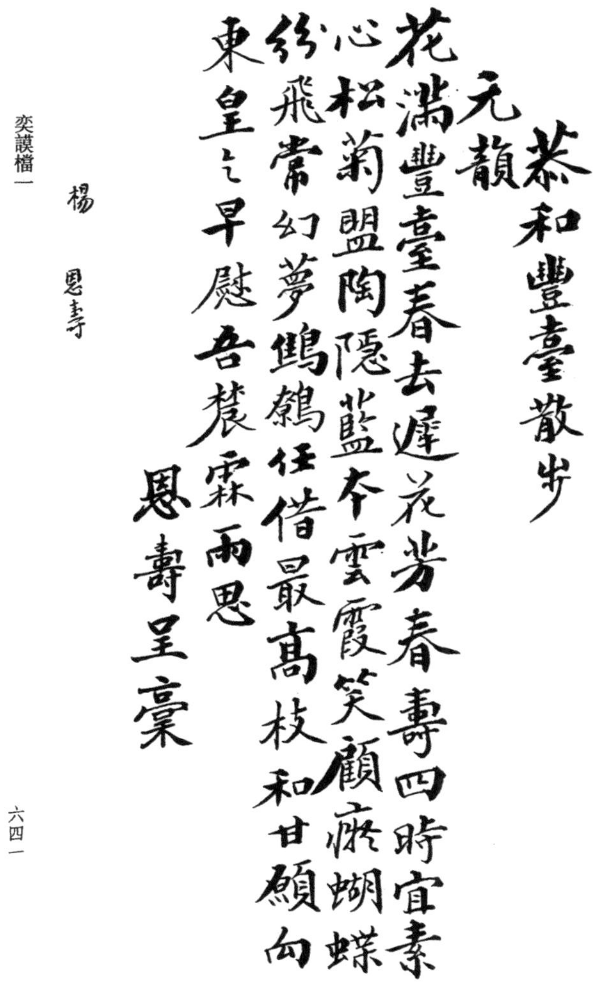
奕謨檔一

恭和豐臺散步
元韻
花滿豐臺春去遲花芳春壽四時宜素
心松菊盟陶隱藍本雲霞笑顧癡蝴蝶
紛紛飛常幻夢鷦鷯任借最高枝和甘願向
東皇乞早慰吾農霖雨思
恩壽呈稾

楊 恩壽

六四一

杨恩寿诗手稿

（选自《近代史所藏清代名人稿本钞本》）

杨恩寿墓

（照片由杨恩寿曾孙杨瑾珪先生提供）

目　录

序

对清代戏曲家的研究，已取得了不少成果，但仍然存在有待深入和拓展的空间。陆萼庭先生曾经说道："声名烜赫的大作家，在戏曲史上占有相当重要地位的作家，两者加起来，仍属少数。大多数的明清曲家，一直被冷落着。个别地来看，说他重要性不够，可以；但谁也无法否认，他们是明清戏曲整体的组成部分。不摸清他们的情况，整体的面貌也将是模糊的。"(《明清戏曲家考略》序)的确，戏曲大家的作品无疑具有文化和审美的穿透力，但从把握整个清代戏曲发展史出发，诸多声名不彰的戏曲家同样需要花气力研究。就研究而言，恰恰因为他们声名不彰，挖掘他们的资料、评判他们的创作，需要下的功夫更大。对这些"被冷落"的戏曲家，进行逐一的、各个击破式的研究，对全面还原清代戏曲的面貌、认识清代戏曲细致的发展过程，无疑有重要的学术价值。

杨恩寿戏曲交游广泛，戏曲活动丰富，戏曲创作和戏曲理论在晚清剧坛上具有代表性，其《坦园日记》中保留了大量的观剧记录，为后人考察当时的戏曲演出生态提供了大量真实可靠的资料。对其进行深入研究，一方面能够全面把握杨恩寿本人的戏曲成就，另一方面，有利于考察晚清时期文人戏曲创作发生的变革情形。由于晚清传统戏曲创作的成就已逐渐衰落，维新变法之后也未能在内容和主题上发生重大变革，在这种情况下，以杨恩寿的戏曲为个案进行研究，对进一步考察晚清戏曲创作变革的过程尤为重要。

刘于锋博士的《杨恩寿戏曲研究》一书，正是在前贤时哲已有研究的基础上，进一步考察了杨恩寿的家世和生平情况、戏曲交游、诗文词创作、戏曲创作、曲学思想、观剧活动和花部戏曲批评等方面，对杨恩寿戏曲地位观、戏曲创作观、戏曲声律观都有详细的分析研究；对杨恩寿的观剧纪录的列表，详细展示了观剧情况，也提供了丰富的研究资料。在花部戏曲研究上，与焦循的《花部农谭》进行比较，在相似的基础上分析杨恩寿的独特之处，具有一定的理论深度和比较价值。在“余论”部分，从“晚清”的时间坐标和“湖湘”地域坐标两个维度，对杨恩寿的戏曲史地位进行定位。对晚清文人戏曲脱离舞台的现象，从言志、载道的角度进行合理的探讨。把杨恩寿的戏曲特色和价值放在其创作的的整体背景中进行考察。不仅如此，书中还讨论了杨恩寿的诗歌、文章和词的创作情况和理论特点，抓住了杨恩寿诗歌重性情的特点，文章“文无所谓派”、“以文存人”、“不貌袭古人”的主张，以及词学推尊浙西词派的主张。这种对杨恩寿的文学创作所展开的综合考察，汇通其文学创作和戏曲创作，不仅能够更全面地把握其戏曲的特色和价值，也有助于认识晚清时期文学的生态。

作者不囿于前人的观点，在书中提出了自己诸多新的见解。关于杨恩寿的生平经历和戏曲创作，学界已取得一定的成果，但在杨恩寿的生平、交游，戏曲理论和剧作的曲律特色方面仍存在一些有待深入探讨的问题。在杨恩寿的生年问题上，作者针对学界研究中出现的问题，结合具体文献坐实了其生年为道光十四年(1835)的结论。对杨恩寿剧作存佚和版本情况、剧作收录专题、剧作内容等方面，作者也进行了深入的辨析，如杨恩寿《双清影》一剧，由于此剧未收入《坦园六种曲》中，所以有些学者认为此剧不存，实际上这部作品在首都图书馆、湖南省图书馆等皆有存本。又如，学界多认为《桃花源》是写“陶渊明故事”，但作者通过文本细读，认为此剧实际只是以陶渊明《桃花源记》为蓝本进行的创造，而内容与陶渊明无关。杨恩寿戏曲作品的声律方面是学界研究的薄弱之处，本书从韵部的混押情况，来窥探清中后期用韵情况的变化，并以“鱼模”韵为例，分析杨恩寿戏曲用韵的特点和反映出的创作观念，复从虚实、语言和用韵以及排场角度分析其创作实践，较之其他研究更为深进。此外，如从科举心态、现实关怀和湖湘情怀三个方面分析杨恩寿戏曲创作的动机，认识也更为深入。

在研究方法上，作者注重实证研究和比较研究。特别是运用了别集、方志、笔记、日记、传记等资料，因之对杨恩寿的生平、家世和交游情况的考察更为深入细致。作者又注重通过比较发现问题，如通过与焦循《花部农谭》的比较，分析杨恩寿的花部戏曲批评的价值；通过与蒋士铨戏曲用韵的特点相比较，以见杨恩寿戏曲用韵的特征。凡此，都让这部研究著作更具有学术开拓的价值。

于锋是我的亡友陆林教授的博士生。陆林教授是我在安徽大学的学兄，我们相识于上个世纪 80 年代初，相交 30 余年，情如兄弟。他的学术情怀和成就，学界有口皆碑，不意天妒英才，2016 年 3 月 9 日，癌症夺去了他的生命。在他生前，我们不仅共同推动《全清戏曲》整理的学术工程，还想到了其他的研究计划乃至人生计划，念及亡友，我不能不唏嘘感叹。于锋的这部大著，就是在随陆林教授攻读硕士学位阶段毕业论文的基础上修改完成的。如果陆林教授仍然健在，自当由他做序。于锋知晓我和陆林教授的这份深挚的情谊，让我代笔。我想，他的大著即将出版，在天国的陆林教授一定会感到欣慰。而于锋，不仅正当年富力强，而且学术潜力可观，也一定会不断为学界奉献新的成果。

是为序。

朱万曙

2017 年 3 月于中国人民大学

绪　论

清代嘉庆、道光时期，被研究者称为古典戏曲的衰落时期，而咸丰、同治和光绪年间则被称为“昆曲衰落时代”[①]、“传奇的蜕变期”[②]等等，戏曲创作出现了“戏剧情节削弱、戏剧冲突淡化、戏剧人物平面化、戏剧剧本案头化”[③]等特征，但是这一时期的戏曲创作不管是主旨倾向还是曲体本身的变化，都具有其不可替代的时代特征和特殊的戏曲史意义。其间也不乏有成就的曲家，湖南长沙的杨恩寿就是具有代表性的一位。

一

杨恩寿虽然是晚清的戏曲家，但其戏曲仍有深入研究的必要。杨恩寿的戏曲活动主要集中在咸丰、同治和光绪初年。相对于其他文体来讲，他更重视戏曲创作，剧作计有《麻滩驿》、《桃花源》、《姽婳封》、《桂枝香》、《再来人》、《理灵坡》、《双清影》、《鸳鸯带》八种，其中除《鸳鸯带》未见传本外，前六种刊入《坦园六种》，又，《姽婳封》、《桂枝香》和《双清影》三种刊入《杨氏曲三种》(1870 年杨氏坦园刊本)，《双清影》是唯一未刊入《坦园全集》的剧作。散曲创作尚有《坦园词余》一卷。戏曲理论

---

① ［日］青木正儿：《中国近世戏曲史》，王古鲁译，北京：作家出版社，1958 年版，第 468 页。

② 郭英德：《明清传奇综录》，石家庄：河北教育出版社，1997 年版，第 1195 页。

③ 左鹏军：《近代传奇杂剧研究》，广州：广东高等教育出版社，2001 年版，第 348 页。

著作《词余丛话》、《续词余丛话》各三卷，论述曲律、文章与本事，其中论述清代戏曲较多，特别是对于清代中叶以后的戏曲史料有大量记录，为后世戏曲曲目的编辑和著录提供了大量详细资料。杨恩寿在戏曲作品、戏曲理论和观剧纪录等方面皆有丰硕成果，这在晚清戏曲家中是很少见的。

杨恩寿对戏曲极为热爱。他不只是有戏曲创作和戏曲理论，而且喜欢观戏，对地方戏没有居高临下的轻视，而是持欣赏态度，所谓“戏不拘昆乱”①。在其《坦园日记》中记载大量有关的戏曲一手资料，如戏班与演员的情况、演出场所、所演出的剧目等等，为研究清代咸丰、同治年间昆曲在当地的传播、地方戏发展的状况以及当地的演戏习俗等提供了不可多得的详实资料。

杨恩寿作为欲通过科举仕途来为国效力的传统知识分子，因科举多次受挫而身居幕僚多年，其戏曲创作亦多是体现忠孝观念，关注人生，关注现实，关注国家的前途和民族的命运，所以要通过戏曲起到感化作用。同时，杨恩寿戏曲创作重排场、科白等场上演出特征，并在戏曲中增加了不少用于场上的可观赏的因素。吴梅先生虽然认为其作品与蒋士铨、黄燮清有一定差距：“杨坦园（恩寿）之六种曲，亦学藏园，而远不如韵珊。”②但仍然对其在戏曲史上的地位持肯定态度，其《中国戏曲概论》称：“迨乾嘉间，则笠湖、心馀、惺斋、蜗寄、恒岩耳。道咸间，则韵珊、立人、蓬海耳。”③并欣赏杨恩寿戏曲排场之妙：“近见《坦园六种》，其中排场之妙，无以复加，真是化工之笔。”④戏中戏的安排、砌末的大胆运用等则说明在戏曲创作日益案头化的时期，也有不少剧作家

---

① 杨恩寿：《坦园日记》卷一，陈长明标点，上海：上海古籍出版社，1983 年版，第 18 页。

② 吴梅：《顾曲麈谈》，《吴梅全集》，理论卷上，石家庄：河北教育出版社，2002 年版，第 157 页。

③ 吴梅：《中国戏曲概论》，《吴梅全集》，理论卷下，第 294 页。

④ 吴梅：《复金一书》，《吴梅全集》，理论卷下，第 1104 页。

仍然追求场上演出的效果。以杨恩寿戏曲为个案,既能了解其戏曲观和戏曲艺术特征,也能对同时代的戏曲创作艺术特征有更深入的把握。

从戏曲史研究的角度来说,由于晚清传统戏曲创作的成就达不到清代中期的高度,戏曲研究也相对偏“冷”。特别是对于处在清道光二十年以后、光绪戊戌维新变法之前的戏曲创作来讲,更是多少有点尴尬。此时的戏曲创作在内容和形式上都发生了一定的变化,同时也受到地方戏的影响。一方面,戏曲体制、音律等多不能与之前的戏曲成就相比;另一方面,处在戏曲衰落的时代,很多内容特别是在对待农民运动的态度上,又往往被今人扣上“糟粕”、“反动”的帽子,也不能像维新变法之后的戏曲那样体现出丰富的进步色彩。在这种情况下,以杨恩寿的戏曲为例进一步探讨此时期的戏曲创作和戏曲思想尤为重要。

二

从地域角度来说,杨恩寿在湖湘戏曲领域的地位极为重要。在戏曲发展史上,杨恩寿的戏曲创作、戏曲理论以及戏曲活动在晚清剧坛上也占有一席之地。随着学界对晚清戏曲研究的重视,关于杨恩寿及其戏曲的研究也逐渐受关注,且近年有多篇硕士论文和博士论文对其进行专门研究。

早在20世纪初期,吴梅先生对杨恩寿剧作和理论即有较高评价,50年代《中国古典戏曲论著集成》(中国戏剧出版社1959年版)收录杨恩寿理论作品《词余丛话》和《续词余丛话》,80年代周妙中《清代戏曲史》(中州古籍出版社1987年版)中有专门评论,梁淑安撰写《杨恩寿的戏剧创作》(《中国近代文学百题》,中国国际广播出版社1989年版)介绍评价其戏曲。龙华在《湖南戏曲史稿》(湖南大学出版社1988年版)中分专章论述。90年代张庚、黄菊盛主编《中国近代文学大系》中收录《桂枝香》。左鹏军《晚清民国传奇杂剧史稿》(广东人民出版社2009年版)将杨恩寿目为“湘中奇才”,列专节论述;陈书良主编《湖南文学史》

以一节之篇幅介绍杨恩寿的戏曲创作及理论。其他的戏曲史和戏曲理论也多有著录。

十余年来，有关杨恩寿及其戏曲的研究论文有十余篇，如赵山林先生《杨恩寿对戏曲研究的贡献》（《山西师大学报》〔社会科学版〕1998 年第 1 期），周华娆《从题剧词看杨恩寿的人生观》（《中山大学研究生学刊》〔社会科学版〕2000 年第 1 期）及《论杨恩寿的题剧词》（《广东教育学院学报》2000 年第 1 期），刘奇玉《末世商音——杨恩寿及其〈坦园六种曲〉》（《湖南工程学院学报》2002 年第 2 期）及《杨恩寿的戏剧理论体系探析》（《艺术百家》2002 年第 4 期），易惠莉《科举制下湖南士人的生活和精神状态——以长沙杨恩寿为例》（《社会科学》2006 年第 5 期），张宇《越南贡使与中国伴送官的文学交游——以裴文祀与杨恩寿的交游为中心》（《学术探索》2010 年第 4 期），张宇、许建中《杨恩寿生平考论——兼论晚清湖南中下层科举士人的生存轨迹》（《湖南社会科学》2010 年第 5 期）、王婧之《杨恩寿与湖湘文化——以研究杨恩寿戏曲作品为中心》（《湖南大学学报》〔社会科学版〕2011 年第 1 期）、张惠思《游幕、地方戏与“藉张吾楚”意识——论杨恩寿的游幕生活与戏曲的关系》（《戏曲研究》第八十六辑）以及笔者《晚清杨恩寿的词学主张及在湖湘派中的定位》（《船山学刊》2012 年第 4 期）、《杨恩寿曲学思想新论》（《戏剧文学》2010 年第 12 期）、《科举题材戏曲在晚清的开拓——以杨恩寿〈再来人〉为考察对象》（《名作欣赏》2012 年第 2 期），等等。这些研究，注重杨恩寿的史实和戏曲创作，逐步推动了杨恩寿戏曲的研究。

近十年以来，围绕杨恩寿及其创作有多篇硕博士论文：张宇《杨恩寿研究》（扬州大学 2011 年博士论文）、周华娆《杨恩寿的生平与他的戏曲创作》（中山大学 2000 年硕士论文）、王夏迎《杨恩寿戏曲研究》（华东师范大学 2009 年硕士论文）、张园园《〈坦园日记〉中的戏曲史料研究》（山西师范大学 2013 年硕士论文）、张晶晶《杨恩寿笔下的戏曲史料考索》（湖南师范大学 2013 年硕士论文）以及笔者硕士论文《杨恩寿戏曲研究》等；涉及杨恩寿戏曲研究的学位论文又有伍光辉《清代湖南杂剧传奇研究》（华中师范大学 2013 年博士论文）；何湘《清代湖湘文人社群研究》(苏州大学2015年博士论文),则涉及杨恩寿的人文交往活动。

从这些研究来看,杨恩寿的生平经历及其戏曲创作越来越受到研究者的重视,学界对其交游、戏曲创作和理论的研究也逐步深入。以下分类介绍:

(一) 杨恩寿生平与交游的研究

1. 生卒年问题

学界一般认为杨恩寿生于道光十四年,也有道光十六年之说,亦有两种观点并存者。由于杨恩寿本人在《坦园诗录》、《坦园文录》中对其年龄的记载有前后不符之处,所以对其生年会有不同意见。吴晓铃先生在《〈红楼梦〉戏曲》一文中认为杨恩寿生于1824年,卒于"1880以后"[①],杨瑾琤(杨恩寿曾孙)在《杨恩寿的生卒年》一文中根据其家谱更正生卒年为"诞生于清道光十四年甲午十二月初九日(即1835年1月7日),逝世于光绪十七年辛卯四月廿一日(即1891年5月28日)"[②]。后论者多依此。持道光十六年之说者如朱德慈先生,其在《〈清人别集总目〉订补(续)》一文中称杨恩寿生于道光十六年十二月初九日(1837年1月15日)。道光十四年和道光十六年并存,则见于江庆柏先生《清代人物生卒年表》(人民文学出版社2005年)、谢雍君《傅惜华古典戏曲提要笺证》(学苑出版社2010年)。这些分歧说明在对杨恩寿生卒年特别是生年的问题上,或因对第一手资料考证不足,或因未对学界的研究成果有充分全面的把握,因此,有必要进行更为详实的考察。

2. 游幕历程及科举心态

中山大学2000年周华娆的硕士论文《杨恩寿的生平与他的戏曲创作》用一节的篇幅对杨恩寿的游幕生涯进行了论述。易惠莉《科举制下湖南士人的生活和精神状态——以长沙杨恩寿为例》一文从杨恩寿的家世和父兄、咸丰年间的科举生活、咸丰年间的游幕生活和精神状态、同治元年乡试后有关湘军的感想、同治三年乡试与其对湘军克复金陵

---

① 吴晓铃:《〈红楼梦〉戏曲》,《文汇报》,1962年7月4日,第3版。

② 杨瑾琤:《杨恩寿的生卒年》,《文汇报》,1962年7月7日,第3版。

的立场等几个方面，对其游幕和科举心态有详细的描述。张宇、许建中《杨恩寿生平考论——兼论晚清湖南中下层科举士人的生存轨迹》一文对杨恩寿的生平、游幕经历的揭示亦非常具体，从杨恩寿早年的科举生活、中年的候补与入幕的徘徊、晚年的社会地位等方面作了考论。张惠思《游幕、地方戏与"藉张吾楚"的意识——论杨恩寿的游幕生活与戏曲的关系》一文分析了杨恩寿的科举和游幕生涯，及其观剧纪录，并分析了科举游幕经历对杨恩寿戏曲创作表现出"藉张吾楚"意识产生的影响。

3. 戏曲交游情况

杨恩寿的交游方面，以张宇《杨恩寿研究》所考较详细，包括杨恩寿与上层官绅张自牧、黄润昌等人的交往，与知己王先谦、王闿运、郭嵩焘的交往，与幕主、幕友魏式曾、刘岳昭、杜瑞联等人的交往等，并从中越文学交流的角度考察了其与裴文祀的交往活动，亦见张宇《越南贡使与中国伴送官的文学交游——以裴文祀与杨恩寿的交游为中心》。这是相关文章中对杨恩寿交往考察最为详尽者，基本梳理了杨恩寿的交游活动，对进一步了解杨恩寿的文学创作有很重要的参考价值，但此文并非主要围绕杨恩寿的戏曲交往。刘玉珺《越南使臣与中越文学交流》(《学术研究》2007 年第 1 期)亦对中越文学交流进行总体考察，其中包括杨恩寿与裴文祀的交游情况，但此文亦非杨恩寿戏曲交游的专文。杨恩寿的戏曲交游情况及相关人物，仍值得深入考察。

（二）杨恩寿戏曲作品的研究

对杨恩寿戏曲作品的研究实际上从其作品问世就开始了，其友人所作序文以及从内容、艺术角度的评论，都是相关研究，我们此处所说的研究只限于后世对其作品的研究。

1. 作品著录、分类与整理

王国维《曲录》第五卷著录杨恩寿传奇六种：《麻滩驿》、《桃花源》、《姽婳封》、《桂枝香》、《再来人》、《理灵坡》。

吴梅《中国戏曲概论》卷下所论"杂剧"三本：《桃花源》、《姽婳封》、《桂枝香》，"传奇"三本：《麻滩驿》、《理灵坡》、《再来人》。周贻白《中国戏剧史》(1953)和《中国戏剧史长编》(1960)皆将之分为“长篇”和“短剧”。庄一拂《古典戏曲存目汇考》(1982)除列六种曲为传奇外,又著录杨恩寿已佚作品《鸳鸯带》。

梁淑安《杨恩寿的戏剧创作》一文首次提到了已刊剧作《双清影》,梁淑安、姚柯夫《中国近代传奇杂剧经眼录》(1996)除《坦园六种曲》外,又提到同治九年冬《双清影》、《姽婳封》、《桂枝香》合刊为《杨氏曲三种》。郭英德《明清传奇史》(1999)中认定为“传奇”四种:《理灵坡》、《桂枝香》、《麻滩驿》、《再来人》,“杂剧”二种:《姽婳封》、《桃花源》。左鹏军《近代传奇杂剧研究》(2001)和《晚清民国传奇杂剧考索》二书在“附录”中均勾稽了《杨氏曲三种》中各剧的其他版本,如《姽婳封》:“又有上海藜光社影印手抄本,与《桂枝香传奇》合刊,1912 年。《说丛》第一期、第二期,1917 年 3 月、4 月。按:《说丛》杂志由许指严编辑,北京:宣南编译出版社,刊载其第一出《花阵》,刘富梁等为曲词加工尺谱,为《歌曲揭要》卷一之部分内容,前有刘富梁《歌曲揭要序》、《歌曲揭要例言》。”①较有参考价值。

对于《桃花源》、《姽婳封》和《桂枝香》三剧是属于传奇还是杂剧的分歧,反映了杨恩寿创作时期传奇和杂剧的融合现象。

在杨恩寿有关戏曲著作的整理校点方面,2010 年 9 月岳麓书社出版了《杨恩寿集》,由王婧之校点,这是杨恩寿戏曲著作整理方面最新也是最全面的成果。《杨恩寿集》中收录了《坦园日记》、《词余丛话》、《续词余丛话》以及《坦园六种曲》,为研究杨恩寿的生平经历、戏曲作品和戏曲理论提供了极大的方便。然该集也存在两个小问题:其一,未收录《双清影》一剧;其二,所收录的《坦园六种曲》也只是收录曲文,并未收录相关评论文字以及正谱、评文者的信息,不能使读者得到更全面的信息。

---

① 左鹏军:《晚清民国传奇杂剧考索》,北京:人民文学出版社,2005 年版,第 286 页。

2. 作品思想内容分析

(1) 认为存在局限性和消极内容

从20世纪80年代开始有学者对杨恩寿的戏曲创作进行整体的分析。周妙中先生《明清戏曲史》(1987)对《坦园六种》中的剧作内容作了简略的介绍,认为杨恩寿满脑子忠君报国思想,故不能理解革命的重要性,这是其思想上的局限性。龙华《湖南戏曲史稿》(1988)第七章"杨恩寿的戏曲理论与戏曲创作"认为杨恩寿的戏曲创作有他自己的生活基础,思想也具有矛盾性,作品体现了消极的一面。

(2) 认为体现现实批判性

刘奇玉《末世商音——杨恩寿及其〈坦园六种曲〉》(2002)则认为杨恩寿的创作深刻地反映了清末时局、科举和社会风尚,展示了封建末世传统士子的心路历程,具有较强的现实批判意义。孙海洋《湖南近代文学》(2005)第五章"咸、同时期的文学"中用一节讨论杨恩寿的戏曲创作,认为其戏曲表现出强烈的批判特征。左鹏军《晚清民国传奇杂剧史稿》(2009)第四章第七节中列出"湘中剧坛奇才大家——杨恩寿",并对其作品进行分析,认为剧中对社会现实的描写体现了作者的批判性。

硕士论文方面,周华娆的《杨恩寿的生平与他的戏曲创作》第三章从政治剧、抒写心性剧和艺术特色方面来分析杨恩寿戏曲创作的批判性。2009年华东师范大学王夏迎的《杨恩寿戏曲研究》第三章则从欲为国出力却身居下僚的不平、科举挫败的不满和对主流意识形态的全盘接受三方面着眼加以论述。

3. 杨恩寿戏曲作品与地域文化

杨恩寿的戏曲作品多具有湖湘背景,体现了特殊的湖湘情怀和湖湘文化,对这一问题的研究如王婧之《杨恩寿与湖湘文化——以研究杨恩寿戏曲作品为中心》从戏曲取材、戏曲思想所表现的湖湘精神品格进行分析,同时指出杨恩寿"热衷科考"和"反对人民起义"的"保守性"。把杨恩寿戏曲所表现的地域文化进行分析是必要的,但仍有很大的讨论空间。

（三）杨恩寿戏曲理论的研究

1. 对《词余丛话》、《续词余丛话》的评论

吴梅先生在《顾曲麈谈》中评价杨恩寿戏曲理论时说他“所作《词余丛话》特胜”①。在《奢靡他室曲话》中则认为《词余丛话》“其中论律论文，率不称意，拟湔雪之而未暇也”。王国维从曲论史角度着眼，对《词余丛话》评价不高，认为“若李调元《曲话》、杨恩寿《词余丛话》等，均所谓不知而作者也”②。孙楷第先生三十年代写就《戏曲小说书录解题》，指出《词余丛话》中存在的几个问题，“其原律一卷仅十余叶，于声律无所发明，亦不免有误”③，而对于“旦”的解释、对于“务头”的看法等，“原文、原事二卷评文记事稍有可采”④，也指出杨恩寿对于个别作品叙录的疏误，认为《续词余丛话》“非当行之书”⑤。郭英德《明清传奇史》则认为：“《词余丛话》、《续词余丛话》各三卷，大多抄录旧说，略作发明，时有新解。”⑥

2. 杨恩寿的戏曲理论分析

赵山林先生《中国戏剧学通论》肯定了杨恩寿《词余丛话》、《续词余丛话》中有关注重戏曲地位的看法，并在《中国古典戏剧论稿》一书中提到杨恩寿曲论的过渡型特征，从杨恩寿的戏曲观、戏曲批评标准、地方戏研究等方面论述杨恩寿重视戏曲地位、重排场、重地方戏剧，高度评价了杨恩寿的戏剧思想和理论贡献。（同时见赵山林《杨恩寿对戏曲研究的贡献》）刘奇玉《杨恩寿的戏剧理论体系探析》主要论述了杨恩寿关于戏曲的本质、功能及主体创作机制、强调人物形象的塑造、关目结构的重要性等剧作理论，并根据《坦园日记》总结杨恩寿对地方戏的看法。

---

① 吴梅：《顾曲麈谈》，《吴梅全集》，理论卷上，第 157 页。

② 王国维：《录曲余谈》，《王国维戏曲论文集》，北京：中国戏剧出版社，1984 年版，第 231 页。

③④⑤ 孙楷第：《戏曲小说书录解题》，北京：人民文学出版社，1990 年版，第 458 页。

⑥ 郭英德：《明清传奇史》，南京：江苏古籍出版社，1999 年版，第 601 页。

周华娆硕士论文《杨恩寿的生平与他的戏曲创作》第二章主要根据《坦园日记》从三个方面分析杨恩寿的戏曲理论，认为其重视地方戏曲、重视观众反映和重视舞台特性等。笔者《杨恩寿曲学思想新论》在前人研究的基础上，围绕杨恩寿在戏曲创作、人物形象塑造、戏曲声律等方面的观点来分析其曲学思想。

3. 对《坦园日记》及其戏曲史料的考察

《坦园日记》中记载了大量的有关戏曲演出的情况，有关杨恩寿的观剧活动，王夏迎的硕士论文《杨恩寿戏曲研究》根据《坦园日记》进行了梳理和归纳，并按照地点、演戏原因等加以分析。另外，张园园《〈坦园日记〉中的戏曲史料研究》、张晶晶《杨恩寿笔下的戏曲史料考索》两篇学位论文主要围绕《坦园日记》中的戏曲史料进行考察，包括剧场、演剧、剧目、伶人等方面。对杨恩寿观剧活动等戏曲史料的研究是必要的，能让我们从杨恩寿记载的地点众多、原因复杂的材料中得到明晰的线索，并且对我们了解其观剧活动以及当时的社会风尚都有帮助。

当然杨恩寿戏曲研究中也存在一些问题和不足：其一，研究者多列举其创作内容，分析相关理论，但较少与杨恩寿之前的戏曲作品相比较。虽有论及其艺术特色，但大多从文学角度分析，对于其作为"曲"这一方面的艺术特色，如宫调声情、排场关目、脚色安排、科白科诨等内容则较少涉及，故而未能从此角度对其戏曲创作进行前延后展的讨论。同时，对于杨恩寿戏曲理论和戏曲思想的分析，也并非全面、深入，特别是对其关于音律、声调和字音读法等方面的认识有所忽略。其二，出现一些纰漏。由于《双清影》未收入《坦园全集》，这部作品被不少研究者忽略，2009 年王夏迎的硕士论文亦未提及。对于《桃花源》的内容，周妙中先生认为"演陶渊明故事"，郭英德《明清传奇史》、程华平《明清传奇编年史稿》等也持此观点。实际此剧是根据陶渊明《桃花源记》敷衍而成，而非"演陶渊明"故事。对于《桂枝香》中的李桂芳，论者或认为其是男性，或认为其是女性，这也影响到对该剧作所体现的现实意义的分析。陈长明先生标点的《坦园日记》为 1983 年出版，仍有论者误作 1982 年。等等。

三

本书将在前人研究的基础上,汲取当前戏曲研究的新成果与新方法,针对研究中的问题进行辨析,并对杨恩寿戏曲创作、内容、艺术特质方面进行探析,梳理其戏曲理论,对其曲学思想进一步分析总结。尽量避免人云亦云,避免用先验性的眼光去评判,更尽量避免用简单的价值判断或者单一的阶级分析的方法等。注重把曲家杨恩寿定位在具体的历史环境和戏曲发展史中,力求得出更加符合曲家、曲作史实的看法。

本书分为七章:

第一章在前人研究的基础上考察杨恩寿家世与生平,特别对学界存在分歧的杨恩寿生年问题进行辨析,对其生平的介绍主要侧重与戏曲创作有关的科举经历与游幕生涯。

第二章主要考察杨恩寿与戏曲活动有关的交游情况。交游主要分为诗友文朋、伶界艺人和越南贡使三个方面,同时概括其戏曲交游的主要群体。

第三章主要考察杨恩寿的诗、文、词创作情况及相关理论。笔者将这些创作作为戏曲创作的背景进行讨论,指出杨恩寿诗歌创作的主情特征,文章创作方面不限派别的观点、以文存人的主张和不貌袭古人的态度,以及词学方面推尊浙西词派和注重词律的主张。

第四章分析杨恩寿戏曲作品的版本概况、体制特色、创作动机、主旨选择以及形象塑造。对其现存剧作的版本情况进行述略,并对当前研究中出现的错误进行辨析。其创作动机侧重自我心态与个人境况的主观表达、现实关怀与扶持世教的戏曲诉求、湖湘情怀与湘地风流的文化彰显三个角度,对杨恩寿的戏曲创作的心态从个人到社会现实等层面进行剖析。其戏曲的主旨表现为对国家局势的关切、对科举腐败的揭露等;戏曲形象的塑造上侧重忠臣义士的塑造,也有通过对下层伶人的关注体现对社会冷热的看法。杨恩寿的剧作,一方面体现了作为具有封建正统观念的知识分子内心所有的扶持世教的愿望，另一方面，也体现了他关心现实的精神以及对戏曲社会功能的重视。

第五章探讨杨恩寿戏曲作品表现出的艺术特质。在戏曲的虚实上，做到了“出之贵实，而用之贵虚”，其史剧题材，大体据实而书，以戏驭史，借史载道；虚构题材则是纯托子虚，而通过虚来影实，以虚写心。在戏曲语言的追求上，注重戏曲文辞的抒情性，注重本色特征的内在把握，并且灵活运用具有特色的谚语、秧歌等语言。在戏曲用韵上，通过与清中叶戏曲大家蒋士铨用韵的比较，发现杨恩寿用韵在格律要求上已表现出衰退现象，表现为一出多韵、一曲多韵，在鱼模韵上也没能完全做到“鱼模当分”，这也体现出杨恩寿以曲意为重的创作倾向。在戏曲排场的设置上，剧作中的“戏中戏”以及“梦中戏”的特征明显，排场极妙。杨恩寿作品对前人剧作有多处借鉴与改造，剧作排场有了新变，且在剧作中生旦脚色体制的地位发生了动摇。这也可以窥探出戏曲的脚色体制在晚清的嬗变。

第六章论述杨恩寿的曲学思想。本部分在前人研究的基础上进一步挖掘，从三个方面重新论述：在戏曲地位观上，杨恩寿强调曲与诗词异流同源，并肯定戏曲所具有的艺术品格；在戏曲创作观上，体现为重视题材和结构的戏曲创作论、重视词采和气韵的戏曲文辞论、重视口吻和性情的戏曲形象论三个方面。在对阮大铖、李渔、蒋士铨等人的评价上新见时现，并能对传统的观点提出自己不同的看法。在戏曲声律观上，主要强调声韵与脚色的关系、出字口气与舞台表现的关系等方面，并针对音律之难提出解决的方法。

第七章讨论杨恩寿的观剧活动与花部戏曲批评。晚清湖湘的社会风习和文人雅好是戏曲演出的重要原因。《坦园日记》所记载的观剧情况是杨恩寿观剧活动的表现，也是对晚清湖南长沙、郴州等地湘剧演出情况的真实写照。对于杨恩寿花部戏曲观，以焦循的《花部农谭》作为参照对象，从焦循与杨恩寿的不同身份、戏曲批评的不同视角和对演员的不同态度，来分析二人的花部戏曲观。具体表现为焦循主要从道德角度进行规范，而杨恩寿则主要从艺术层面进行评骘，体现出二人花部戏曲观的异趣。

在研究方法上：

(1) 注重文献、文物的实证与文学、艺术分析的结合，对杨恩寿的生卒年、生平等借助具体文献以及新发现的碑文等实证材料进行新证，并从文学、艺术角度对其创作心态、创作内容特征、戏曲的艺术特色进行分析。

(2) 注重比较方法的运用，把杨恩寿本人的戏曲创作与其他曲家的创作和理论进行不同方面的比较；注重戏曲文学角度的分析与戏曲艺术角度的探讨相结合，分析尽量具体深入。

(3) 注重微观的个案研究与宏观的整体考察的结合，以杨恩寿个人的戏曲创作为中心，在考察其戏曲创作心态、内容、艺术特质以及曲学思想的基础上，把杨恩寿戏曲放在清代的戏曲环境中，考察其在戏曲史上某些嬗变因素及其戏曲的继承性。

在杨恩寿戏曲研究中，以期在以下问题上得到更为深入的探究：

(1) 对杨恩寿生卒年的研究中出现的问题进行辩证。

(2) 杨恩寿的戏曲交游，是研究者较少着力之处，本书对与杨恩寿有戏曲交游的曲家、艺人情况等进行挖掘。

(3) 对杨恩寿的戏曲创作心态进行解析。

(4) 对杨恩寿的曲学思想，力求从文本、史实等角度，在前人研究的基础上进行再解读。

(5) 对杨恩寿的观剧纪录进行详尽考察，并以此窥探演剧史实及其观剧心态。

第一章　杨恩寿家世与生平考论

杨恩寿(1835.1.7—1891.5.28),字鹤俦,号蓬海、蓬道人,湖南长沙人,清代后期著名戏曲家。其戏曲活动主要在咸丰、同治时期和光绪初年。杨恩寿非常重视戏曲,其戏曲创作、戏曲理论以及观剧纪录,在晚清剧坛上有一定的代表性。杨恩寿的家世、生平与生卒年问题,是其史实研究的重要方面,笔者根据方志、日记、别集等文献资料,对杨恩寿的相关史实进行了考察与辨析。

第一节　家世概说

从杨恩寿的相关作品和史料对杨氏的相关记载来看,杨恩寿家族有具体史实者,自杨恩寿曾祖杨正启开始①,其祖父杨荣以游幕起家,至其父亲杨白元和杨恩寿本人,仍多是橐笔依人,游幕各地。杨恩寿六兄杨彤寿则以军功起家,曾任广西阳朔、北流等县知县,且封赠至其曾祖父母三代。在科举仕途方面,杨恩寿曾中举人,而家族中其他人物则不名于世。这种家庭环境对杨恩寿的科举心态、游幕经历和文学创作等各方面都有或显或隐的影响。

我们从[同治]《长沙县志》、《坦园日记》以及《坦园文录》中的《先考行略》、《先太夫人行略》、《先伯兄行略》等文中大概可知的是杨恩寿曾祖杨正启,祖父杨荣,父亲杨白元,杨白元儿女九人,子殇二人,其余六

① 根据杨恩寿《合修族谱序》可知,杨恩寿"始迁祖"为"柏山公"。见《坦园偶录》,《清代诗文集汇编》第727册,上海:上海古籍出版社,2010年版,第758页。

人为杨畅、杨仁寿、杨兆筠、杨恭寿、杨彤寿、杨恩寿，女儿杨玉林。恭寿生三子，名逢吉、琦、巩；仁寿生一子，名翊；彤寿生一子，名瑄；恩寿生一子，名逢辰。[①] 逢辰有子炳章、轼章、焕章、岳章、桂章等六人[②]。在杨恩寿家世研究方面，易惠莉《科举制下湖南士人的生活和精神状态——以长沙杨恩寿为例》一文从科举的角度对杨恩寿的家世、生活情状与精神状态作了细致考察，此文所用材料主要根据《坦园日记》中的记载，而对《坦园全集》中《坦园文录》的有关杨恩寿家世的重要记载则未涉及。张宇的博士论文《杨恩寿研究——以戏曲为中心》较为详细地列出了"杨恩寿家族谱系表"，只是未列出杨逢辰之子的名字[③]。

下面简要介绍杨恩寿家中几位主要人物。

一、曾祖杨正启

杨氏家族在杨正启之前即居住在长沙城东，家庙在城东六十里处春华山。约自杨正启起，始葬于城南。[同治]《长沙县志》卷二十二"选举"二中有"杨正启(以曾孙彤寿保举同知直隶州加三级)"，由于杨恩寿六兄杨彤寿有军功，而封赠其曾祖。[④] 杨恩寿同治八年(1869)十月初三日"偕五兄、大、三两侄出城南，扫曾祖父母、祖父墓"[⑤]。

---

① 杨恩寿《先考行略》："子八人，畅、仁寿、兆筠、恭寿、彤寿、恩寿，其二殇；女一，玉林，旌表贞孝。孙六人，逢吉、琦、巩，恭寿生；翊，仁寿生；瑄，彤寿生；逢辰，恩寿生。"《坦园文录》卷十，长沙坦园杨氏刻本，《清代诗文集汇编》第727册，第461页。

② 杨恩寿《先太夫人行略》："曾孙炳章、轼章、焕章、岳章。"《坦园文录》卷十，《清代诗文集汇编》第727册，第462页。杨恩寿墓立碑者为"男逢辰，孙焕章、桂章"。2010年，笔者曾与杨恩寿曾孙杨瑾珪先生取得联系，杨先生口述称逢辰有子共六人，但未详细告知具体姓名，仍有一人名字待考。

③ 张宇：《杨恩寿研究——以戏曲为中心》，扬州大学2011年博士论文，第22页。

④ 刘采邦：[同治]《长沙县志》卷二十二，"选举"二，同治十年刻本。

⑤ 杨恩寿：《坦园日记》，第334页。

二、祖父杨荣

杨荣，字锦堂[①]，以幕起家，杨恩寿《坦园文录》卷十《先考行略》中曰："先大父以幕起家，薄有田产。"[②]杨荣因杨彤寿军功亦获封赠，[同治]《长沙县志》卷二十二"选举"二中有"杨荣（以孙彤寿同知直隶州加三级）"[③]。

三、父亲杨白元

杨白元，原名兴护，字白元，号子楼，晚年以字行。生于乾隆五十九年（1794），卒于光绪四年（1878）。《先考行略》曰：

> 府君长沙杨氏原讳兴护，字白元，号子楼。晚年更名以字行。先大母王太夫人妊十有三月，梦金蟾洞胁入楚而免。时乾隆五十九年（1794）七月十二日也。先大父锦堂府君得子晚，绝爱怜之。道光元年（1821）附县学，逾年食饩入贲，以儒学训导候铨，历官傕巴陵、嘉禾两县教谕，零陵、新化两县训导，武冈州学正，凤凰、乾州两直隶斤训导，永州府教授。冷官奔走，几遍楚南。[④]

---

① 杨恩寿《先考行略》提到"先大父锦堂府君"，则"锦堂"应为其字。《坦园文录》卷十，《清代诗文集汇编》第727册，第459页。本书所用杨恩寿《坦园诗录》、《坦园文录》、《坦园词录》、《坦园词余》、《坦园偶录》等皆为《坦园全集》本，并根据《清代诗文集汇编》第727册注释页码。而《眼福编》、《雉舟酬唱集》等作品为《清代诗文集汇编》所未收，皆选自《坦园全集》，光绪长沙杨氏坦园刻本。《双清影》据湖南省图书馆藏同治九年刻本，以下不重复出注。

② 杨恩寿《先考行略》，《坦园文录》卷十，《清代诗文集汇编》第727册，第460页。周华娆硕士论文《杨恩寿的生平与他的戏曲创作》第一章生平简述部分提到"父杨白元'以幕起家'"，明显是把"先大父"即祖父误解为杨恩寿父亲。

③ 刘采邦：[同治]《长沙县志》卷二十二，"选举"二，同治十年刻本。

④ 杨恩寿：《先考行略》，《坦园文录》卷十，《清代诗文集汇编》第727册，第459页。

道光初年，杨白元曾因替人借贷导致家道中落。“先大父以幕起家，薄有田产。道光初年，江西人聂二赁宅设钱肆，贷数千金。姻家有孤独者，亦以事蓄赀，丐府君贷于聂。一夕，聂席卷遁，姻家责偿于府君，货产以偿，家遂中落”①。此后三十余年，杨白元一直过着为养家糊口而来回奔走的游幕生活。

杨白元只做过廪生，曾为教谕、训导、学正等，实际上过着游幕的生活，从道光二十二年开始，劳途奔波，直到咸丰六年其六十岁时才乞假回籍。“父亲历任巴陵、嘉禾、零陵、永州、凤凰、乾州、武冈、新化八府厅州县校官，丙辰年(1856)乞假回籍。”②

杨白元以振兴文教为任，为人正直，故而受到幕主的礼遇。“所至以振兴文教自任，县官、太守莫不优礼府君。自公所旅见外无私谒，诸生亦从未敢干以私。有所诿诿，顾于学校有关者，辄龂龂焉。”③杨恩寿在《先考行略》中曾记载杨白元为永州府学生唐玉成脱险事：

> 在永州时，祁阳东乡秋赛演剧，某令恶优人不承值，躬往召之。乡人噪而投石，折其齿，令怒，侦董事为府学生唐玉成，遽指为菊花会匪首，将斩以徇。剧场列菊花数十瓶，故以名会焉。玉成贫而愿负文誉，泣诉于府君，府君得其实，飞告总督……总督檄下，斥令狎优，脱玉成而劾之。④

---

① 杨恩寿:《先考行略》,《坦园文录》卷十,《清代诗文集汇编》第 727 册,第 460 页。

② 杨恩寿:《七月十二日恭逢慈安端裕康庆皇太后万寿圣诞(臣)父亲亦于是日晋表帙恭记五律二章》,《坦园诗录》卷十二,《清代诗文集汇编》第 727 册,第 573 页。

③ 杨恩寿:《先考行略》,《坦园文录》卷十,《清代诗文集汇编》第 727 册,第 459 页。

④ 杨恩寿:《先考行略》,《坦园文录》卷十,《清代诗文集汇编》第 727 册,第 459—460 页。

自湘军兴盛，凡有志于功名者，通过立军功来使家族通显发达，要比通过科举之途容易得多。但杨白元淡泊名利，并不因此而动心。即使受到郭嵩焘的重任，杨白元也不以功名为念：

> 自兵起事，有志功名者奋迹戎行，坐致通显，府君视之泊如也。然非一无意斯世。郭侍郎嵩焘以编修治饷武冈，倚重府君，武冈人亦信府君。素集数万金，无稍抑勒，郭公将上其功，府君坚谢之。[①]

由于家道不兴和长期的游幕奔走，杨白元对后代的教育和举业是非常重视的：

> 道光十三年(1833)长子旸府试冠军，故事：冠军者，例且录入学官。府君喜，以为家道其昌乎，乃旸以病暑，未及督学使者试，遽殁。诸子俱以贫失学，府君大惧楹书失传也。越岁，恩寿生，督课严，自贡成均后屡踬乡闱，志稍挫，府君怒曰："不记而翁困场屋十二科乎?"[②]

长子杨旸府试冠军，能够入官学，对于杨白元来说能够弥补自己的遗憾了，这也是家道昌盛的征兆，但杨旸于道光十三年因病而遽然去世，这对杨白元是"楹书失传"的巨大打击。道光十四年，杨恩寿生，于是杨白元把没有实现的科场愿望寄托在了杨恩寿身上，因而要求更为严格。直到杨白元因六子杨彤寿从军得官而家境稍丰，杨彤寿获军功而封赠至杨白元，"杨白元(以子彤寿知直隶州加三级)"[③]。

杨白元晚年归家，常常诗酒酬唱，善谈，且爱奖掖后进：

---

①② 杨恩寿：《先考行略》，《坦园文录》卷十，《清代诗文集汇编》第727册，第460页。

③ 刘采邦：[同治]《长沙县志》卷二十二"选举"二，同治十年刻本。

> 府君善谐谈，值广座，尝话乾隆盛时人情风俗，后生小子如听稗官野史，不意升平盛事如彼论者，拟诸开元朝士白发谈天宝。雅爱奖掖后进，少年才俊之士，以诗文就质，有一佳句，津津道之，久而不忘。[①]

同治七年(1868)，杨白元夫妇甲子一周，重偕花烛，同时因杨彤寿在广西太平府官加五级而晋升为资政大夫，虽然这是虚名，但对于大半生奔走于幕府之间的杨白元来说，也算是满足了家业振兴的愿望了。

四、长兄杨旸

杨旸(1811—1833)，字海门，幼而聪慧。读书城南书院，受到主讲善化侍御贺熙龄的赏识和器重。二十三岁时，被太守吕恩湛擢拔为童试冠军，但由于病暑，遽然而殁。杨旸诗歌创作学习李贺，幽险有鬼气，卒前将诗文焚毁，故未有传世之作。杨恩寿为之作传，提到：

> 伯兄不禄之明年，不肖以生，儿时声音笑貌颇与相似，人有谓伯兄后身者，以伯兄幼慧绩学，不肖岂能逮十一？惟父母以四十之年丧子，有子无以塞其悲，藉此曲慰之，亦善为说辞也。兄讳旸，字海门，父母抱子早，年十八而兄生。家道中落，兄甫冠，料简米盐有成人之目，稍长，读书城南书院，善化贺侍御熙龄主讲席，极器兄，会课辄雄其曹。年二十三受吕太守恩湛知，拔冠童军，未及督学使者试，病暑遽殇。未卒之前数月，自取其诗文毁诸火，身后欲葺其遗稿，讫不可得。兄诗宗昌谷，幽险而有鬼气，长老多讶其不详，果夭逝。言为心声，不可解也已。兄以嘉庆十六年(1811)四月生，道

---

① 杨恩寿：《先考行略》，《坦园文录》卷十，《清代诗文集汇编》第727册，第460—461页。

光十三年(1833)七月卒。卒三十年,以弟彤寿贵,貤封奉政大夫。[①]

贺熙龄(1788—1846),字光甫,号蔗农,湖南善化人,嘉庆十九年(1814)进士,官至四川道监察御史,著有《寒香馆文抄》、《寒香馆诗抄》等,晚年主讲城南书院。吕恩湛,字丽堂,江苏沭阳人,道光五年(1825)为湖南永州府知府,曾为周乐清的《补天石传奇》作跋。

五、六兄杨彤寿

杨彤寿(1823—1877)[②],字麓生,从军,有军功。恩寿多以麓兄、六兄称之。杨彤寿没有走传统学而优则仕的道路,而是受其母亲之命从军,"自军兴以来,资政公无志功名,太夫人命彤寿从军,曰藉报国恩"[③]。咸丰五年(1855)在武冈因军功而受知于左宗棠,且于1856年至1858年随曾国荃在江西作战。同治二年(1863)谒选,铨授广西阳朔知县[④],同治三年(1864)五月赴任。在阳朔任上,杨彤寿为官清廉,政声甚高,以至于调任之时,当地绅民皆请愿留之:"濒行之时,上德政牌匾及万名伞,走饯者率多流涕。全芝村馆此地已历数任,此为仅见之奇。廉吏可为,有如是哉!"[⑤]

---

① 杨恩寿《先伯兄行略》,《坦园文录》卷十,《清代诗文集汇编》第727册,第463页。

② 杨彤寿生年,见《坦园日记》卷六同治七年(1868)"六兄年已四十有六,今始弄璋,真大喜事"(第257页),故可知彤寿生年为1823;卒年,见《坦园诗录》卷十六,杨恩寿有诗《三月十五日,痛闻六兄凶耗,请急回湘……》,时间为光绪三年丁丑(1877)。

③ 杨恩寿:《先太夫人行略》,《坦园文录》卷十,《清代诗文集汇编》第727册,第462页。

④ 见杨恩寿《三月十五日,痛闻六兄凶耗,请急回湘。五月九日灵榇归自广西,抚棺拜奠,悲不成声。六月杪,仍返武昌,洞庭舟次,拉杂成诗,纪实述情,工拙非所计也》诗自注,《坦园诗录》卷十六,《清代诗文集汇编》第727册,第614页。

⑤ 杨恩寿:《坦园日记》卷三,第106页。

同治四年(1865)任北流知县,治理甚严,九月调任宣化前,百姓皆欲将旧案求结,"百姓大惧六兄去后,新官难免有'结费'、'坐堂费'等等名色耳"[①]。足见其清廉。修缮各处考棚、书院,又创建育婴堂、养济院,瞽目孤贫感其恩德而奉祀其长生禄位。[②] 与前几任知县不同,杨彤寿极富正义感,并不为豪绅屈服,曾改装易服为一店主张紫舟伸张正义:"张有与土豪讼案,历任阳朔令俱左袒豪,而张不得直;六兄抵任后,改装易服,亲询诸乡,始悉颠末,一讯而结,张理得伸,故感之次骨。"[③] [光绪]《北流县志》曾对其评价曰:"听讼敏决,案无留牍。暇时喜见士民,故周知邑中利弊。凡有举措,舆论翕然。"[④]光绪三年(1877),杨彤寿卒于军中。同年五月十三日王闿运为之撰写挽联,曰:

> 孝养慰椿庭,方期两守夹河,同庆期颐还洗罕。
> 能名传桂郡,独恨清湘载旐,更无廉石压归船。[⑤]

杨家因杨彤寿军功而获得封赠,赢得名声。杨恩寿《坦园日记》同治七年(1868)十月十二日提到"欣悉六兄为父母亲请得二品封典,并貤赠曾祖父母,此吾家大喜也"[⑥]。

杨彤寿虽然走从军之路,但其文学修养依然很高,杨恩寿七岁入

---

① 杨恩寿:《坦园日记》卷三,第 183 页。

② 杨恩寿:《坦园日记》卷三,第 184 页;又《三月十五日,痛闻六兄凶耗,请急回湘……》杨恩寿自注,《坦园诗录》卷十六,《清代诗文集汇编》第 727 册,第 614 页。

③ 杨恩寿:《坦园日记》卷三,第 197 页。

④ 徐作梅修,李士琨纂:[光绪]《北流县志》卷十三,光绪六年(1880)年镌,宾兴馆藏版。

⑤ 王闿运:《湘绮楼日记》,上海:商务印书馆民国十六年(1927)排印本,第六册,第 20 页。

⑥ 杨恩寿:《坦园日记》,第 259 页。

塾，即由彤寿对其启蒙，教执笔运腕之法，且口授《十三经》[①]。杨彤寿任北流知县时，兵刑、禀报、军务方面文章的起草由恩寿负责，恩寿在彤寿的指点下，获益匪浅。我们还能看到杨彤寿曾在北流游句漏洞时写下的诗篇《游句漏洞次沈君闻依韵》："乍祛尘溽且探幽，日爽风恬趁早秋。峭壁凌云平地起，飞泉喷雪出山流。石蟠虎豹当头见，穴静蛟龙放胆游。自笑徒为句漏令，匆匆未暇效元修。"[②]戏曲方面，杨彤寿曾为杨恩寿的四部作品《姽婳封》、《麻滩驿》、《理灵坡》、《再来人》正谱、按拍。杨恩寿在作品中都标明了"同怀兄彤寿麓笙正谱"、"同怀兄彤寿六笙按拍"等，在杨恩寿创作《姽婳封》时则更能说明问题，"每成一折，即邮寄回家，索六兄为余正谱，抄写成帙，置箧中"[③]，也就是杨恩寿一边创作，一边由彤寿进行正谱、按拍。在杨恩寿家族中，其父、祖辈皆无与戏曲相关的文字记载，只有杨彤寿有"正谱"之事，或许杨恩寿的戏曲创作受家庭的影响较小，而多是由于自己所好、所能。

六、子杨逢辰

杨逢辰(1868—?)[④]，字绍陆，曾受业于杨恩寿同年友人吴锦章[⑤]。光绪己丑(1889)，在杨恩寿的建议下，杨逢辰编有《建安七子集》七卷，有光绪十六年(1890)长沙杨氏坦园家刻本。杨逢辰在凡例中曰："己丑

---

① 杨恩寿：《三月十五日，痛闻六兄凶耗，请急回湘……》诗注："余年七岁，从兄启蒙，教以执笔运腕之法，至今犹率兄教。"《坦园诗录》卷十六，《清代诗文集汇编》第727册，第613页。《周先生传》："七岁入塾，三、六两兄口授《十三经》，先大夫教作文法。"《坦园文录》卷八，《清代诗文集汇编》第727册，第444页。

② [光绪]《北流县志》卷二十三"艺文"，光绪庚辰(1880)年镌，宾兴馆藏版。

③ 杨恩寿：《姽婳封》自序。

④ 杨逢辰生年见杨恩寿《坦园日记》卷六同治七年(1868)五月二十五日日记："午正，室人产生一子，大小平安。行年三十五矣，学为人父，皆祖泽所贻也。"第279页。

⑤ 杨恩寿《资政大夫吴公墓志铭》载："子逢辰受业锦章之门。"《坦园文录》卷十一，《清代诗文集汇编》第727册，第465页。

冬，余趋庭有暇，偶及七子诸作，大人命试集之，阅三月告竣。舛漏踳驳，固所不免；鲁鱼亥豕，诸错尤夥。因欲诸公同好亟付剞劂，其中间有笺注以未成编，姑俟异日续刊。庚寅闰月长沙杨逢辰绍陆识。”[①]《建安七子集》乃根据张溥《汉魏百三十家集》以及《汉书》、《六家文选》、《玉台新咏》、《艺文类聚》、《乐府诗集》、《文苑英华》、《广文选》、《钦定渊鉴类函》等采辑而成，七子每人编为一卷，各卷后附校勘记。

第二节 生卒年新证

一、关于生年的不同观点

关于杨恩寿的生年，学界大体有两种观点，其一是道光十四年(1835)说，多数研究者持此意见；其二即道光十六年说，持这种观点者主要是朱德慈先生，他在《〈清人别集总目〉续订(补)》一文中根据《坦园诗录》卷一下注“丁未至辛亥”和卷一第一首诗《初发长沙》下注“时年十二”等资料，认为杨恩寿生于道光十六年[②]，又《近代词人考录》中亦提到“《总目》称其生年为 1835 年，《中国文学家大辞典·近代卷》称其‘生于道光十四年十二月初九日(1835 年 1 月 7 日)’，未详其所据”[③]。江庆柏先生《清代人物生卒年表》中道光十四和道光十六年两说并存，但偏向道光十六年之说，故把生卒年标为(1837—1891)。[④] 谢雍君《傅惜华古典戏曲提要笺证》载：“杨恩寿(？—1891)，其生年，有两说。一为

---

① 杨逢辰：《建安七子集》凡例，光绪长沙杨氏坦园刻本。

② 朱德慈：《〈清人别集总目〉续订(补)》，《南阳师范学院学报》(社会科学版)，2004 年第 11 期。

③ 朱德慈：《近代词人考录》，北京：中国社会科学出版社，2004 年版，第 114 页。

④ 江庆柏：《清代人物生卒年表》，北京：人民文学出版社，2005 年版，第 255 页。

道光十六年十二月初九(1837 年 1 月 15 日),一为道光十四年(1834)冬。”[①]在卒年的问题上,程华平《明清传奇编年史稿》误标为 1889 年[②]。

从持道光十六年的观点来看,当然可以从《我生》这首诗中推出杨恩寿生年为道光十六年,我们还可以找到其他能证明杨恩寿生于道光十六年的资料,如《坦园文录》卷九中杨恩寿为其好友张自牧所作的传记《浙江候补道张君传》:“君张氏,讳自牧,字笠臣……愤而卒,年五十有四,时光绪十有二年正月也。……君长余四岁。”[③]按照同样的方法,张笠臣五十四岁卒于光绪十二年(1886),可以算出其生年为道光十三年(1833),而杨恩寿小张笠臣四岁,则生年为道光十六年。

不仅如此,还有资料可以证明杨恩寿生于道光十五年,这就与以上两种结论又不同。如“咸丰改元,年十七”[④](《周先生传》),“(咸丰)壬子(1852),恩寿年甫十八,闭户读书,不知外事”[⑤](《复李黼堂先生书》),可以推出杨恩寿出生于道光十五年。

综合目前的文献资料,杨恩寿生于道光十四年才是准确的说法,以下通过具体文献材料进行论证。

二、生年新证

杨恩寿《罗寄云墓志铭》云:“余因王秀才先惠识君(按,指罗寄云),论齿齐年,往来无间,四十年如一日……君以光绪十七年二月卒,年五

---

① 谢雍君:《傅惜华古典戏曲提要笺证》,北京:学苑出版社,2010 年版,第 342 页。

② 程华平:《明清传奇编年史稿》,济南:齐鲁书社,2008 年版,第 561 页。其内容“四月,杨恩寿(1835—1889)卒”与本条目“1891 年”相矛盾,应是误标。

③ 杨恩寿:《浙江候补道张君传》,《坦园文录》卷九,《清代诗文集汇编》第 727 册,第 453 页。

④ 杨恩寿:《周先生传》,《坦园文录》卷八,《清代诗文集汇编》第 727 册,第 444 页。

⑤ 杨恩寿:《复李黼堂先生书》,《坦园文录》卷六,《清代诗文集汇编》第 727 册,第 421 页。

十有八。”[①]光绪十七年为1891年，倒数五十八年，即道光十四年，而杨恩寿与罗寄云为同年生人，故杨恩寿亦生于道光十四年。

杨恩寿《长沙县学生王君传》：“君王氏，讳先惠，字敬吾，长沙人。幼慧，嗜学，有神童之称。咸丰四年（1854）年十八，府试冠军……余长君三岁。”[②]由咸丰四年（1854）逆推十八年算，王先惠生于道光十七年（1837），实际上，王先惠的生年在王先谦《先伯兄敬吾府君行状》中有具体说明：“兄生以道光十七年（1837）丁酉十二月二十七日。”[③]而杨恩寿长其三岁，再逆推三年，亦即道光十四年。

另如《坦园文录》卷七所载《湖南按察使孙公传》：“光绪丙戌，郭侍郎嵩焘倡为九老会，以前湖南按察使孙公年逾六十居首，恩寿甫五十有三，列末座。”[④]光绪丙戌为光绪十二年（1886），倒推五十三年，恰为道光十四年（1834）。

还有相关证据说明杨恩寿的生年为道光十四年，杨恩寿在其为长兄杨畅写的《先伯兄行略》中提到“伯兄不禄之明年，不肖以生”[⑤]，即杨畅去世后第二年杨恩寿出生，而杨畅的卒年亦有证明：“道光十三年（1833）……畅以病暑……遽殁。”[⑥]即杨畅卒于道光十三年，而“明年”、“越岁”即杨恩寿所生之道光十四年。如果这些还不足以证明的话，杨

① 杨恩寿：《罗寄云墓志铭》，《坦园文录》卷十一，《清代诗文集汇编》第727册，第466页。

② 杨恩寿：《长沙县学生王君传》，《坦园文录》卷八，《清代诗文集汇编》第727册，第450页。

③ 王先谦：《先伯兄敬吾府君行状》，《虚受堂文集》卷八，《续修四库全书》第1570册，第403页。

④ 杨恩寿：《湖南按察使孙公传》，《坦园文录》卷七，《清代诗文集汇编》第727册，第438页。

⑤ 杨恩寿：《先伯兄行略》，《坦园文录》卷十，《清代诗文集汇编》第727册，第463页。

⑥ 杨恩寿：《先考行略》，《坦园文录》卷十，《清代诗文集汇编》第727册，第460页。

恩寿在《先太夫人行略》中有具体而明确的记载:“道光十三年长子畅暴卒……十四年腊恩寿生。”[①]这也反过来证明了其在《先伯兄行略》和《先考行略》中所说的时间是一致的。《坦园诗录》卷七《示绍曾绍弓》“道光纪元岁庚戌,我生忽忽年十七”,庚戌年即道光三十年,亦可直接推出杨恩寿生年为道光十四年。

杨恩寿的曾孙杨瑾琤先生曾在1962年的《文汇报》上撰文,纠正研究者所分析的杨恩寿的生年问题:“根据我家族谱记载,先曾祖诞生于清道光十四年甲午十二月初九日(即1835年1月7日),逝世于光绪十七年辛卯四月廿一日(即1891年5月28日)。”[②]结合以上证据,杨恩寿生于道光十四年之说是合理的。

最新发现的杨恩寿墓是其生于道光十四年的最为具体的实物证据。墓碑为杨恩寿之子杨逢辰以及杨恩寿孙杨焕章、杨桂章所立,右碑碑文为“显考杨公蓬海府君享年五十有八,以光绪辛卯岁十月十六日葬善邑石马铺新塘村”[③],由光绪辛卯(1891)则正可逆推出杨恩寿生于道光十四年。

既然有如此确切的证据来说明杨恩寿的生年为道光十四年,那么引起道光十六年之说的原因是什么呢?我们可以找到两点:其一,所选材料不具有代表性和确切性,且研究者或因对“授室”理解不妥而造成推算年龄的错误;其二,杨恩寿本人的记录有自相矛盾之处。以下具体说明。

首先,在材料的使用上,在确定杨恩寿生年为道光十六年时,江庆柏先生和朱德慈先生都以《坦园诗录》卷一的《初发长沙》题注、卷八的《我生》和卷十一的《五月二十日儿子逊生诗以志喜》为依据。《五月二十日儿子逊生诗以志喜》“我年日以增,修名苦不立。行年三十三,草草

---

① 杨恩寿:《先太夫人行略》,《坦园文录》卷十,《清代诗文集汇编》第727册,第461页。

② 杨瑾琤:《杨恩寿的生卒年》,《文汇报》1962年7月7日,第三版。

③ 此碑文内容由杨恩寿曾孙杨瑾珪先生提供。

始授室。授室甫逾年，兆协熊罴吉。堕地一声啼，喜气高堂溢”注“戊辰至庚午”，学者断定此诗写于同治七年戊辰(1868)，采取逆数的方式，得出杨恩寿只能生于道光十六年。从戊辰倒推三十三年可以确定为道光十六年方法并没有错误，但前提是错误的，实际上“行年三十三，草草始授室”，即三十三岁的时候，乃杨恩寿“授室”即结婚的年龄而不是生子之年，生子之年应在“授室甫逾年”，即作者三十四岁之时，乃戊辰年。但即使是诗中所写“行年三十三，草草始授室”，也未必准确，因为杨恩寿在《坦园日记》中对其结婚的日期有详细的记录，卷五同治六年丁卯三月十九日记载：“晴。午时往王宅亲迎。合卺。有鳏三十四年，今乃毕矣。”[①]说明杨恩寿丁卯年结婚时已经三十四岁。同时《坦园日记》卷六同治七年戊辰五月二十五日记载：“晴。午正，室人产生一子，大小平安。行年三十五矣，学为人父，皆祖泽所贻也。”[②]所以有关学者研究中似对“授室”的理解有误，把杨恩寿结婚的年龄误认为是生子的年龄，故差出一年；而诗歌中所记录的时间与《坦园日记》所记时间又恰恰相差一年，我们认为，日记的准确性会更有说服力，故若逆推三十三年的话只能从同治六年(1867)开始，而不能是同治七年(1868)，而且所减去的时间应是三十四年而非三十三年，故杨恩寿生年应为道光十四年而非道光十六年。

其次，我们认为杨恩寿在记录的过程中可能有一定的疏误而导致自相矛盾。对于结婚之年，其在《坦园日记》中记为三十四岁，而在《五月二十日儿子逊生诗以志喜》中则曰三十三，又在同治六年作的《舟次杂感》中有“索妇良非易，有鳏三十三。半年甫欢聚，一别竟何堪”[③]之句，也与日记中的记载是矛盾的。另外的原因就是诗歌中所记载的年龄并非都是十分具体，有的是虚指，如《我生》中提到“三十年华百蛮路，魔牛身世待如何”，如果把此处的“三十年”作为具体的三十岁的话，又

① 杨恩寿：《坦园日记》，第 213 页。

② 杨恩寿：《坦园日记》，第 279 页。

③ 杨恩寿：《坦园诗录》卷十，《清代诗文集汇编》第 727 册，第 560 页。

不免有胶柱鼓瑟之嫌。

又如《初发长沙》,题注为“时年十二”,这是卷一第一首诗,卷一下注“丁未至辛亥”,可以确定这首诗作于道光二十七年丁未,逆数十二岁,得出生年为道光十六年。然而,杨恩寿在其曲作《双清影》的自序中,明确提到“岁丙午余年十二,甫学临池”[①],丙午和丁未都是十二岁,明显矛盾,只能是其一。

所以,结合相关文献以及碑文资料,道光十六年之说不符合杨恩寿生年之事实,而道光十四年十二月初九日(1835.1.7)应是其出生的确切日期。

三、卒年新证

对于杨恩寿的卒年,杨瑾琤所依家谱中记载的“光绪十七年辛卯四月廿一日”,也可以找到相关证据,王闿运《湘绮楼日记》中光绪十七年辛卯卅日写“得蓬海凶问,前书未复,人命迅速,可骇”[②],当然可信,但是仍非十分具体、精确,而郭嵩焘的记载则少有学者注意,《郭嵩焘日记》光绪十七年四月二十一日(1891.5.28)中提到:“下午闻杨蓬海物故,深以怆然。月前尚蒙枉顾,为予诊脉,而不意其遽逝,人生若朝露,其足恃乎!”[③]其中所说的“月前尚蒙枉顾,为予诊脉”,即杨恩寿与郭嵩焘的最后一次交往,记录在《郭嵩焘日记》光绪十七年三月十五日的日记中:“是日邓春舫、郑说吾、黄子沛、朱菊生、杨蓬海——来诊脉者五人。”[④]杨瑾琤所提到的杨恩寿逝世日期与《郭嵩焘日记》四月二十一日的记载是一致的。这也说明,杨恩寿去世的当天下午,郭嵩焘就得到了噩耗,较王闿运所记载更为确切。

---

① 杨恩寿:《双清影》自序,同治九年(1870)刻本,湖南省图书馆藏。

② 王闿运:《湘绮楼日记》,第十六册,第 17 页。

③ 郭嵩焘:《郭嵩焘日记》(第四卷),长沙:湖南人民出版社,1983 年版,第 1003 页。

④ 郭嵩焘:《郭嵩焘日记》(第四卷),第 998 页。

第三节　生平简述

作为传统知识分子，杨恩寿所走的正是传统的科举道路，这条道路也是能被纳入主流的捷径。没想到，他在这条道路上走的时间太长，“一第蹉跎十七年”[①]。当科举之路难以一时通达时，迫于“家无担石讳言穷”的窘境与心态，杨恩寿便开始了“踪迹都怜蛽蜿虫”的游幕生涯而橐笔依人。[②]“游幕，是清代学人的一个重要特征。游幕不仅是当时读书人积极准备入仕的‘捷宦途径’，而且也是学人在仕途被阻而化为泡影之后最为理想的职位之一。”[③]杨白元如此，杨恩寿亦是如此，杨恩寿正是在科举失意之后，半生不得不在湖南、贵州等多地幕府来回奔波，足迹遍及武陵、郴州、衡阳、北流、阳朔等地，几乎身心俱疲。

对于杨恩寿科举过程的分析，前人研究已有所涉及，周华娆《杨恩寿的生平与他的戏曲创作》第一章中有简略的介绍，而易惠莉《科举制下湖南士人的生活和精神状态——以长沙杨恩寿为例》一文则对杨恩寿科举方面的部分内容有系统的论述，张宇、许建中《杨恩寿生平考论——兼论晚清湖南中下层科举士人的生存轨迹》一文也是对杨恩寿生平进行论述的专文。本节则侧重于与杨恩寿戏曲创作心态有关的内容，藉以了解他的科举心态对戏曲创作的影响。

---

① 杨恩寿：《坦园日记》卷七，第366页。

② 杨恩寿：《三游郴州留别同人并寄六兄都门》，《坦园诗录》卷七，《清代诗文集汇编》第727册，第534页。

③ 陈居渊：《焦循评传》，《焦循阮元评传》，南京：南京大学出版社，2006年版，第16页。

一、早年时光

杨恩寿少年时即被称为奇才，七岁入塾，当时即能写《咏凤凰诗》[①]。十七岁应童子试，“咸丰改元(1851)，年十七，将出应童子试”[②]。十八岁时，闭门读书，“壬子(1852)，恩寿年甫十八，闭户读书，不知外事”[③]。并于本年在其友方剑潭的请求下作《鸳鸯带》传奇。

二十岁注弟子员籍，第二年应岁试，即受到当时提督湖南学政张金镛(1805—1860，字良甫，号海门)的关注，张金镛对咸丰、同治间湖南文学的兴盛起了很大作用，“咸、同以后，湖南文学茂兴，经教浸广，金镛倡之也”[④]。对于杨恩寿来说，“师拔冠其曹，召入署读书，稍从事倚声，若以为可教，赏其奇而指其疵，并集句‘肝胆一古剑，文采双鸳鸯’，手书楹帖，一时大人先生咸刮目视”[⑤]。杨恩寿与王闿运、嵇月生、蔡与循被张金镛称为“四子”[⑥]，并获得咸丰戊午(1858)科优贡[⑦]，优贡的名额有限，“优贡生定例学政科试竣后，于各学所报优生中择其尤者。湖南每科取

---

① 杨恩寿《客有谓余近诗不如旧作者，拈此奉答》：“《咏凤凰》诗记七龄，吟窗未放兔毫停。织成白地光明锦，一片神行写性灵。”《坦园诗录》卷四，《清代诗文集汇编》第727册，第509页。

② 杨恩寿：《周先生传》，《坦园文录》卷八，《清代诗文集汇编》第727册，第444页。

③ 杨恩寿：《复李黼堂先生书》，《坦园文录》卷六，《清代诗文集汇编》第727册，第431页。

④ 李元度：《国朝先正事略补编》卷二，光绪十一年(1885)敦怀书屋刊行，《续修四库全书》第539册，第291页。

⑤ 杨恩寿：《湖南学政翰林院侍讲张公传》，《坦园文录》卷七，《清代诗文集汇编》第727册，第437页。

⑥ 杨恩寿《坦园日记》卷五《大雪登楼韵》：“海门夫子北斗高，校士细心如牛毛……当时齐名王(壬秋)嵇(月生)蔡(与循)，如唐四杰差足豪(师当称王、杨、嵇、蔡为‘四子’)。”第207页。

⑦ 《湖南通志》卷一百四十四，选举志十二，《续修四库全书》第664册，第591页。

二人,送部考试”[①]。这足以说明杨恩寿当时才学之优。但是他在后来的考试历程中,并不顺利。

二、橐笔依人

杨恩寿从咸丰十年(1860)开始了他的游幕生涯,“橐笔武陵游,太岁在庚申(1860)”[②]。幕主是魏式曾,到了同治元年(1862),由于魏式曾任郴州知府,杨恩寿随往。而在武陵时,他创作了《姽婳封》这部作品,同时也为后来创作《桃花源》创造了机会。在郴州有四年的时间,同治元年(1862)的乡试,因不愿贿赂被恩小农所黜而被放。虽废然自失,但杨恩寿认为气节更为重要,“余自以得失有定,而气节不可不矜。今果被放,战之罪欤? 嘻,命也”[③]。所以便把希望寄托在了同治二年(1863)的秋闱中,同治元年(1862)腊月廿四日日记有诗:“明岁欣瞻庆榜开,探花定向月宫来。宵深自看重霄畔,可有文光贯上台?”[④]自认为胜券在握,腊月三十日日记:“明年定开庆榜,志在观光,桂林一枝,势在必得!”[⑤]但是,《坦园日记》中同治二年(1863)从一月到八月的日记是空白的,从十月的相关日记看,杨恩寿这次乡试又落榜了! 由于抱着很大的希望,但事与愿违,所以对其打击很大。如十月廿四日的《舟中排闷杂诗》中就有了归隐的想法,“何当屏却朱门迹,一舸烟波遂隐沦”[⑥]。同治三年(1864)七月到同治四年(1865)二月十八日这一段时间的日记亦为空白,可知此次应试又未能成功。

---

① 《湖南通志》卷一百四十四,选举志十二,《续修四库全书》第664册,第590页。

② 杨恩寿:《赠杨性农驾部》,《坦园诗录》卷十二,《清代诗文集汇编》第727册,第574页。

③ 杨恩寿:《坦园日记》卷一,第32页。

④ 杨恩寿:《坦园日记》卷一,第47页。

⑤ 杨恩寿:《坦园日记》卷一,第48页。

⑥ 杨恩寿:《坦园日记》卷二,第53页。

三、佐幕六兄

同治四年(1865)杨恩寿到北流六兄幕府之后,由于延请的刑幕尚未定人,故诸事皆由杨恩寿代办,他主要负责税务、刑钱、办理案件等,但是每日处理与自己志向完全不同的事情,当然会感到巨大的落差,“办刑钱则迹同佣字,权税务则职等抱关,殊可笑耳”①。“赴关稍坐回署,据案皆案卷,须手披耳。一俗至此,殊不可耐。”②

同治五年(1866),从正月二十日到二月初十日,北流举行童试,由于北流仍未聘到新的幕宾,杨恩寿则负责监考和阅卷工作,几乎每天都有几百份的考卷要阅,同时还要拟一些相关军务的文稿。虽然这要比他原来负责的税收、刑钱等工作更接近他的本意,且空闲时间还可以整理昔年所作诗稿、词稿。但是,作为知识分子,他始终都没有忘记自己参加科考的“本职”,这一段生活对他来讲,“自朝至暮,所办者皆棘手之事,所见者无称心之人。叠以重金走聘幕宾,无一至者。替人未得,莫问归期;思之思之,曷胜焦灼”③!可以想见,杨恩寿的这种焦灼,不只是归家之切,更重要的是时时萦绕在心头的乡试。

因在北流幕中,故杨恩寿中间的科考均未参加,直到同治六年(1867)再试,遂觉生疏,虽考前曾请王先谦为其拟定文题和诗题以热身,但是效果并不理想,在此番“一时才命判升沉”的大考中又名落孙山!所以这种沮丧无时不萦绕心头。十月应魏镜余邀赴郴修《澧州志》,廿五日在小桂镇阻风,慨然而叹曰:“相传洞庭君乃下第秀才柳毅也,余亦下第而橐笔依人者,忽阻于斯,柳秀才独不怜而助以一帆耶?”④当杨恩寿得知黎培敬加三品衔后,欣羡之意溢于言表:“闻黎简堂以编修视学贵州,兹忽加三品衔署贵州藩司。词臣之荣,名场之快,

① 杨恩寿:《坦园日记》卷三,第116页。

② 杨恩寿:《坦园日记》卷三,第118页。

③ 杨恩寿:《坦园日记》卷四,第157页。

④ 杨恩寿:《坦园日记》卷五,第243页。

有如是哉!”[①]这种欣羡也是对自己屡试不售的感慨。

四、半百中举

在中举之前,杨恩寿因其才华之盛而逐渐受人推重,如参与修志、为人写主、作寿序等。至于同治七年(1868)、同治八年(1869)两年,从日记看,则是因为被聘修《湖南通志》而未参加考试,从同治七年(1868)八月十三日被聘入修通志局,到同治九年(1870)七月,张自牧办援黔捐输局,聘杨恩寿办文案,杨恩寿因而辞去通志局的差事。[②]

能被聘入通志局,对多年未能中举的杨恩寿来说,已是不小的荣耀,也说明他在当地文人的心目中逐渐形成一定的地位。同治七年四月,友人陈小斋母去世,杨恩寿曾为其写主,“午间着补褂蟒袍,为之写主”[③],而写主者是友人中非有一定身份和地位者不能办。同治七年正月初七,杨恩寿经黄润昌的推荐,代李榕为李鸿章作屏文,以祝李鸿章母亲寿辰。杨恩寿提到:“在家为李申甫方伯榕作屏文,祝肃毅伯太夫人寿,黄少昆方伯所荐也。”[④]李申甫即李榕(1818—1890),四川剑州人,曾为湖南布政使。肃毅伯即李鸿章,李鸿章在同治三年被封为一等肃毅伯。对于具体情况,杨恩寿称:“申夫方伯与司道制锦祝李少泉宫保太夫人寿,因撰文者不佳,嘱少昆方伯介绍,索余捉刀,遂于初八日穷一昼夜之力,创骈文一篇,颇承申夫方伯许可。”[⑤]此后杨恩寿受到裴荫森的重视和拜访,更能说明这一点,“裴观察名荫森,号樾印者,乃江苏进士,由工部援例来南,因余为李方伯制寿叙,颇奇余才,嘱赵泉生司马先通殷勤,至是来拜”[⑥]。为李鸿章母亲祝寿,而在黄润昌的推荐下作屏文,杨恩寿文笔和能力得到认可,这也成为其身份的象征,当然此举

---

① 杨恩寿:《坦园日记》卷五,第234页。

② 杨恩寿:《坦园日记》卷六,第287页;卷七,第360页。

③ 杨恩寿:《坦园日记》卷五,第216页。

④⑤ 杨恩寿:《坦园日记》卷六,第257页。

⑥ 杨恩寿:《坦园日记》卷六,第264页。

对提升杨恩寿的社会地位亦起到了重要作用。

直到同治九年(1870),这位在科名的追求上蹭蹬了十七年的戏曲家终于中举,十几年的悲观、失望以及得第的狂喜和感恩齐集心头,《得第口占》曰:

顷刻声名众口传,回思往事最堪怜。青衫留得伤心泪,一第蹉跎十七年。丁巳年初次观光,即鼎荐。

何心振辔向天衢,应种琼林树几株。文事武功臻极盛,楚才今亦际唐虞。是科首题乃"唐虞之际"两句。

一枝新折桂花香,碧海飞腾愿正长。此际鱼龙争变化,不妨风雨近重阳。

一麾五马诏新开,圣世何曾废不才。从此风尘人海里,几饶清梦到蓬莱。①

同治九年(1870),可以说是杨恩寿戏曲创作的丰收年,其《桂枝香》、《双清影》、《理灵坡》三剧均于本年作成。同治十三年(1874)进京赴礼部会试,"覆试案发,余列二等"②。从后来的经历来看,杨恩寿仅被授予湖北候补知府之职,[光绪]《湖南通志》选举志十一"杨恩寿"条载其为"运司衔湖北知府"③,而此只是虚名而已。王闿运称:"湖北候补如麻,李小兄已下逐客之令,岂可再往乎?"④不过,杨恩寿能在光绪三年(1877)作为湖北护贡官而结识越南贡使裴文祀,这种"虚名"多少也算是一种机遇。

---

① 杨恩寿:《坦园日记》卷七,第366页。

② 杨恩寿:《坦园日记》卷八,第378页。

③ [光绪]《湖南通志》卷一四三,《续修四库全书》第664册,第558页。

④ 王闿运:《湘绮楼全集》笺启卷五,《续修四库全书》第1569册,第282页。

五、游幕云南

到了光绪元年(1875),杨恩寿随时任云贵总督而述职南归的刘岳昭去云南,“云贵制府刘公述职南归,调余往滇,襄筹善后”(《桃花源》自序)。途经武陵时,因刘岳昭病暑,驻于武陵行馆,杨恩寿于中秋完成《桃花源》,剧成而人未行,又于九月作《麻滩驿》以表彰忠烈。桃源解缆,离开武陵后,感慨自己经历之坎坷,又于舟中作《再来人》剧,此剧是杨恩寿最后一部剧作,堪称其代表作。

从光绪五年(1879)至光绪七年(1881)到云南游幕,这是杨恩寿的最后游历时期,幕主为杜瑞联(字鹤田),“光绪己卯(1879),橐笔入滇”[①]。杜鹤田有大量的书画收藏,这为杨恩寿编写《眼福编》提供了资料。“杜鹤田中丞藏名迹极夥……又命恩寿加以题跋,固辞不获,遂于公暇日,必三四跋,若课程。越辛巳,始卒业。删汰诗词骈语,撮录是编,存十有四卷。”[②]但是从这些具体的工作来看,杨恩寿的人生抱负仍然没有得到实现。

六、晚年家居

晚年辞幕归乡的杨恩寿则主要在家著述,《坦园文录》中为平生朋友所作传记文字多完成于此时。但是,杨恩寿在回顾自己的人生历程时,总对自己坎坷不顺的科举经历耿耿于怀,再加上多年漂泊,甚有晚景凄凉之意:“几度槐黄梦已空,秋心憔悴桂花风。平生自负如虹气,大半销磨矮屋中。”“曾夸年少贾长沙,抬举东风愿更奢。一十四年春易晚,可怜桃李过时花。”[③]“杨恩寿早年的‘奇志’在现实中屡屡碰壁后已

① 杨恩寿:《眼福编》初集序,另《坦园诗录》卷十九有诗《抵长沙奉寄鹤田中丞》,作于光绪七年(1881),可知这次游幕到1881结束。

② 杨恩寿:《眼福编》初集序。

③ 杨恩寿:《洪江舟次梦秋闱被放,王砚农师亲来相慰,时师归道山已逾年矣,赋此志感》,《坦园诗录》卷十九,《清代诗文集汇编》第727册,第643页。

成为永远的梦想。如同无数不知名的文人那样，他终于在幕府中耗尽了自己一生中最宝贵的时光。”①

杨恩寿晚年诗中多写自己老去无成的感慨，并于长沙城南自谋生圹，做为百年的归所，其诗《谋得生圹距南城十里许，诗以志之》曰：“百岁光阴土一邱，佳城难得及身修。生原是梦何时醒？死竟如归不待求。他日题碑谁立马？无心卜穴此眠牛。从今月黑枫林路，输与吟魂快夜游。”②又作诗曰：“祭扫攸宜子若孙，自营生圹近南门。大书深刻题碑字，但署诗人杨坦园。”③光绪十七年四月二十一日（1891.5.28）杨恩寿逝世。

---

① 周华娆：《杨恩寿的生平与他的戏曲创作》，2000 中山大学硕士论文。

② 杨恩寿：《坦园诗录》卷二十，《清代诗文集汇编》第 727 册，第 665 页。

③ 杨恩寿：《初秋杂感》之五，《坦园诗录》卷二十，《清代诗文集汇编》第 727 册，第 666 页。

第二章　杨恩寿戏曲交游考论

杨恩寿在诗文戏曲等方面皆享有名声，且数入幕府，故其交往甚广，所结识的名人亦众多，如王闿运、王先谦、周寿昌、郭嵩焘、李元度、吴敏树、曾纪泽、陈宝箴、刘岳昭等。对于杨恩寿的交游情况，以张宇的博士论文《杨恩寿研究——以戏曲为中心》考察较为详细，包括上层官绅如张自牧、黄润昌，知己如王先谦、王闿运、郭嵩焘，以及幕友、幕主魏式曾、杨彤寿、刘岳昭、杜瑞联等。全文考论结合，然并非着重围绕杨恩寿戏曲交游本身，故对部分杨恩寿戏曲交往密切者的探究未深入①。

本章主要侧重考察杨恩寿戏曲交游的情况，在其戏曲交往中，咸丰、同治时的湘籍曲家已屈指可数，有交游记载的则只见曾传钧、黄其恕，然而在杨恩寿的各类剧作及理论作品问世前后，即有其友人作序或评论，故可借以了解其戏曲交往的概况；杨恩寿与伶人的交往是其戏曲交往的重要方面，对其戏曲创作有一定影响；杨恩寿与越南贡使也有一定的戏曲活动交往。本章从诗友文朋、伶界艺人、越南贡使三个角度进行考察。

第一节　诗友文朋

一、曾传钧

曾传钧（1827—1881），字荼村，一字文劭，湖南善化人。家世较杨

① 张宇：《杨恩寿研究——以戏曲为中心》，扬州大学 2011 年博士论文，第 44 页。

恩寿显赫，曾祖曾衍先（1752—1819），字补之，著《话陶窗遗稿》二卷。祖父曾兴仁，字受恬，嘉庆丙子举人，官江西宜春等县知县。道光辛卯（1831）为江西广昌知县，修《广昌县志》，有《乐山堂诗抄》二卷。父亲曾毓璋，官江西分宜等县知县，同治乙丑（1865）为广昌知县，纂修《同治广昌县志》。曾传钧的资料在光绪三年《善化县志》卷二十一“廪增附贡”条中提到：“附贡岳州府训导，加同知衔，分发广西知县。”①曾传钧做岳州府训导时间为咸丰八年（1858）②，杨恩寿《朝议大夫广西西林知县曾君墓志铭》所述更为详尽：“弱冠举弟子员，以从军劳，叙训导历署蓝山、邵阳等县教谕，选授岳州府训导，以知县分发广西，署西林县事，擢同知直隶州知州，赏戴花翎。光绪七年（1881）七月二十六日以积劳卒，年五十有五岁。”③

曾传钧虽从军，然卓富才华，著有《万松草堂纪事》及传奇《蕙兰芳》④。对于二人相识的机缘，杨恩寿有记载：“咸丰甲寅（1854）始遇君于陈雨沧座中，时君负文名，所著《万松草堂纪事》暨词曲已成集。同人推为祭酒。”⑤这次相识之后，二人开始了长期的交流和词、曲方面的交往。光绪元年（1875），二人于长沙相见，当时曾传钧将赴广西桂林，而

---

① 吴兆熙：[光绪]《善化县志》，光绪三年刻本。

② [同治]《巴陵县志》卷十三、[光绪]《巴陵县志》卷四十八，赵景深、张增元编《方志著录元明清曲家传略》，中华书局，1987 年版，第 348 页。

③⑤ 杨恩寿：《朝议大夫广西西林知县曾君墓志铭》，《坦园文录》卷十一，《清代诗文集汇编》第 727 册，第 463 页。

④ 对《蕙兰芳》的曲名及内容，相关研究有误，列如下：赵景深、张增元编《方志著录元明清曲家传略》第 348 页“曾传钧”条按语提到“作有《黄兰芳传奇》”，实为《蕙兰芳》，似为笔误。在内容上，齐森华、陈多、叶长海主编《中国曲学大辞典》“曲目：清代、近代传奇”第 529 页“蕙兰芳”条曰：“曾传钧作，叙张承敞与妻子离合事，散佚不全，杨恩寿《词余丛话》节录《饯花》、《感怀》、《访素》、《题画》数出曲文。”误，杨恩寿所录《蕙兰芳》曲文只有《饯花》、《感怀》两部分，而《访素》出自《红梨记》，《题画》出自《桃花扇》，并非《蕙兰芳》之出目。见杨恩寿《词余丛话》“原事”部分，《中国古典戏曲论著集成》（九），第 259—260 页。

杨恩寿亦将去云南幕府，曾传钧出其词集，中有怀念杨恩寿的词作《花心动》，杨恩寿则当场以原韵奉答，并称之"一辈词场快友"[①]。往事已不堪回首，早年相得的词场友人多已下世，而茶村又将远行，人生如鸥，踪迹飘泊，前路苍茫，无限感慨。

二人在戏曲活动上，可以说交往甚密，曾传钧的《蕙兰芳》传奇，叙述张承敞历经战乱而与妻子离而复合之事，杨恩寿非常欣赏，并为之题词《蕙兰芳引·题曾茶村〈蕙兰芳〉传奇》：

> 月晕敛寒，警霜信，蔚然贞木。奈苍莽，烽烟枯菀，问谁预卜？断云坠羽，剩梦绕珠帘金屋。想旧时，入画笔底，一弯新绿。
> 塞上春回，莲房鸳浪，又见双宿。看菱镜重圆，犹说半生艳福。琼箫闲度，替传绮曲。祝蕙兰开遍，晚花幽谷。[②]

杨恩寿认为剧作体现了贞烈的精神，并在其《词余丛话》中给予高度评价："义夫烈妇，勃勃有生气，非苟为裁红刻翠也。"[③]录其首出《饯花》文："花开几千？人生几年？花儿惯把人儿骗。最堪怜，残红飘荡，无可奈何天。"[④]并录其第一出《感怀》全文，认为用笔曲折有致，与《红梨记》之《访素》、《桃花扇》之《题画》有异曲同工之妙，虽然相似，但并不相犯。

---

① 杨恩寿《花心动·不见茶村逾十稔矣，乙亥(1875)仲春握晤长沙，出示词集，用集中见怀原韵率成一阕，时茶村将游桂林，余亦有滇池之役，万里鸥波，九秋雁路，苍茫作别，何堪再阅星终邪》，《坦园词录》卷四，《清代诗文集汇编》第727册，第693页。

② 杨恩寿：《蕙兰芳引·题曾茶村〈蕙兰芳〉传奇》，《坦园词录》卷四，《清代诗文集汇编》第727册，第694页。

③ 杨恩寿：《词余丛话》，中国戏曲研究院编：《中国古典戏曲论著集成》(九)，北京：中国戏剧出版社，1959年版，第259页。

④ 曾传钧：《蕙兰芳》第一出《饯花》，杨恩寿《词余丛话》卷二，《中国古典戏曲论著集成》(九)，第259页。

曾传钧的戏曲创作《蕙兰芳》已佚，幸有杨恩寿在《词余丛话》中保留首出《饯花》的部分内容和《感怀》一出的曲文而得以流传；曾传钧的戏曲理论，我们只能通过其对《麻滩驿》的评论来分析，虽然多是只言片语，不成系统的戏曲评点，但我们至少能从中窥探出其戏曲观点。

光绪元年(1875)九月，杨恩寿有感于沈云英及琼枝、曼仙事，于武陵寓作传奇《麻滩驿》成，由曾传钧评文。曾传钧对《麻滩驿》的评论，涉及戏曲结构特色、戏曲语言的特征等诸多方面。

在戏曲结构上，曾传钧十分欣赏此剧“无处不征实，却无处不腾空”[①]的结构安排。剧作第十二出为《拟敕》，作者没有直接写沈云英授敕，而是从侧面陈允志拟敕入手，曾传钧评道：“颁敕拜官，是此部大关目，若从聚奎拜疏、云英受封两处铺写，皆见钝相。作者偏从题缝中做出一大篇文章，旁面着笔。”第十四出《辞官》写沈云英拜游击将军，仍做道州守备，当听到丈夫贾万策自刎后，便欲辞官归家。这些内容都是从沈云英宾白补出，曾传钧评道：“受敕只从宾白补叙，详略得宜，俗手为之，必建牙吹角，挂印登坛，纵极喧嚣，实嫌蛇足。”与其他作品相比，第十八出《梦圆》的处理可以说是杨恩寿的独到之处，虽是以“圆”结尾，然是梦中，梦醒之后，一切却是依旧，更体现了悲剧气氛。曾传钧评道：“仙佛收场，已成厌套，此以梦中幻相作结，前因后果，历历分明，万派朝宗，乱云归壑。”

相对于戏曲结构方面的评论，曾传钧对戏曲语言上的评点则有多方面，有的从个别字的字义和字韵方面着眼，如第一出《课女》〔剔银灯〕中有“耗雄心把遗编细讲”，曾评“‘耗’字奇而确”，〔麻婆子〕中有“蹉跎改了平生莽”，曾评“‘莽’字韵尤隽”，第六出《鸾离》〔初转〕中“梦沙场，牵着垂杨线”，曾评“‘线’字韵极隽极快”，第九出《寄雁》〔尾声〕中“孙刘战地千秋要”，曾评“‘要’字韵响”。有的是从典故运用方面着眼，如第一出《课女》〔摊破地锦芳〕中“试思量，何曾飞鸟尽，弓且藏”，曾评“随手运典，水中着盐”。第四出《秦赘》〔黄钟引子·降都春〕中“趁北地买胭

---

① 曾传钧：《麻滩驿》第十二出《拟敕》眉评。

脂”,曾评“运典极活”。有的是对语言风格的整体评价,如第六出《乱离》中〔混江龙〕一曲描写烽烟战后之象,曾评“中原走马,蒿目伤心,看似游记,却是《过秦论》”,点明悲凉之气。第十四出《辞官》〔黄钟·北醉花阴〕曲,曾评“大风吹潮,急雨摧叶,漫天凄籁,一片商音,《归去来辞》无此哀悱”。〔北喜迁莺〕曲,曾评“今昔之感,生死之悲,如读《三招》”。对剧中流美宛转的语言,曾传钧也大加赞赏,如第二出《从军》〔叨叨令〕“绾春云,装成柳鬓鸦,请长缨,骑上桃花马。他可比战金山击鼓水云涯,他可比持锦伞杀贼蛮江汉,烟尘围住紫云车,春风吹透黄金甲”,曾评“雄而不粗,巧而不纤,亦庄雅亦流丽”。第十二出《拟敕》〔前腔〕“香车稳载,佳期吉迨,牵红丝月老同来,对花烛云鬟宛在,婿翩翩美哉,女翩翩美哉”,曾评“飞花滚雪,管脆弦清”。另外还有“玉茗、藏园余风未坠”、“意义周备,词旨朴茂,直逼元人”等评语①。

曾传钧性情豪放,从科考经历上来说,曾、杨二人亦有相似之处,“曾茶村大令与余同学,天才豪放。著有《万松堂纪事》,逼近史迁。人亦磊落不羁,酒户甚大。屡蹶秋闱,由校官改令粤西,非其志也”②。曾传钧在广西任上有功,曾得拔擢,光绪七年(1881)卒,杨恩寿闻之大恸,作《哭曾茶村大令》诗,中有句曰:“去年曾读荐祢疏,蛮江杀贼声名著。词客居然立战功,文章经济君其庶。昨者偶泊朗江东,程侯(雨苍)挥泪来告凶。我为人才放声哭,岂徒友谊铭初终。”③在《朝议大夫广西西林知县曾君墓志铭》中,杨恩寿为与自己有几十年交情的好友作铭文来概括其一生:“能文章而无科名,负经济而不公卿。郁奇气于荒茔行,见长虹拔地而秋横。”④

---

① 曾传钧:《麻滩驿》第十一出《夺尸》眉评,见杨恩寿《麻滩驿》,《坦园全集》本。

② 杨恩寿:《词余丛话》,第259页。

③ 杨恩寿:《坦园诗录》卷十九,《清代诗文集汇编》第727册,第645页。

④ 杨恩寿:《朝议大夫广西西林知县曾君墓志铭》,《坦园文录》卷十一,《清代诗文集汇编》第727册,第464页。

二、黄其恕

黄其恕(? —1876前),字幼吾,湖南长沙人。酷爱诗词,善制曲,有《坤灵扇》传奇,抄本,现存国家图书馆①。杨恩寿将该剧提要记录在《续词余丛话》中:“晋陵周生,读书慧莲尼庵,苦慕韵香女冠才色,不得通缱绻。月老降神,授以坤灵扇,障面而往,人不之见,遂与韵尼成伉俪。”②

杨恩寿对《坤灵扇》评价曰:“词笔虽不脱《西厢》窠臼,然绮思致语,实足荡心志而启情悰。”③词笔绮丽,评价甚高。《坤灵扇》内容上属于男女相思之作,然杨恩寿用蒋士铨“安肯轻提南董笔,替人儿女写相思”箴劝黄其恕,黄氏反驳曰:“苕生此诗,为太史言也。吾辈吟风弄月,正在青年,何必守头巾诫而自苦耶!”④可见黄氏重视男女情思的“吟风弄月”之作,不愿被戏曲寓教化功用之教条所束缚而“自苦”。

黄其恕曾劝坦园改曲,杨恩寿曰:“余尝制曲,偶未翻览韵书,有句云:“‘不知是爱乌,不知是爱屋。’平仄两协,又引用经书,甚为得意。亡友黄幼吾选拔工于倚声,抹以出韵,悚然改去。后见顾亭林氏论近代入声之语,屋、乌实可并协,悔改此妙句之速。”⑤

关于黄其恕的生卒年,学界尚未有定论。我们也只能间接推断,如上述材料称“亡友黄幼吾”,那么在杨恩寿《续词余丛话》完成之前黄其恕已去世,而《续词余丛话》成书最晚应在光绪二年(1876)⑥,则黄氏当卒于此前。

---

① 《坤灵扇》传奇,述洛阳书生文思与青楼女子孙素芝因坤灵扇终成眷属的故事。两册,十六出,分别是:传概、授扇、春游、遇侠、种缘、重遘、戒游、定约、盟别、之任、忆远、访病、寄书、忿谮、离魂、演法。但从内容看,所存两册似只为上半本,并非全帙。

②③④⑤ 杨恩寿:《续词余丛话》卷三,《中国古典戏曲论著集成》(九),第319页。

⑥ 《续词余丛话》中所提到的最晚的时间为光绪二年丙子(1876),在武昌购得《绛红袍》弹词之事,《中国古典戏曲论著集成》(九),第323页。此事未记录到《词余丛话》中,说明此前已完成此书,而此事与称黄其恕为“亡友”之事同记载于《续词余丛话》卷三,或可说明黄其恕最晚去世在光绪二年(1876)。

三、方剑潭

方剑潭(? —1865),名德醇,剑潭为其字,安徽桐城人。工篆刻,善诗词。仕宦世家,曾祖方观承(1698—1768),字遐谷,号问亭、宜田,乾隆十四年任直隶总督[①],有《述古堂诗集》八卷,主修乾隆《两浙海塘通志》二十卷等。祖父方维甸(1758—1815),字南耦,号葆岩,曾为浙闽总督,有《勤襄公诗稿遗存》[②]。伯父方传穆(1781—?),字仲雯,号彦和。父亲方重[③],监生,嘉庆十八年(1813)和道光初年两次做湖南桂东县典史。然而至方剑潭,则郁郁不得志,多次参加江南乡试,皆不遇。后来流寓长沙,甚贫,以至于卖其所藏之书度日,身世寥落,"卒流寓长沙,贫困至鬻藏书于肆,名其室曰古香"[④]。

杨恩寿与方剑潭有将近二十年的交往,方剑潭曾选辑《湘中六子词钞》,中有杨恩寿、曾传钧等人,杨恩寿并作词以答[⑤]。同治四年(1865),杨恩寿将赴北流,方剑潭出自作诗词索序,杨氏曰:"余与君交

---

① 姚鼐:《方恪敏公家传》,《惜抱轩文集后集》卷五,《续修四库全书》第1543册,第157—158册。

② 方维甸:《勤襄公诗稿遗存》,后所附方传穆撰《诰授光禄大夫晋赠太子少保兵部尚书右郡御史总督闽浙提督军务谥勤襄显考保岩府君行述》,道光癸巳年刻,镜清阁藏版,南京图书馆藏。

③ 方剑潭父亲是否为方重,并没有直接的证据,我们可以通过间接资料来证明,杨恩寿《方剑潭传》中提到"考曰桂东县典史",但未提到其名字,查[同治]《桂东县志》卷十二"职官",在嘉庆朝"典史"部分查到方姓典史只有"方重"一人,曰:"安徽桐城人,监生,十八年(1813)任,十一月卸。"与杨恩寿所说合,道光朝"典史"部分又提到"方重",曰"二年(1822)七月复任,六年(1826)卸事"。《勤襄公诗稿遗存》中方传穆等人所作的《府君行述》中并未提及"方重",未明何因。

④ 杨恩寿:《方剑潭传》,《坦园文录》卷九,《清代诗文集汇编》第727册,第455页。

⑤ 杨恩寿:《坦园词录》卷一中有词曰《眉妩·方剑潭选辑曾茶村、傅章灿、韩申甫、程雨苍、程辅熙暨余为〈湘中六子词钞〉之刻,所选皆余少作,已付铲烬者,拈此奉答,时余将游朗江》,《清代诗文集汇编》第727册,第671页。

几二十年，同治乙丑(1865)春将作粤西之游，就君话别，出所订诗词索序，并以付剞劂相诿，余谢以俟诸异日。”①但等到杨恩寿从桂林返回时，方剑潭早已离世。杨恩寿嗟然而叹：“嗟乎！君而以骨董终耶？今欲葺其遗稿不可得，冥冥之中，负我良友，其疚心宁有穷乎！”②在二人的交往中，方剑潭对杨恩寿戏曲创作最重要的影响是促使其第一部传奇《鸳鸯带》的创作完成。在《方剑潭传》中，杨恩寿附带提到方剑潭之妾王氏：“妾王氏，死最烈，别有传。”③在《词余丛话》中则对其事有具体描述：“桐城方剑潭上舍，流寓湖湘。诗才清妙。戚张某作尉沅江，方往依之。张为纳王姬，姿首明艳，性绝慧。归方年余，教之读书，居然能诗。姬父，里魁也，以张之购女也，未取身契，屡与需索；挟张阴事，将讦上官。张惧，劝方出姬。姬归，解鸳鸯带自绞。”④

方剑潭希望杨恩寿能以戏曲的形式使王氏为情而死之烈事得到流传。恰好此时太平军攻长沙，杨恩寿在全城围困中完成《鸳鸯带》传奇。这也是以实人实事为题材的戏曲创作：

> 方大戚，乞余谱院本广其事。时咸丰壬子初夏也。未几，粤匪扑长沙城，余在围城中，日以度曲为事。九月二十八日，贼从地道爇火药，南城轰裂，城中哗，贼入。家人走告，环立以泣。余从容脱稿，若弗闻者。俄又报：“邓忠武公单骑拒陷口，手刃登城贼酋，余退败矣。”方赠诗云：“挥毫正写鸳鸯谱，报道城南锁钥开。”盖纪实也。卒成二十四出，名《鸳鸯带》。⑤

---

①②③　杨恩寿：《方剑潭传》，《坦园文录》卷九，《清代诗文集汇编》第727册，第455页。

④　杨恩寿：《词余丛话》卷三，第272页。

⑤　杨恩寿：《词余丛话》卷三，第272—273页。

由于语言过激，郭芳石（名式瀛，1835—1865）[①]曾劝其焚毁："插叙时事，语多过激，亡友郭芳石秀才恐以贾祸，力劝焚毁。今剑潭墓木已拱，冥冥之中，负我良友，此债何日偿耶？"[②]从杨恩寿所说"负我良友"等语来看，可以确定《鸳鸯带》已焚毁不存。

四、王先谦

王先谦（1842—1918），字益吾，学者称葵园先生，湖南长沙人。同治四年（1865）二十四岁时即中进士，"覆试二等第二十五名，殿试二甲第九十二名。朝考一等第四名引见，钦点翰林院庶吉士"[③]。同治十一年（1872）任国史馆纂修。光绪二年（1876）任国史馆总纂，光绪六年（1880）升补任国子监祭酒，光绪十一年（1885）任江苏学政。光绪十五（1889）年辞官著书，后主讲思贤讲舍、城南书院、岳麓书院等，为岳麓书院最后一位山长。[④] 王先谦在经学、史学、诸子学、文学等方面的研究和创作成就极高，有《虚受堂诗存》、《虚受堂文集》、《虚受堂书札》，编纂《续古文辞类纂》等。近代学人李肖聃在《湘学略》中对其给予极高的评价："长沙阁学，季清巨儒，著书满家，门庭广大，予尝论其尊崇经学似仪征阮相国，厘正文章拟桐城姚郎中，校注群史若嘉定钱宫詹，考证诸子如高邮王观察。而考其平生著书，尤有功于楚学。"[⑤]

---

① 杨恩寿：《坦园日记》卷三，同治五年"腊月朔日……得左仰山书，知郭芳石于闰月晦日作古"可知其卒为同治四年（1865）五月三十日；杨恩寿《五品衔候选训导郭君传》"君（郭芳石）生于道光十五年（1835），卒于同治五年（1866）"。此处卒年从《坦园日记》。

② 杨恩寿：《词余丛话》卷三，第 273 页。

③ 王先谦：《王先谦自定年谱》，光绪三十四年刻本，北京图书馆编：《北京图书馆藏珍本年谱丛刊》，第 179 册，北京图书馆出版社，第 180—181 页。

④ 根据王先谦《王先谦自定年谱》。

⑤ 李肖聃《湘学略·葵园学略第二十》，钱基博、李肖聃《近百年湖南学风湘学略》，长沙：岳麓书社，1985 年版，207 页。

杨恩寿年长王先谦八岁，在与先谦交往之前就与其仲兄王先惠过从甚密，王先惠有神童之称，咸丰四年，杨恩寿、王先惠同中秀才，可以说是同学少年，挥斥方遒。杨恩寿曾回忆："忆自咸丰甲寅(1854)，与敬吾同举秀才，年齿相若，文章意气，睥睨一世，款恳綦至。"[①]咸丰七年(1857)王先惠因病英年早逝，在杨恩寿与王先惠的交往中，王先谦已对杨氏的才气十分叹服，这为二人后来几十年的交往奠定了基础。"君昔与先兄敬吾交，频过余家，论诗衮衮不倦，余垂髫侍兄侧，虽不尽解，心叹羡其能。兄殁，君以诗哭之恸。后数年，复与余日为文字饮，又各以贫困出走娄别，别必有诗。"[②]

不仅如此，杨恩寿与王先谦还有亲戚关系。杨恩寿曾为王先谦母亲作《王太夫人象赞(并序)》一文，文中对二人的交往经历与亲戚关系交代得更明确："联捷进士，入翰林，以其从姑媒而归恩寿，太夫人亦喜其家之得婿也，则更以姻娅见情谊较笃。"[③]这里虽然是对王先谦母亲的评价并述及王先谦的早期经历，但提到王先谦从姑嫁与杨恩寿，可以知道二人是亦亲亦友的特殊关系。二人虽然扮演的社会角色不同，王先谦联捷进士而后家业蒸蒸日上，杨恩寿依然踪迹不定，为人作幕，然二人"廿年踪迹读书巢，文字交成骨肉交"[④]。

二人在诗中多有赠别、寄怀之作。王先谦《虚受堂诗存》中有《登焦山奉怀杨蓬海》(1865)、《登吹台奉怀蓬海》(1869)、《秋日南津涧寄蓬海》(1871)、《赠别蓬海》(1874)、《寄蓬海武昌》(1876)等诗作，无不深怀别思；杨恩寿《坦园诗录》中寄怀王先谦之诗则更多，从对年轻时"两人盛气摇山邱，年时买醉酒家楼。花前赌韵频藏阄，自敲檀板歌凉州"悠

①③ 杨恩寿：《王太夫人象赞(并序)》，《坦园文录》卷十三，《清代诗文集汇编》第727册，第483页。

② 王先谦：《坦园诗存》序，《虚受堂文集》卷三，《续修四库全书》第1570册，第299页。

④ 杨恩寿：《王益吾宫允》，《坦园诗录》卷十四，《清代诗文集汇编》第727册，第595页。

游生活的回顾[①]，到“君新得第我下第，两人相逢终日醉”的苦乐忧欢[②]，再到后来对王先谦“楚材从来不出世，我公崛起声堂堂”的高度评价。而且，杨恩寿的诗集曾由王先谦点定，杨恩寿对王先谦以知己相称：“约计十余年来，议论合、意气投，每一赏析，无不帖服者，惟公与季眉先生耳。惜公远宦京华，季眉先生早赴道山。独立苍茫，谁为攻错？不禁掩卷太息而不能已也。得失已知，质之知己。”[③]

二人的文字之交一直不断，曾纪泽称二人为“王杨”，杨恩寿称“‘世有王杨吾畏友’，颉刚赠吾两人句”[④]，并在《坦园日记》同治六年十月十三日记载：“与王逸梧招曾劼刚、静丞两公子、黄少昆方伯饮于庆春园。酒次，劼刚出示用少昆《重九》原韵诗，有‘世有王杨吾畏友’之句，盖指逸梧与余也。”[⑤]对此，王先谦曾用“并代‘王杨’殊忝窃”来称二人[⑥]。杨恩寿曾在《寄怀王益吾祭酒》中也说“千秋事业愿努力，无复畏友称‘王杨’”。所以，王先谦在为杨恩寿诗作序时无限感慨：“追怀旧游，零落都尽。读君诗，而余两人二十年离合悲喜之故，恍然如在目前，乌能以无感也！”[⑦]

同治九年(1870)，杨恩寿刻《姽婳封》与《桂枝香》，时王先谦已为翰

---

① 杨恩寿：《明河篇寿王益吾编修》，《坦园诗录》卷十一，《清代诗文集汇编》第727册，第568页。

② 杨恩寿：《吟仙阁与王益吾别》，《坦园诗录》卷七，《清代诗文集汇编》第727册，第537页。

③ 杨恩寿：《致王益吾书》，《坦园文录》卷六，《清代诗文集汇编》第727册，第424页。

④ 杨恩寿：《寄怀王益吾祭酒》后注，《坦园诗录》卷十九，《清代诗文集汇编》第727册，第644页。

⑤ 杨恩寿：《坦园日记》卷五，第241页。

⑥ 王先谦：《登吹台奉怀蓬海》，《虚受堂诗存》卷六，《续修四库全书》第1570册，第169页。

⑦ 王先谦：《坦园诗存序》，《虚受堂文集》卷三，《续修四库全书》，第1570册，第299—230页。

林院庶吉士，十二月在云安驿馆为其剧作作序，给予很高的评价："能无兴百世之风，闻泣数行而感动也哉！客有寄怀荒忽，引兴无端。"(《姽婳封》序)对《桂枝香》也评价甚高，把握住了坦园作此剧的深意所在，认为杨恩寿并不是宣扬男旦之风，而是要表达自己"穷途之隐痛"(《桂枝香》序)。光绪元年(1875)，《理灵坡》成，王先谦为其作评文，认为此剧是"一部轰天烈地文字"(《理灵坡》第九出评文)，并对语言文辞、结构排场、内容主旨等多方面都进行了评价。

我们可以借此对王先谦的戏曲思想作进一步了解。王先谦的主要成就在经学、史学、诸子学等方面，在文学创作中亦有大量诗文传世，而其在戏曲方面也有自己独特的见解。另外，王先谦在《虚受堂诗存》第十六卷中有《和金桧门先生(德瑛)观剧绝句三十首》及《再题桧门先生观剧诗后》八首，这些资料也有助于我们了解王先谦的戏曲观点。

综言之，首先，王先谦肯定戏曲的"寓言"特性。戏曲的"虚"与"实"是戏曲评论史上一直争论的话题。王先谦则认为自从周汉以来文词便有"虚"的因素在，就更不用说戏曲这一用来娱乐的艺术样式了。其《再题桧门先生观剧诗后》中的第一和第四首分别称："亡是凭虚各擅场，寓言颠倒自蒙庄。漫嫌传唱无稽语，周汉文词已滥觞。""世事宁分伪与真，纷纷目论苦求伸。梅经毛传欺千古，何况歌场一哄尘。"[①]认为戏曲是"凭虚"而传，故没有必要在"一哄尘"的戏曲中坚持探求是否真实，如对王骥德、李渔等人争论已久的《琵琶记》虚实问题，王先谦认为"是非身后底相妨，莫更琵琶幻四王。古柳斜阳天水代，满村早唱蔡中郎"[②]。不管"琵琶"与"四王"有没有关系，重要的是蔡伯喈和赵五娘的故事已被创作为戏曲流传了。

其次，王先谦重视戏曲的"兴观"教化功能。可以说，戏曲的教化功

---

① 王先谦:《再题桧门先生观剧诗后》,《虚受堂诗存》卷十六,《续修四库全书》第1570册,第260页。

② 王先谦:《和金桧门先生德瑛观剧绝句三十首》,《虚受堂诗存》卷十六,《续修四库全书》第1570册,第259页。

能与娱乐功能是不可分割的，而通过戏曲宣扬忠孝等观念则是不变的主题。“弦管撩人欲放颠，兰芳鲍臭任流传。不乖臣子兴观义，只有《精忠》与《目连》。”[①]“兰芳鲍臭”，很明显是王先谦对戏曲作品进行价值与功能的判断，认为只有《精忠》和《目连》两剧才如“兰芳”，才有“兴观义”。从这一角度讲，这是对戏曲教化功能的肯定。对《理灵坡》的评论，处处体现王先谦对忠孝观念的重视，“苦雨凄风，仍是淋漓悲壮，总不作一儿女语也”[②]；“忠孝不能两全，声泪俱下，有心人当浣手焚香读之”[③]。

再次，王先谦认为审律与为政应该相通。“升平鼓吹说乾隆，审律应知与政通。梦想开元全盛日，欲将法曲问伶工。”[④]这首观剧诗把戏曲提高到了与政治相通的地位。“欲将法曲问伶工”，要想知道开元盛世，就只能通过经历战乱的伶工之口了。这也明显有为后世执“政”者垂戒之意。王先谦对戏曲地位的高度评价，与大多数戏曲家仅着眼诗词曲的文学角度不同。

五、吴锦章

吴锦章，字云縠，号楚北峡山退士，湖北宜昌人[⑤]。“咸丰戊午(1858)科优贡，官湖南粮道，加二品衔。”[⑥]工小学，所存著作有《六书类纂》八卷、《读篆臆存杂说》一卷、《字学寻源》三卷。我们从《六书类纂》序言中可以得知吴锦章的大致经历：弱冠时，从高要少宰冯展云学习读

---

①④ 王先谦：《再题桧门先生观剧诗后》，《虚受堂诗存》卷十六，《续修四库全书》第1570册，第260页。

② 王先谦：《理灵坡》第十六出《萱诫》评文。

③ 王先谦：《理灵坡》第十七出《友诀》评文。

⑤ 《桃花源》传奇目录下有“宜昌吴锦章云縠论文”，可知。

⑥ 杨恩寿：《资政大夫吴公墓志铭》，《坦园文录》卷十一，《清代诗文集汇编》第727册，第465页。

经之法，后又与怀宁邓少白切磋问学。[①] 光绪十三年，其父吴映若去世，吴锦章还里居丧。吴映若（1804—1887），字朗清，晚号梅轩居士。在其去世后，锦章作为长子，曾请杨恩寿作墓志铭。“既葬，锦章来乞铭，恩寿与锦章同年贡成均，又以子逢辰受业锦章之门，义不敢以不文辞，谨拜手为之铭”[②]，可知吴锦章与杨恩寿同年优贡（时杨恩寿 24 岁），恩寿子杨逢辰又受业于锦章，故二人私交亦密。

杨恩寿与吴锦章在戏曲方面的交往，主要体现在吴锦章为《桃花源》所作评文上。评论中，吴氏抓住了剧作的语言特征、虚实艺术、行文方法等方面，如从语言角度，第一出《渔唱》〔尾声〕评曰：“调金粉画之，尚不能艳丽至此，仙乎！仙乎！”第三出《逢源》中评〔风入松〕曲“绮语巧思，却非香奁体”；第四出《假馆》中评〔三段锦〕曲“无事不韵，无语不韵，画桃花源图者，皆钝相也”。如从虚实艺术角度，第三出《逢源》评文“以生龙活虎之笔写出虚无缥缈之事，读之宛如身历其境，固知作者自有丘壑”。如在行文方法上，吴锦章提到“跟守章旨”之法，第五出《训古》〔北出队子〕评曰：“淘淘汩汩，笔无停机，驱遣史事，出以诙谐，便觉簇新，处处扼定秦人，行文家所谓‘跟守章旨’也。”

六、毛松年

毛松年（1830—1875 后），字萱荫，号季卿，湖南长沙人。[③] 同治十

---

① 吴锦章《六书类纂》自序：“束发受书，章句之外，贴括而已，不知有所谓小学也，弱冠后，从高要少宰冯展云夫子游，略闻古人为学次第，并谕以读经之法……寻晤怀宁邓少白先生，数从讲问，先生故阳湖李申耆高足弟子……后余薄宦湘中，先生适主衡、永等郡讲席，岁必数见，见即以所疑相质。”《续修四库全书》第 242 册，第 417 页。

② 杨恩寿：《资政大夫吴公墓志铭》，《坦园文录》卷十一，《清代诗文集汇编》第 727 册，第 465 页。

③ 江庆柏先生《清代人物生卒年表》中，毛松年字、号分别为“萱荫”、“季卿”，第 75 页。另，《再来人》传奇目录下有“同里毛松年季卿论文”，可知。

年辛未科(1871)进士第二甲第三十七名。[①] 其家世无考。从杨恩寿作于同治十二年(1873)的诗《毛季卿吉士同年归自蜀中,颇极文酒之乐,醉后放歌,即以志别》,我们可以了解到毛松年的大体情况:

中年岁月疾风雨,昨日之事犹堪数。讲舍寒灯试院茶,君年二十我十五。彼时盛气轰春雷,俯视万类皆尘埃。丹邱坐揽白玉牖,海水倒注黄金杯。天门高高不可上,露华秋冷神仙掌。瑶草灵芝何处寻?浩荡白鸥堕苍茫。君今稍喜桑榆收,我犹余粒争穷鸠。藏来二十年前酒,更作樽前一夕留。[②]

毛松年从蜀中归来,与杨恩寿诗酒相乐。二人为同年,"君年二十我十五",杨恩寿生于道光十四年,则毛松年生于道光十年(1830)[③],"讲舍寒灯试院茶",当时二人年轻盛气,睥睨万类。光绪元年(1875)杨恩寿赴黔,行程中作《舟次怀人诗》二十首,其中有怀念季卿的诗,其《毛季卿编修同年》曰:"去年春酒长安醉,今岁秋烟岳麓分。泛泛可怜凫在水,嗷嗷那惜雁穿云。也知禽贽来倭国(时游粤东),犹许骚坛张楚军(君须补应大考)。清绝玉堂天上路,风尘何处再逢君。"[④]季卿游粤东,蓬海则推崇季卿的诗歌,劝其补应大考,藉此"骚坛张楚军"。在《坦园词录》中,有《还京乐·毛季卿编修、同年陈筱斋大令、屈舜丞秀才相继去世,旧日酒徒零落尽矣。余亦落魄,依然浪游靡定,追怀胜侣,渺若前生。倚清真韵以抒抑抑,画烛银盘,影摇红泪,方三衢和词,先得我心哉》,提到"重寻十里春风,又何心旧时桃李,待招魂,空九陌抟沙(季卿

① 江庆柏:《清朝进士题名录》(中册),中华书局,2007 年版,第 1081 页。

② 杨恩寿:《坦园诗录》卷十二,《清代诗文集汇编》第 727 册,第 574—575 页。

③ 江庆柏先生根据《同治十年辛未科会试同年齿录》认为毛松年生卒年为"(1840—?)",见《清代人物生卒年表》,第 75 页。与杨恩寿"君年二十我十五"得出 1830 年之说相矛盾,此处依杨说。

④ 杨恩寿:《坦园诗录》卷十四,《清代诗文集汇编》第 727 册,第 595 页。

殁于京邸)”①。虽然题中有“余亦落魄,依然浪游靡定”之语,但由于此词创作具体时间不能确定,所以对于毛松年卒年也难做定论,但根据《舟次怀人诗》作于光绪元年(1875)可知,季卿应于此年之后去世。

毛松年的戏曲观点,体现在《再来人》评文中,他对杨恩寿的词笔特为称赏,称其为“真才子”,如对第二出《旌善》中所插入的〔秧歌〕的评论称“作者胸中千门万户,随手拈来,俱是妙谛,必真才子,方可填词。彼局促如辕下驹,其吐词非俚即理者,可笑亦可怜也”,即认为杨氏并无有的作家存在的“非俚即理”的现象,适合舞台演出,做到这一点方能称为“真才子”。在第九出《花因》〔黑麻令〕曲评中曰:“裁云镂月,剪彩飞英,掷笔空中,飞行绝迹,至节拍之合,排场之工,尤其余事。”对杨氏的语言使用极为赞赏。戏曲排场方面,第三出《筵侮》评曰:“此折排场宾白无一不妙,史迁写生、秦镜照胆,阅者细味之。”第十六出《庆余》评曰:“合过去现在未来于一弹指顷,文心之幻,巧不可阶。”抓住了杨恩寿使用戏中戏的特征。再如第六出《宣滞》评曰:“尤西堂尝欲谱《补天石》传奇,卒未成书,作者融贯全史,撰成此书,与《牡丹亭·冥判》异曲同工。”确实如此,从内容安排、套数使用等方面,杨氏《再来人》中都可以看到《冥判》的影子。

七、魏式曾

魏式曾(1813—1881)②,字镜余、居停,直隶临榆人。道光庚子

① 杨恩寿:《坦园词录》卷五,《清代诗文集汇编》第727册,第709页。

② 杨恩寿《坦园诗录》卷十九所录为光绪七年(1881)诗作,有《哭魏镜余太守》,可知魏式曾于光绪七年去世,另《坦园文录》卷七《湖南永顺知府魏公传》中曰“年六十有九”,可得知魏式曾生年为嘉庆十八年(1813)。易惠莉《科举制下湖南士人的生活和精神状态——以长沙杨恩寿为例》一文标注魏式曾生卒年为(1809? —?),其“1809?”与1813相差五年左右,并不确切。

(1840)举人。咸丰五年(1855)为麻阳县知县,清勤正直,民以“魏青天”称之[1],后历任武陵、永顺知县,澧州直隶州、郴州、永顺知府。曾纂《(同治)直隶澧州志》、《(光绪)永顺府志》。魏式曾待恩寿甚善,咸丰十年(1860)魏式曾为武陵知县时,聘杨恩寿为其幕宾,“余自咸丰十年课其二子,武陵、长沙、郴、澧皆偕往,朝夕同席而食。公朴诚无城府,断一狱、建一议,莫不缕析以告”[2]。同治元年(1862),魏式曾任郴州知府,杨恩寿也随往做幕,直到同治四年(1865)离开魏式曾幕府而随六兄到北流。幕府关系虽然结束,但二人的交往未断,杨恩寿在北流时,魏式曾仍盼望其能够赴馆,杨氏同治五年(1866)十月十一日日记载:“得魏镜余书,望余赴馆甚切,岂知游人远羁边徼,因公事牵绊,去住不能自主耶?”[3]同治六年(1867)魏式曾邀请杨恩寿赴郴州主修《直隶澧州志》,杨恩寿平息众议,分纲别目,用一月时间完成修志任务。[4] 魏氏后又延请杨恩寿主讲澧阳书院,他以“陆逊华筵虽有橘,江淹退笔已无花”自嘲,并以“讲席名山慎延揽,采浆楚璞献天家”委婉推辞。[5] 光绪七年(1881),魏式曾病逝于辰州舟中,杨恩寿作《哭魏镜余太守》悼念之。

杨恩寿现存第一部曲作《姽婳封》即是咸丰十年(1860)在武陵魏式曾幕府中完成,且由魏式曾评点。魏式曾的评点侧重于戏曲语言的悲壮、凄楚的特征和戏曲内容的指向等方面。在语言方面,评《破题》〔南吕引子〕〔满江红〕曲曰“凄风苦雨,无限凄凉”;评第三出《哭师》〔北沽美酒带太平令〕曲曰“填词作家,绮语易作,苦语难如,此段曲曲折折,但见血痕泪痕,不见笔痕墨痕”,评第五出《歼寇》〔石榴花〕最后一支〔前腔〕

---

① 杨恩寿:《湖南永顺知府魏公传》,《坦园文录》卷七,《清代诗文集汇编》第727册,第440页。

② 杨恩寿:《湖南永顺知府魏公传》,《坦园文录》卷七,《清代诗文集汇编》第727册,第441页。

③ 杨恩寿:《坦园日记》卷四《北流日记》,第183页。

④ 杨恩寿:《坦园日记》卷五《长沙日记》,第248—250页。

⑤ 杨恩寿:《魏镜余刺史书来延余明岁主讲澧阳书院,仍以仲仪叔云从游叠韵却之》,《坦园诗录》卷十一,《清代诗文集汇编》第727册,第565页。

曰“哀悱顽艳，足抵三招”。在内容指向上，评第三出《哭师》〔南江儿水〕曰“吐气如虹，不作喁喁儿女语”，评〔北雁儿落带得胜令〕“不料本朝的事一坏至此”句曰“痛哭祖宗，声泪俱下，一片伤心画不成”。评语简短有力，十分到位，说明魏式曾对杨恩寿的创作目的、戏曲才华十分了解。

八、杨彝珍

杨彝珍(1807—?)，字湘涵、性农，号移芝，湖南武陵人。道光三十年(1850)进士，工诗文，有《移芝室诗文集》十三卷、《紫霞山馆诗抄》一卷等，编《国朝古文正的》七卷，续纂同治《武陵县志》。

杨恩寿入塾读书时，曾读过杨彝珍的应举文章，“忆从入塾初，读公乡举文”①，并对其诗歌评价极高，称其诗有汉魏风神，虽然格调万变，却有意趣：“脱手清凉篇，宝光何璘珣。远从汉魏入，遗貌取以神。格调极万变，意趣惟一真。”② 同治九年(1870)，杨恩寿《理灵坡》完成，杨彝珍为之作序称：“长沙蓬道人，少负有伟，既蹇不遇于时，其心究不能忘情斯世，乃为著《理灵坡》传奇一篇。”③另外，杨彝珍对杨恩寿传奇创作的惩戒作用极为认可，认为《理灵坡》“维持夫气数之变”，“更足以补惩创之所不及，其磨世厉顿之功，匪浅鲜也”④。

第二节　伶界艺人

咸丰、同治年间，郴州、长沙等地地方戏演出十分活跃，杨恩寿在郴州幕府及在长沙生活期间对其演出状况有较为具体的记载和评价，同时对伶人的演出技艺、其与伶人的交往等也有相关描述，此节择要叙之。

---

①② 杨恩寿：《赠杨性农驾部》，《坦园诗录》卷十二，《清代诗文集汇编》第727册，第574页。

③④ 杨彝珍：《理灵坡传奇序》。

一、周喜红

周喜红(1844—?),又名秀凤,湖南祁阳人,同治间郴州地方戏班祥泰部演员。

周喜红演《吃醋》、《重台分别》、《斩婿》、《祭塔》等出目较为有名。喜红于同治元年(1862)四月到郴州探亲而隶属祥泰班。杨恩寿对喜红的表演极为赞赏,誉之为“祥泰之领袖”:“《吃醋》乃喜红得意之作也……喜红为谁? 祥泰之领袖也。”[①]郴州公署与邻寺戏台只有一墙之隔,杨恩寿公事之余常在墙头观戏:“午后课余,值邻寺复演祥泰。独立墙头,饱观半出《重台分别》。喜红宛转生情,娇痴绝肖。……狄小峰谓是儿若入星垣,亦在鼎甲之列,确评哉!”[②]能列入鼎甲,这当然是对喜红表演技艺的推赏。同时喜红深感恩寿的赏识而亲自到署中拜访,杨恩寿同治元年四月十八日日记:“午刻喜红来谒,阍人阻之。渠闻诸黎友舲,谓我极赏鉴也,深感悦己,故肯先施。”[③]时隔一日,因恩寿友人刘桐轩设宴招饮,演祥泰部,二人终于有一面之缘,“喜红演《祭塔》、《吃醋》而已。酒边握手,始与周旋”。恩寿进而认为“一面之缘,亦关前定”[④]。

二、张明瑞

张明瑞,同治间郴州地方戏班吉祥部演员。

根据杨恩寿的记载,张明瑞在《闹金阶》、《烈疯配》、《望儿楼》、《党人碑》、《造盔甲》、《庙会大审》、《生祭》中有精彩表演,是郴州当时戏班中的翘楚。张明瑞又名“曹妹”:“《烈疯配》之桃婢,即曹妹也。询之,张其姓,明瑞其名,声价甚高。”[⑤]其演《闹金阶》,“曹妹宛转生姿,莺声呖

① 杨恩寿:《坦园日记》卷一,第 17 页。
② 杨恩寿:《坦园日记》卷一,第 19 页。
③ 杨恩寿:《坦园日记》卷一,第 20 页。
④ 杨恩寿:《坦园日记》卷一,第 21 页。
⑤ 杨恩寿:《坦园日记》卷一,第 15 页。

呖。省中珠喉之脆，首推咏仙；以此较之，始叹从前所见之陋”[①]。杨恩寿对其在《天门阵》中的表演十分叹赏：“演《天门阵》全围，穆娃者明瑞也。俄打围，俄招亲，俄投营，俄破阵，刀光如雪，雉尾飘风，奇观哉！”[②]同治元年四月廿四日日记中又记载：“苏仙桥上遇明瑞，始知今日邻寺有吉祥之乐，为《凤仪亭》全围。小桥流水，古树高山，与可人立谈数语，酒气悉化焉。”[③]

三、云秀

云秀，同治间长沙伶人。

杨恩寿与友人陈杏生、戴煦卿、王弼臣等多次在云秀宅中饮酒听曲，因云秀面貌与杨恩寿一故交相似，故其感慨曰：“云秀似吾一故人，见之增虎贲中郎之感。”[④]同治九年（1870）十月三十日陈杏生、朱岳舲等曾在云秀家饮酒，为杨恩寿北上进京送行，恩寿感慨“不来此者已五阅月矣”[⑤]。

四、意云

意云（？—1869），同治间长沙名伶。

杨恩寿多次听其唱曲，同治六年（1867）重九，杨恩寿乡试失利，王先谦、皮树棠（1829—1889）等人同其饮酒排闷，并召意云等侑酒，“与陈小斋、皮鹤泉、王逸梧醵资饮于楚卿画室，召意云、眉云侑酒”[⑥]。同治七年八月初六日，皮树棠等人又招意云等侑酒：“皮鹤泉招同常迪叔与小斋作饯，并招蕙云、意云侑酒，夜阑乃别。”[⑦]意云去世时，杨恩寿作联

---

① 杨恩寿：《坦园日记》卷一，第13页。
② 杨恩寿：《坦园日记》卷一，第24页。
③ 杨恩寿：《坦园日记》卷一，第21页。
④ 杨恩寿：《坦园日记》卷七，第353页。
⑤ 杨恩寿：《坦园日记》卷七，第371页。
⑥ 杨恩寿：《坦园日记》卷五，第233页。
⑦ 杨恩寿：《坦园日记》卷七，第287页。

挽之："生日近花朝，占断二分春色；佳期辍瓜果，可怜七夕秋风！"[①]

之后，杨恩寿与友人观剧饮酒，谈及意云，亦多感慨："观剧于朗公庙，与戴煦卿、王石铭醵饮于麓香亭，谈及意云，顿增生死之感。"[②]

五、张跛

张跛，咸丰、同治间长沙民间说唱艺人。

杨恩寿为其作传，称"跛貌不扬，两足皆挛，膝行，乞于市"，后"渐操小唱术，晚乃益工"[③]。《坦园日记》中有两次张跛到杨家为杨恩寿母亲寿诞唱道情的记载。同治七年九月十八日："晴。母亲寿诞……夜召张跛唱道情。"[④]同治八年九月十七日："晚间在家祝寿，并听张跛唱道情。"[⑤]杨恩寿非常欣赏其唱术，记载其唱《刘伶醉酒》"心领神会，惟肖惟妙"。称张跛为"奇人"："跛得赀则散诸乞丐，不留一钱逾夕，亦奇人也。"[⑥]当然，杨恩寿对张跛详加记载，一方面是由于其表演技艺的精湛，另一方面是对这种说唱后继无人的感慨，"长沙市中无嗣响者"[⑦]，且有杨恩寿母亲喜欢道情之故，"今太夫人早见背，跛死亦久，风月良宵，追忆声容，不禁雪涕"[⑧]。

王夏迎在其硕士论文中提到杨恩寿对伶人的态度，认为杨恩寿把自己定位为读书人、在官场中，而对伶人是"一种慈善的俯视而已"[⑨]，揭示了杨恩寿作为传统士子的心态的一个侧面。

---

① 杨恩寿：《坦园日记》卷七，第 325 页。

② 杨恩寿：《坦园日记》卷七，第 355 页。

③ 杨恩寿：《张跛小传》，《坦园文录》卷九，《清代诗文集汇编》第 727 册，第 457 页。

④ 杨恩寿：《坦园日记》卷六，第 292 页。

⑤ 杨恩寿：《坦园日记》卷七，第 332 页。

⑥⑦⑧ 杨恩寿：《张跛小传》，《坦园文录》卷九，《清代诗文集汇编》第 727 册，第 458 页。

⑨ 王夏迎：《杨恩寿戏曲研究》，华东师范大学 2009 年硕士论文，第 24 页。

从杨恩寿对伶人容貌的评价中也可看出其注重演员表演艺术的心态，如对演员桂娘的评论则多是色容的描画，并说“余平章花色，眼力太高，数年来绝无入盼者；如桂娘者，颇在赏鉴中焉”①。但是，在与伶人的交往中，杨恩寿是有原则的，注重对演员表演技艺的推赏，而非狎邪之交，如“客有约访女伶秀英者，余婉谢之，客颇怫然。平生不好狎邪之游，而又无头巾气；‘外圆内方’四字，虽不能至，不敢不勉”②。这种与伶人交往的心态很大程度上对其创作《兰芝零香录》、《桂枝香》是有帮助的。若从清代长沙地方戏发展角度来看，在当时的剧坛上，能够不以昆乱论优劣，并且与地方戏演员有亲密交往的文人、曲家中，杨恩寿是值得称道的。

第三节　越南贡使

同治十三年(1874)，杨恩寿会试失利，“以选人注吏部籍”③，任湖北候补知府，等候补职。光绪三年(1877)任湖北护贡官，因此与越南贡使裴文祀有文字之交，其中包括戏曲方面的交流。

裴文祀(1832—?)④，字殷年，号珠江，越南河内里仁府金榜县人。

---

① 杨恩寿:《坦园日记》卷一，第25页。

② 杨恩寿:《坦园日记》卷一，第29页。

③ 杨恩寿:《王太夫人象赞》，《坦园文录》卷十三，《清代诗文集汇编》第727册，第483页。

④ 刘玉珺:《越南汉喃古籍的文献学研究》，北京:中华书局，2007年版，第311页。对于裴文祀的著作，作者提到“其北使诗文以《万里行吟》、《燕槎诗草》、《中州酬应集》、《大珠使部唱集》、《雉舟酬唱集》等多种名义行世，同时还选有燕行记《輶轩丛笔》，记录出使途中的盛景，并杂记有水舍、火舍、万象、南掌等国的考证”，第311页。裴文祀诗歌作品在越南广为流传，“《万里行吟》不仅存有三种抄本，而且还存有不同版式的印本四种。以上表明这些作品曾被反复传抄，多次版刻”，第345页。

乙卯(1855)科举人,乙丑(1865)科进士副榜。礼部右侍郎,办内阁事务,充丁丑(1877)贡部正使[①]。能成为越南使臣,表明裴文禩在当时越南的汉文学地位极高,在汉文化修养上亦属于领袖人物。[②]

光绪三年丁丑(1877)裴文禩与甲副使林宏鸿胪、乙副使黎吉学士作为进贡使臣入京,到达巴陵时,时为湖北候补知府的杨恩寿以护贡官的身份例行接待,相见于岳阳楼下。

对于二人见面的情形,杨恩寿《越南裴珠江侍郎诗集序》称:

> 丁丑仲春,承乏接伴越南使臣,与正使珠江侍郎唱和有诗,既汇刊《雉舟酬倡集》矣。重阳前一日,侍郎觐旋,泊舟晴川阁,亟走价召余,至则握手殷殷,伸纸笔谈,叙契阔数百言。出近作诗稿,狼籍满客几,并以《逊庵集》索序。舟子促解维,难乎为别,命酒痛饮,即席成长篇,泪潸潸随笔下。噫!异矣!余与侍郎言语不通,初无介绍,徒以彼此于役,循例修相见礼,见则如旧相识,不作寒暄语,遽以诗相赠答。[③]

中、越同文不同声,二人虽言语不通,但日常交流可靠"笔谈",作诗唱和即其一。裴文禩诗宗晚唐[④],文思敏捷,而且矜炼含蓄,"前诗甫去,和作踵至,不积日、不积时,并不积刻,风雨夜深,已解衣卧,诗至则

① 杨恩寿、裴文禩:《雉舟酬唱集》目次,《坦园全集》本。《雉舟酬唱集》录杨、裴二人唱和诗一百余首,以下引用本诗集时,只注所引诗之作者。

② 刘玉珺《越南汉喃古籍的文献学研究》称:"经过我们对越南使臣的生平著述、文化活动、政治活动等进行了多方面的研究之后,发现越南使臣均是越南国最优秀的学者和诗人。"第 338 页。"每一个越南使团的主要成员均属于越南汉文化素养最高、地位最尊贵的文化群体,也是越南文坛的领袖人物。"第 340 页。

③ 杨恩寿:《坦园文录》卷一,《清代诗文集汇编》第 727 册,第 391 页。

④ 杨恩寿《坦园诗录》卷十九有《越南裴殷年寄赠名香上桂,国王从父绥理王苇野老人以诗见赠,有"识曲翻从海外论"之句,即以为韵,寄殷年,并答苇野》有"君诗宗晚唐"之句,《清代诗文集汇编》第 727 册,第 637 页。

跃起，拥衾而办，不待东方之白，当其下笔，滔滔不绝，若不甚经意者。而诗则典重矜炼，绝无纤佻轻率之病”[1]。从岳阳楼、洞庭湖到黄鹤楼、晴川阁、鹦鹉洲，从正月二十日相见到二月二十三日相别，一个多月的交往，几乎每日都有唱和[2]。杨恩寿将自作五十六首与裴文祀所作四十九首编入《雉舟酬唱集》，自序曰：

> 越尝修岁贡，取道楚北，恩寿承乏接伴使臣，迎至巴陵，送至信阳，循旧章也。光绪丁丑正月二十日，使臣泊巴陵，始相见岳阳楼下，东涉汉阳，遵陆北上，经大复山，遂与使臣别，是为二月二十有三日也。计与使臣共晨夕甫一月耳。中间或以事冗，或以病谢，恒三四日不见顾，见必有诗责和，严且急，从未至逾夕无报章者。甲副使林鸿胪宏、乙副使黎学士吉皆工绝，而正使裴侍郎文祀为犹多。撮钞成帙，将付剞劂，林、黎二使臣坚请勿汇入，恩寿亦未之敢强，故独列裴侍郎云。噫！使臣，远人也；三春，佳日也；洞庭，江汉胜地也。烟波画舫中，日以倡酬为乐，虽鄙俚如恩寿，得与海外诸君子结文字因缘，以鸣我国家怀柔及远，中外同文之盛，是则小臣之厚幸也。岂寻常流连风月，一觞一咏比哉！三月三日杨恩寿自识。[3]

对于杨恩寿来说，此前虽然与湖湘诗人有大量的联吟酬唱之作，但这次与越南贡使裴文祀、林宏、黎吉的诗歌酬唱非比寻常，体现的是“国家怀柔”以及“中外同文”的自豪感。可以看到杨恩寿特别珍惜这一次与裴

---

① 杨恩寿：《越南裴珠江侍郎诗集序》，《坦园文录》卷一，《清代诗文集汇编》第727册，第391页。

② 裴文祀在《词余丛话序》中提到：“晨夕晤对，一月有余，无日不有倡和。湖光山色，助我诗情。”《中国古典戏曲论著》(九)，第231页。另如《雉舟酬唱集》中录其对杨恩寿《二月初七夜登珠江侍郎使舟夜话，即事有作，并寄麓生家兄粤西》的《和作》：“一日不相见，篷心忽已积。两日诗不来，更使相思迫。”

③ 杨恩寿：《雉舟酬唱集》自叙。

文祀的异国文字之缘。孙衣言也称："于此可见圣世同文之盛，而绝域万里之外，所以能慎守封土，绵历数百年，雍容和乐，无兵争攘夺之患，亦岂被服圣人之教也。"①

重阳前一日，裴文祀从京返回，泊舟晴川阁，临别之际，裴文祀为《词余丛话》作序，而杨恩寿也将裴文祀旧作选入《云龙集》②，并为其诗集《万里行吟》作《越南裴珠江侍郎诗集序》。二人皆是天涯漂泊，依依不舍，把酒痛饮，作诗互相宽慰，不胜离别之感慨。杨恩寿《送别珠江侍郎》记叙了二人交往的具体情况，曰：

今夕复何夕，共此明月光。仆夫戒夙征，行行趋信阳。旅舍苦湫隘，狼藉罗酒浆。别绪黯然集，为子进一觞。君家貉龙郡，我家衡山旁。中外判万里，迢迢天一方。珊瑚岁有贡，衔命赓来王。我充候人职，远泛重湖航。巴陵一再晤，此会良复良。由来意气合，好尚专文章。吟诗日有课，酬唱习为常。刻烛每斗捷，阄韵恒赌强。奚奴疲奔命，深夜持吟囊。披衣未及起，展读或在床。初涉嘉鱼浦，渐陟黄鹄冈。晴川驻飞阁，古驿循随黄。从来表名胜，往往资诗狂。……君门日以远，何日重赓扬。归来计有期，朝仪为我详。更读早朝诗，高唱追三唐。③

裴文祀亦有和诗《和作》：

意气与我期，坛坫各争强。唱和满行箧，笔纸盈奚囊（谓笔谈也）。南北此天步（信阳乃楚豫交界处），深灯风雨床。……郊劳感

① 孙衣言：《雉舟酬唱集》题评。

② ［越南］裴文祀《坦园诗录序》有云："蓬海固不以为陋，既合刻为《雉舟集》，又取余旧作选入《云龙集》。"杨恩寿：《坦园诗录》，《清代诗文集汇编》第727册，第493页。

③ 杨恩寿：《雉舟酬唱集》。

子意，契合芝兰香。旷世喜遭逢，遽尔别离伤。余怀每耿耿，遵道忧怅怅。五夜霜月孤，万里风沙扬。同文不同声，咨询安得详。回首黄鹤楼，思君为颓唐。①

分别在即，两人呜咽不能自已，杨恩寿以人生离合在于性情，而非世俗之离合，来互相宽慰："人生离合在性情，不在行迹，于此有人焉……乃知即行迹论离合，世俗之离合也。余与侍郎重见虽未可必，自时厥后更历数十寒暑，当夫凉风天末、落月屋梁，偶一相思，则取倡和诗讽诵而寻绎之，依然泛洞庭、登鹤楼、吊鹦鹉洲、望大复山，联吟击节时也，何中外万里之有哉！"②

离别之后，时隔四年，即光绪七年(1881)，杨恩寿与裴文禩又有一次异国的诗歌往返。裴文禩曾寄来名香上桂，越南国王从父苇野老人也以诗相赠，蓬海诗中有句："意外一书来，风流宛然在。奇香十日留，桂蠹千年采。更读贤王诗，艳夺花蓓蕾。珍重捡吟笺，锦囊有南海。"③而此时，裴文禩则为两国的外交继续努力，"嗣德三十四(1881)，中越公务交往不断，其中进贡上清帝表、请剿除黄崇英余党疏、致两广总督请肃清边界书、为出兵船调查边界事致谢两广总督书等邦交文献被集为《如燕文草》"④。

岳州旅次，杨恩寿将《坦园全集》赠与裴文禩，且作诗曰："相见岳阳城，洞庭波浪生。春风今日话，旧雨十年情。吟满坦园草，寄来云麓声。

① ［越南］裴文禩：《雉舟酬唱集》。

② 杨恩寿《越南裴珠江侍郎诗集序》，《坦园文录》卷一，《清代诗文集汇编》第727册，第392页。

③ 杨恩寿：《越南裴殷年寄赠名香上桂，国王从父绥理王苇野老人以诗见赠，有"识曲翻从海外论"之句，即以为韵，寄殷年，并答苇野》，《坦园诗录》卷十九，《清代诗文集汇编》第727册，第637页。

④ 刘玉珺：《越南汉喃古籍的文献学研究》，中华书局，2007年版，第311页。

可怜崔李去，黄鹤更飞鸣。”[1]汉阳旅次，杨恩寿又以戏曲作品赠之，裴氏读后大为赞赏，认为“其词旨圆美，齿颊生香”[2]，希望进一步了解“制曲之源流”[3]，杨恩寿便将《词余丛话》未刊稿交其阅读，裴文祀对《词余丛话》进行归纳总结道：

> 卷分三类：一曰《原律》，辨论宫商，审明清浊；一曰《原文》，凡曲之高下优劣，经都转论定者，悉著于篇；一曰《原事》，诙谐杂出，耳目一新；制曲之道，思过半矣。较之《随园诗话》、《制艺丛谈》、《楹联丛话》，更足启发心思，昭示来学，不得以曲子相公为名臣累也。[4]

裴氏希望这部书刊刻之后能够流传到越南，使海邦童子学习：“付梓后愿以百本见寄。海邦童子，尚多颖秀之资，倘循是以求其精微，不独今之乐可学，即古乐之善美者，不亦可测其涯涘耶？”[5]不管杨恩寿赠与裴文祀的《坦园全集》和戏曲著作是否流传到了越南，这都足以说是中越诗歌交流史和戏曲交流史上的一段佳话。

杨恩寿与裴文祀间的诗文唱和、题词以及裴文祀为《词余丛话》作序，是中越文学交流活动的一部分，而且，越南贡使与伴送官的交流，杨恩寿与裴文祀之后已无嗣响，清人孙雄感慨：“越南早已为法亡，朝鲜又新为日灭，藩封既削，唇齿皆寒之忧，曷有极耶！”[6]对于以杨、裴为代表的中越文学交流的意义，有学者评价：“由于这种活动发生在汉文化圈

---

① [越南]裴文祀：《岳州舟次谒见蓬海都转，承赠〈坦园全集〉，又读寄云麓之作，次韵奉答》，《雉舟酬唱集》。

②③ [越南]裴文祀：《词余丛话序》，《中国古典戏曲论著集成》（九），第231页。

④ [越南]裴文祀：《词余丛话序》，第231页。

⑤ [越南]裴文祀：《词余丛话序》，第232页。

⑥ 孙雄：《道咸同光四朝诗史》甲集卷八，清宣统二年刻本，《续修四库全书》第1628册，第536页。

内的不同国度的文人之间，由于作序、评点的对象是产生于外交唱和的北使诗文，因此也具有了一种更深层的文化意味，是产生于本土的汉文学与成长于域外的汉文学之间的交汇、合流、碰撞的主要途径。”[①]因此，通过二人的唱和与题词也就可以“透视出中越文化交流，乃至在宗藩关系下的中外文化交流的实际面貌”[②]。

① 刘玉珺：《越南使臣与中越文学交流》，《学术研究》2007 年第 1 期。

② 张宇：《杨恩寿研究——以戏曲为中心》，扬州大学 2011 年博士学位论文，第 118 页。

第三章　杨恩寿诗文词创作与理论

杨恩寿的创作文体丰富，涵盖面广，在各种文体的比较中，他认为自己戏曲创作为第一，“吾半生所造，以曲子为最，诗次之，古赋、四六又次之，其余不足观也”[①]。这还是在同治四年(1865)所说，当时其剧作只有《鸳鸯带》、《姽婳封》两种，故此可以看做杨恩寿对自己戏曲创作的自信和期待。对杨恩寿创作有一个整体了解是必要的，可因此全面了解其创作旨趣和个性特征；而分析的诗文词等文体的创作，从某种程度上也会对其戏曲成就有更深入的把握。为了更为全面和准确地了解杨恩寿整体的创作和理论，特别是其曲学思想和戏曲创作的特质，本章主要对其诗文词方面的观点与创作进行简单讨论。

杨恩寿一生著作甚丰，收在《坦园全集》中，诗文词有《坦园文录》十四卷、《坦园诗录》二十卷、《坦园词录》七卷[②]、《赋录》一卷、《偶录》三卷及与裴文祀的酬唱诗集《雉舟酬唱集》一卷，戏曲作品有《传奇六种》(《双清影》未收入全集)，戏曲理论有《词余丛话》、《续词余丛话》各三卷，散曲有《词余》一卷，记载伶人的《兰芷零香录》三卷，绘画艺术鉴赏

---

① 杨恩寿:《坦园日记》,第137—138页。

② 谢伯阳、凌景埏编《全清散曲(增补版)》认为“词录一卷”(济南:齐鲁书社,2006年版,第1711页),误。《坦园词录》共七卷239首,分别为卷一:《欸乃余音》三十八首;卷二:《撷春红谱》四十四首;卷三:《绘影庵影语》二十八首;卷四:《玉笛梅花弄》五十七首;卷五:《桐轸双声》三十四首;卷六:《滇池渔唱》三十一首;卷七:《归云簃琴雅》七首。见《坦园词录》。

方面有《眼福编》初集十四卷、二集十五卷、三集七卷[①]，谜语对联有《灯社嬉春集》上下两卷、《四书对联》一卷，以及作为启蒙教材的《小学韵语》一卷，共九十余卷。

第一节　诗歌创作

杨恩寿有《坦园诗录》二十卷，收入《坦园全集》。另有《坦园诗录》十四卷本，题作《坦园诗录·附传奇六种》，当在刻入全集之前即刊行。刻入《坦园全集》时又增补六卷。十四卷本每卷皆有篇目名称，并有各卷卷首语，为全集本所无。各卷目次如下：《童年集》(1847—1851)、《劫外吟》(1852—1854)、《都梁游草》(1855)、《木樨禅偈》(1856—1859)、《郎江游草》(1860)、《辛盘颂》(1861)、《郴游草》(1862—1864)、《桂管游草》(1865—1866)、《澧游草》(1867)、《湘上吟》(1868—1870)、《祥琴集》(1873)、《金台游草》(1874)、《黔游草》(1875)，大体上反映出杨恩寿生活的轨迹。从时间上看应刊于光绪乙亥(1875)。而到了刻《坦园全集》时，却无各卷题名。在序言上，《坦园诗录·附传奇六种》有吴宝俭、张金镛、郑献甫、杨彝珍、熊少牧的序言，而《坦园全集》本《坦园诗录》的序言则只保留了吴宝俭序而去掉了其余四者，同时增加王闿运、王先谦二人序言。亦可说明十四卷《坦园诗录》刻于光绪乙亥(1875)[②]。另外，《坦园日记》中亦保存了大量诗歌。

对于自身的学诗路径与成就，杨恩寿曾说："仆学诗苦无师承，仅从唐人中晚入手。取径虽卑，初基已定。中间又泛览今人集太多，故终身

① 《眼福编》共三集，除《坦园全集》原刻本外，另有徐娟主编《中国历代书画艺术论著丛编》据原刻本影印本，见第五、六两册。北京：中国大百科全书出版社，1997年版。

② 本书所引用《坦园诗录》的内容，除非特别说明，皆引自《清代诗文集汇编》所收《坦园全集》本。

无进境。”[1]但杨恩寿临终之时要求以“诗人杨坦园”之名留于世，足以看到诗歌这一文体在其心目中的地位。坦园的诗歌创作，约有一千八百余首[2]，七岁即作《咏凤凰诗》。王先谦论曰：“杨君蓬海少以诗鸣，兴之所发，飙举云气，顷刻百纸。”[3]杨恩寿曾说：“对客挥毫，我之所长，闭门索句，我之所短。”[4]锦心绣口，出口成篇。其诗歌主张上则以性情为上，认为“情趣隽永，其声乃长。情也，趣也，非今之貌袭大家，无真性情者所可同日语也”[5]。

杨恩寿诗作类型广泛，风格亦各有异趣，但大都以性情为上。抒怀、记游、唱和、咏史、论词，体裁形式多样，简单举例：

表现骨肉亲情之诗，如《坦园诗录》卷十二《重九送六兄赴官广西》：

切切重切切，此别非昔别。昔别有慈母，手线理百结。游子仍出门，慈母已永诀。重检身上衣，湿透眼中血。本当放声哭，欲哭复呜咽。老父正送行，须鬓都如雪。

把眼前的别离与母亲在世时的送别作对比，慈母不在，而子仍要远游，本当哭泣，但无奈老父送行，鬓发如雪，却只能止住而呜咽不已。诗以平常之笔，写至深之情。

写景咏物诗，轻灵秀美。如《坦园诗录》卷八《潇江棹歌》其一：“风

---

①④　杨恩寿：《致王益吾书》，《坦园文录》卷六，《清代诗文集汇编》第 727 册，第 424 页。

②　杨恩寿：《致王益吾书》，《坦园文录》卷六。“断自丁未迄今三十年，自删者七百余首，公所删者三十余首，李季眉先生删者百七十余首，见存者不满八百首。”又知此文作于光绪三年(1877)，而《坦园诗录》1877 年之后还有从十七卷到二十卷，共四卷，且王先谦《坦园诗录》序曰：“盖君生平积诗数千首，今其刊存仅什三四。”按这种说法，坦园诗歌数量更多。《清代诗文集汇编》第 727 册，第 424 页。

③　王先谦：《坦园诗录序》，《清代诗文集汇编》第 727 册，第 491 页。

⑤　杨恩寿：《胡朗依先生诗序》，《坦园文录》卷一，《清代诗文集汇编》第 727 册，第 397 页。

来声送玉玲珑，苦竹青青白莒馨。颇羡鸳鸯两心合，双双飞上合江亭。”随心而写，玲珑可爱，可谓性情之作。

杨恩寿咏史论词绝句量虽不多，但颇有特色。《论词绝句》三十首（《坦园诗录》卷六），选清代以来四十位词人进行评论，其中吴伟业、尤侗、洪昇、孔尚任、李渔、袁于令、厉鹗、万树、蒋士铨、张九钺、沈起凤等十一人都是戏曲家。在评论中，又有对各人戏曲和词成就高低的比较。如评尤侗词：“晚入承明两鬓丝，姓名早达九重知。花天酒地留题遍，画壁先歌《百末词》。”对尤侗的名声以及《百末词》的普及程度进行评价。评孔尚任、洪昇、李渔、袁于令：“元人爨弄独登坛，风骨重追两宋南。秾艳渐多深厚少，春光泄尽百花残。（孔季重、洪昉思、李笠翁、袁令昭，四君均曲高于词。）”以几位曲家的词为例，认为清代词已经没有两宋的风骨，且多秾艳，从词的整体发展角度考虑，已是春光泄尽之态了。评湖南张九钺：“立马黄河吊汴宫，清商恻恻满江红。樊楼灯火金明柳，都入才人泪眼中。（张度西。《秋篷词》雅近苏、辛，大梁吊古《满江红》尤为悲壮。）”以“才人泪眼”突出张九钺词的悲壮特色。评万树：“持律严于灞上军，任他图谱说纷纷。词家别有麒麟阁，第一功名合许君。（万红友。《香胆词》虽近涩，《词律》一编，足为词人圭臬，《白香谱》不及也。）”对万树的《词律》评价甚高，认为是“词人圭臬”。这些评价也是坦园本性情而发。

杨恩寿又有部分观剧诗的创作，这部分诗作虽然不多，但也保存了其当时的观剧心态。如在郴州魏式曾幕府，第二次听喜红所唱《斩婿》，作六言诗六首：

邻寺清歌如沸，萧斋独客情伤。一字字都入耳，九回回绕柔肠。

诸徒心比石顽，鲰生身入笼关。密迩仅三尺堵，迢遥抵万重山。

歌楼巧啭珠喉，野史侠传铁剑。料他毳帐娇啼，红泪湿桃花面。

去年佳日春三，徵歌曾到城南。客里重听此曲，离情我独何堪！

流目曾经一顾，微情默喻两心。惹得同人苦羡，纷纷传到于今。

今日云山千里，当年花月三生。省识个人相待，此心郑重分明。[①]

说是“观剧”，实际上杨恩寿并未亲临剧场观看，而只是“听剧”，“余移住之书房，与戏场尤近，仅一土墙之隔”[②]，一堵墙隔开了两个世界，一面是自己繁忙而枯燥的府署生活，独居萧斋，另一面是临寺热闹的戏剧演出，衬托出自己客境萧条之状，从而更突出欲观剧而不得的复杂心态。同时，杨恩寿与演员喜红曾有一面之缘，还“惹得同人苦羡”，这也是文人性情的自然流露。

杨恩寿本是性情中人，在与王先谦信中曾曰：“朋友中学问太高者不敢仰攀，太庸者不愿俯就，讥弹与贡谀不中肯者又非我所乐闻。”[③]王闿运亦对杨氏评曰：“凡人情之所贪，杨子掉磬焉……凡人情之所澹，杨子踌躇焉。”[④]杨恩寿诗歌亦重视性情，王闿运曰：

善文情者，杨子耶！善文杨子之情者，杨子之诗耶！闿运与交几廿年，读其诗，意其人，穆穆温温，如在寤对。既又观其诸杂曲，诙谐颓唐，想其清狂。初无以品题之，直以己之情知杨子之善治情，而后知诗之贵情也。[⑤]

---

① 杨恩寿：《坦园日记》，第19—20页。

② 杨恩寿：《坦园日记》，第19页。

③ 杨恩寿：《致王益吾书》，《坦园文录》卷六，《清代诗文集汇编》第727册，第424页。

④ 王闿运：《坦园诗录序》，《清代诗文集汇编》第727册，第492页。

⑤ 王闿运：《坦园诗录序》，《清代诗文集汇编》第727册，第492—493页。

杨彝珍评其诗与清代朱彝尊、查慎行相类，“诸诗风力亭亭，波趣亦复无限，寻常语一入手，俱神妙难名，于唐人与中晚诸家为近，在国朝则朱、查之俦，足以下窥亿载矣”[①]。评价甚高。熊少牧认为坦园能成一家之言：“情足以植其词，笔足以穷其趣，瑰丽渊雅，玉佩琼琚，洵所谓总万汇之美，成一家之言者。”[②]

第二节 文章创作主张

杨恩寿文章创作丰富，《坦园文录》中存文十四卷，包括序二卷，论一卷，议二卷，书一卷，传三卷，行状一卷，墓志铭一卷，记、书事一卷，铭、赞一卷，辞赋、诔、祭文一卷，并有《坦园偶录》中的部分文章。文体多样，内容涵盖面较广，反映了杨恩寿的文学成就。杨恩寿的文章理论也有自己的主张，不人云亦云，不盲从大家，针对文章时弊，提出“文无所谓派”、“人以文存”、“不貌袭古人”等观点。

从内容上说，杨恩寿所作的序言、议、书、传与墓志铭较为突出。序言多针对友人诗集所作，如《越南裴珠江侍郎诗集序》、《石虎臣遗迹序》、《廷芳宇诗文序》、《立禹臣诗序》、《徐竹虚诗序》等，也包括自己作品集的序言。议多表达自己对时事的见解，如《铁路议》、《增复鄂岸淮盐引地私议》、《安置遣回湘勇议》、《滇粤防边议》。书多是与友人讨论自己文学和时事见解的书信，如《致王益吾书》、《致曾劼刚论法越情形书》、《复吴南屏先生书》、《复友人论文书》、《复某生书》等。碑传也是为熟悉的友人所作的传记，而非一般文人多为名公巨卿作传。

杨恩寿文章创作的观点，主要表现在以下三个方面：

---

① 杨彝珍：《坦园诗录序》，见杨恩寿《坦园诗录·附传奇六种》，南京图书馆藏。

② 熊少牧：《坦园诗录序》，见杨恩寿《坦园诗录·附传奇六种》，南京图书馆藏。

一、"文无所谓派"的观点

清代以来，在文章流派的发展过程中，桐城派可谓一统天下。而杨恩寿"文无所谓派"的文章创作理论，也是在这一背景下产生的，是对桐城派发展的反思。在桐城派影响尤大的情况下，杨恩寿却明确提出这一观点，敢"冒天下之大不韪"，可以看出他的理论勇气和胆识，以及创作倾向。

杨恩寿提出"文无所谓派"的观点，背景是王先谦辑《续古文辞类纂》，杨恩寿在其所作《书〈续古文辞类纂〉后》中明确提到：

> 文无所谓派也，自姚姬传氏私其乡人，以方望溪氏、刘耕南氏接《左》、《国》、《庄》、《史》之传，为《古文辞类纂》。周永年氏谓"天下文章其在桐城乎"，于是遂有"桐城派"云。夫文莫古于经，诸经之文，不相沿袭，周秦而降，风会既殊，势不能合数千百年之文归于一辙，派而限以桐城也，其愿望亦奢矣。①

对于桐城派，巴陵诗文家吴敏树曾论述："今之所称桐城文派者，始自乾隆间姚郎中姬传，称私淑于其乡先辈望溪方先生之门人刘海峰，又以望溪接续明人归震川而为《古文辞类纂》一书，直以归、方续八家，刘氏嗣之。其意盖以古今文章之传，系之己也。"②王先谦也提到："自惜抱继方、刘为古文学，天下相与尊尚，其文号'桐城派'。"③但杨恩寿并不同意将"数千百年之文"归于桐城派，因为对于文章来说"莫古于经"，

① 杨恩寿：《书〈续古文辞类纂〉后》，《坦园文录》卷三，《清代诗文集汇编》第727册，第410页。

② 吴敏树：《与筱岑论文派书》，《柈湖文集》卷六，清光绪十九年思贤讲舍刻本，《续修四库全书》第1534册，第169页。

③ 王先谦：《〈续古文辞类纂〉序》，《续古文辞类纂》，清光绪八年王氏虚受堂刻本，《续修四库全书》第1610册，第74页。

况且“诸经”各有特色，随着时代的发展，又有不同的时代特征，将文章归之于桐城派是不合理的。

在桐城派的姚鼐选编《古文辞类纂》后，王先谦以姚鼐的编选为准则选取了乾隆至咸丰间三十九人的文章，成《续古文辞类纂》一书，并认为“当世著作之林也，后有君子，以览观焉”[①]。但是杨恩寿却认为这并不是桐城派发展的良好的现象，反之会导致不同派别的门户之见而相互攻击的不良后果，“王益吾氏踵姚氏而有《续纂》，仿汉学师承之例，溯渊源，分支派，举天下缀文之士，几若舍姚氏别无取法，推崇太过，恐启门户攻击之渐，非姚氏之幸也”[②]。

对于文章流变的观点，姜书阁先生的观点较为明晰：

> 文章之变，以时代潮流为转移。世事更易，文体亦随之而不同。于是在此新旧文体递变之过渡时期，每有截然不同之两大派或数大派，驰骋于文坛之上。杰出者倡之于前，庸弱者随声附和，以相标榜，而应之于后。始则面目新颖，一扫旧日积习。人皆厌故习新，故趋之如鹜，遂成当时惟一之大派。久则其体之用渐尽，为文者乃沿袭旧调，专务摹仿，无所改进，不能予世人以新刺激。世人亦习闻而厌，莫肯稍加注意。于是习者渐减，其派乃不得不衰——盖时过境迁，向所争趋之体，已成历史上之陈迹而不足有为。所谓“创者易工，而因者难巧”也。[③]

这一段文字论述了文章流派的形成和衰减的情况，与杨恩寿“门户攻击之渐，非姚氏之幸”的忧虑是一致的。

---

① 王先谦：《〈续古文辞类纂〉序》，《续古文辞类纂》，《续修四库全书》第1610册，第73页。

② 杨恩寿：《书〈续古文辞类纂〉后》，《坦园文录》卷三，《清代诗文集汇编》第727册，第410页。

③ 姜书阁：《桐城文派评述》，上海：商务印书馆，1933年版，小引第1页。

咸丰年间，桐城派姚门弟子梅曾亮、方东树等人相继谢世，而湖南曾国藩、郭嵩焘、吴敏树等人将桐城派进一步发展，并由曾国藩发展出“湘乡派”，除了强调义理、考据、词章外，又注重“经济”一条，更加强调文章的实用。但是，杨恩寿认为王先谦对桐城派“推崇太过”，会起“门户攻击”之先兆，确实是有一定借鉴意义的。

杨恩寿对这一现象的思考，应该说是鉴于当时文坛现象，同时也受到与其有着广泛交往的吴敏树的影响。吴敏树因文章出色而受到姚鼐门人梅曾亮的激赏，“始居京师，以文见推于梅郎中曾亮，时梅先生方以桐城文派之说启导后进，其言由国朝姚、刘、方三君，上溯明归震川氏，以嗣音唐宋为古文正宗。先生顾谓：‘文必得力于古书，不当建一先生之言以自隘。’”[①]吴敏树并没有因为梅曾亮在当时文坛上的地位而随声附和，而是有自己的观点，并不认为要一味以唐宋古文为正宗，而要“得力于古书”。吴敏树对于文章派别的观点更为明确：“文章艺术之有流派，此风气大略之云尔，其间实不必皆相师效，或甚有不同。而往往自无能之人，假是名以私立门户，震动流俗，反为世所诟厉，而以病其所宗之人。”[②]同时这种观点的批评力度更强，杨恩寿所说“非姚氏之幸也”的观点与吴敏树认为的“病其所宗之人”的现象是一致的。这也是杨氏对以派别来限定文章可能会产生负面影响的担忧。

杨恩寿对桐城派的思考也反映了其批评的勇气和不追逐风尚的风格，其所结交的文人多是桐城派后学，如王闿运、王先谦、吴敏树、周寿昌、郭嵩焘、杨彝珍、孙衣言等，但他并未因此而苟同“数千百年之文”归于桐城的观点，而是能够面对如此强大的桐城“阵容”敢于批评。

杨恩寿所肯定的文章风格，也并非是拘泥于桐城派的，如在《致郭建庵》书中，他提到作行述之法即是一例：

---

① 王先谦：《〈柈湖文集〉序》，《虚受堂文集》卷五，《续修四库全书》第1570册，第346页。

② 吴敏树：《与筱岑论文派书》，《柈湖文集》卷六，清光绪十九年思贤讲舍刻本，《续修四库全书》第1534册，第169页。

承示尊大人行述，洋洋洒洒，极奔放，亦极谨严。文笔略近史迁，不拘拘桐城宗派也。至叙及人子不忍言之处，尤为沈挚，读之令人酸鼻，油然仁孝之思，自足千古。[①]

对别人的行述之文不免有夸张之言，但从杨恩寿特意提到不拘于桐城派这一点来看，杨恩寿对派别流弊的反思是比较深刻的。不可否认的是，杨恩寿也受到了桐城派的影响，在给魏式曾所作的六十双寿文时，提到“甫脱稿，自视之，不免走桐城一派也”[②]，但这句话背后却透露出对自己所作寿文“走桐城一派”的不满。

二、“以文存人”的主张

对于墓志碑传的创作，钱穆先生认为自东汉蔡邕以后就变成了应酬文字，并称韩愈的碑文创作为“世俗应酬之文”：“时人亦认为韩公碑文是一种世俗应酬文字，且碑志既缚于题材，碍于情面，又限于文体。盖碑文当勒之金石，体尚严谨，文须韵藻，并不与其他散文同其渊源。”[③]这种“应酬”之文由于创作动机、创作文体的特殊性，使文人与传主的后人各得其利，故一直大行其道，导致这一文体过于功利化，这正是杨恩寿提出“以文存人”的背景。

在《复友人论文书》中，杨恩寿述及其将自己为师友所作碑传送给某友人“恭求诲政”，某友人对其所作传记颇不为然，认为这些碑传并非传主后人所请而作，且多为无名之辈，不应将这些传记放入集中来“撑集”。因此，杨恩寿针对这一论点进行批驳，提出要“以文存人”而非“以人存文”的观点。

---

① 杨恩寿：《致郭建庵书》，《坦园文录》卷六，《清代诗文集汇编》第727册，第430页。

② 杨恩寿：《坦园日记》卷五，第250页。

③ 钱穆：《中国学术思想史论丛》（四），台北：兰台出版社，2000年版，第48页。

其一，杨恩寿某友人提出：“以诸师友小传中多简略，似非由其子孙具状请乞，藉此撑集，颇觉无谓，易从删削。”[①]批评杨恩寿所作传记过于简略，以至于造成借此“撑集”的印象，故宜删去。对于这种观点，杨恩寿认为：

> 自来文人多作名公巨卿碑传，以文存人欤？以人存文也！此等陋习，蒙窃耻之。若拙作各传，皆平生师友，太半穷老抑郁者也。身不出里闾，名不列朝籍。或执经问难，曾在弟子之列。或酒赋琴歌，素托金石之谊。一旦化为异物，倘任其姓名湮没，如烟云过眼，澌灭无迹，亦后死者之咎也。仆不揣固陋，就吾所知者奋笔书之。事之遗漏，非所计也，文之工拙，非所计也。传登集内，愿了胸中。多一人览吾文，即多一人知吾师友矣。多一日留吾文，即多一日留吾师友矣。[②]

杨恩寿反对“以人存文”的创作陋习，主张“以文存人”、“人以文存”，观《坦园文录》中传记部分，确无“名公巨卿”，而多为师友，如方剑潭、曾传钧、王先惠、周准等，且包括身不出闾里的“穷巷老儒”，甚至是不名艺人如张跛等。这或许与杨恩寿本人并非“名公巨卿”有关。由于很多友人身份不显，若非杨恩寿为他们作传，或许早已被历史湮没而无闻于世。

其二，杨恩寿某友人谓：“非由子孙乞请，身分既卑，其文亦不足重。不独世人鄙其文，即其子孙亦不愿有此文。”[③]在某友人看来，若是由传主子孙提供行状请杨恩寿来作传，则更有价值，既能提高自己文章的价值，也能彰显传主的身份。但杨恩寿认为这种“以人存文”的文字，并非如此：

---

①②③　杨恩寿：《复友人论文书》，《坦园文录》卷六，《清代诗文集汇编》第727册，第428页。

> 文人不轻下笔。必待辇金币而谀墓者,必其人本无可传,既无功业足书,又无交情可纪。贪此金币,苦思力索,声闻过情。偶作卑官,则以为龚、黄再世;略知吟咏,则以为李、杜复生。此种文字,谀近于讽,使其子孙稍有见解,必谓辱我先人太甚。将有如尊谕所谓“不愿有此文”者。若拙作则叙交情处多详,叙事迹处多略。诸传具在,可覆按也。[①]

杨恩寿的传记之作与其他所谓世俗“谀墓”之文不同,“谀墓”之文多受人之金,把本无事迹可传,且与作者毫无交往之人,夸张到“谀近于讽”,以至于使传主后人感到辱其先人太甚,这就是以人存文;而杨恩寿所作传记,都是其熟识的师友,在作传时,详记交情而略叙事迹,希望通过这些传记来留存师友的情况,这就是以文存人。

范文澜先生提到:“唐宋以下,凡称文人,多业谀墓,退之明道自任,犹或不免,其他更何足数……自文章与学术分道,缀文之徒,起似牛毛,贵室富贾之死,其子孙必求名士献谀为快,即乡里庸流,亦好牵率文人,冀依附文集传世。文人则亦有所利而轻应之。”[②]指出了这种文体的写作现象,即富贵之家的子孙请名士作传,期望提高身份,借此传世,而文人于此也有利可图,可谓一拍即合,各取所需,这种做法实为杨恩寿所不取。

当然,杨恩寿发出这种感慨,也是与晚清湖湘军兴以来的背景有关:“军兴以来,吾湘人才鼎盛,立功名而膺节钺,良不乏人,其子孙必乞请不轻作文、素高身分者为之撰碑铭碣,焉肯下逮于素无文名,又无科甲之人哉?纵或谬采虚声,偶来乞请,仆亦必自高身分,决不轻于下笔。其故何也?盖此等人既立德、立功,初无待于立言,且国史具在,为之秉

---

① 杨恩寿:《复友人论文书》,《坦园文录》卷六,《清代诗文集汇编》第727册,第428—429页。

② 范文澜:《文心雕龙注》,北京:人民文学出版社,1958年版,第231—232页。

笔者，自有兰台石室之贤。自揣人微言轻，不妨以鸣高者藏拙耳。”[①]湘军的兴起，使得不少立致通显者能够以金币请名士作传。而杨恩寿认为，这些人既然能够立德、立功，那么史官自会秉笔书之，自己无需作此类文章。

其三，杨恩寿某友人提到：“为人作传，必有可传之事方可千古，若夫穷巷老儒、词章末学，亦为立传，浪费笔墨。”这一观点明显与杨恩寿本人秉持的传记创作目的、创作风格截然对立，杨恩寿明确提出，历史上的名人能够流传千古的可谓寥寥无几，而那些世人皆知的名人，已列入史传，亦不必此辈中人再费口舌，而穷巷老儒和词章末学则不同：

> 至于穷巷老儒，其遇既艰，其情可悯，尤当极力表扬，俾之不朽。至于词章末学，自近年专尚考据，俯视词章，平心论之，两汉经师、六朝才士，各有绝诣，无分轩轾，不相下亦不相讥也。足下鄙词章为末学，措词未免稍易。吾湘近有妄人，推崇汉学，斥朱子为迂腐不通，其见地更高出足下之上。此等议论，似非所以教后学也。且足下既以词章为末学，则古文亦在词章之列，区区末学，何足重轻？不独不待乞请而立传之文可以不作，即摰金币而乞请谀墓者亦可以不作矣。[②]

杨恩寿一方面认为足不出里间的穷巷老儒由于境遇艰难，且由于与之交情深厚，更值得作传传世，即使无人乞请也应主动为之作传。另一方面认为词章末学在晚清“专尚考据”的情况下，其学得不到重视，但其实与“考据”难分轩轾，那种因以金币相请为作“应酬”文字，也是不应该的。

杨恩寿多篇传记的创作正是其文章理论的实践，虽然他也为“巨公名卿”如张金镛(《湖南学政翰林院侍讲张公传》)、刘岳昭(《云贵总督刘

①② 杨恩寿：《复友人论文书》，《坦园文录》卷六，《清代诗文集汇编》第727册，第429页。

公传》)、魏式曾(《湖南永顺知府魏公传》)、熊少牧(《熊雨胪先生传》)、张自牧(《浙江候补道张君传》)等作传，但这些人都是与杨恩寿有交往者，有师友之谊，为其作传记，有补史之价值而非“应酬”之作。重要的是，杨恩寿为那些“穷巷老儒”和落拓不得意的友人作传，如《周先生传》所记周准是塾师，《长沙县学生王君传》所记友人王先惠是王先谦之兄，英年早逝，《方剑潭传》中的方剑潭有才却穷，《罗寄云墓志铭》写罗羲年“独落拓，穷老且死”[①]。

三、“不貌袭古人”的态度

杨恩寿在与吴敏树的信中谈到吴敏树文章创作的“古文之法”的观点，并提出反对意见。杨恩寿称：“一昨奉到钧谕，教以古文之法，其要有三：一则关系时事也，一则发明心性也，一则考订经义也。备此三者，庶几大家。要言不烦，昭然若发蒙矣。恩寿资性愚暗，气又粗浮，读书不能透入精微，作文动辄肤泛。时文且不能工，遑敢上希古文？乃承丈人殷殷诱掖，欲引而置于大雅之林，嘉惠后学之心既深且挚。恩寿何幸而得此明师哉？”[②]吴敏树的古文之法，即注重时事、心性和经义三点，而杨恩寿则认为在具体创作中：

> 夫所谓古者，不必奇字也，不必奥句也，但能用意深、运气厚、使笔健，不貌袭古人，自骎骎乎进于古。[③]

不必讲究“奇字”、“奥句”，只要能做到“意深”、“气厚”、“笔健”即可。杨恩寿并不因为吴敏树是文章大家而苟同其观点，且又进一步以自己早年体会到的观点来论证：“犹记十四岁受业周先生之门，请授诗文，受而

---

① 杨恩寿：《罗寄云墓志铭》，《坦园文录》卷十一，《清代诗文集汇编》第727册，第466页。

②③ 杨恩寿：《复吴南屏先生书》，《坦园文录》卷六，《清代诗文集汇编》第727册，第427页。

读之。先生谓先民之文，无不可读，各人见地不同，惟性所近者，惟能获益耳……师训昭垂，至今犹守之勿替。”[①]

总体来说，杨恩寿的文论主张具有很强的现实针对性，或对文章派别进行批评，或对以文存人的创作弊端进行批评，而这些现象在当时的文学创作中已显露弊端，因此他提出“意深”、“气厚”、“笔健”来阐明自己的作文观点，这在晚清的文论中有其独特的理论价值。

第三节　词学主张与创作实践

杨恩寿《坦园词录》七卷，收词作二百三十九首，另外《坦园诗录》中又有表达词学主张的《论词绝句》三十首。学界目前对杨恩寿的词学主张与创作较少有关注，本节就杨恩寿词学主张、创作实践及其词作在晚清词创作中的定位进行探讨。

一、推尊浙西的词学主张

杨恩寿的词学理论，主要体现在其《词余丛话》中对于诗词曲地位的评价、《论词绝句》三十首对于浙西词派的评骘及其《坦园词录》里对于词律方面的考订上，总体表现为推尊词体、推崇浙西词派以及严于词律。

首先，推尊词体。推尊词体是在“诗余”观念下对词的正统地位的争取和对其本体特征、价值功能的体认。杨恩寿在《词余丛话》中提到：“昔人谓：‘诗变为词，词变为曲，体愈变则愈卑。’是说甚谬。”[②]诗变为词、词变为曲是明清论者在文体流变上对于诗词曲的评价，实际上是对

---

① 杨恩寿：《复吴南屏先生书》，《坦园文录》卷六，《清代诗文集汇编》第727册，第428页。

② 杨恩寿：《词余丛话》卷一，《中国古典戏曲论著集成》（九），北京：中国戏剧出版社，1959年版，第236页。

于三者在功能上的定位，杨恩寿认为这种“变”的观点是“后人不溯源流，强分支派”[1]导致的结果，而正确的态度应该是“诗、词、曲，固三而一也，何高卑之有?”[2]浙派词人汪森曾质疑诗变词、词变曲的合理性，认为:“古诗之于乐府，近体之于词，分镳并骋，非有先后;谓诗降为词，以词为诗之余，殆非通论矣。”[3]陈撰在厉鹗词集《秋林琴雅》序中论曰:“词与诗同源而殊体，《风》、《骚》、五七字之外另有此境而精微诣极。”[4]则是从词境之精微的角度论词之地位，词与诗虽异体，但源流相同。杨恩寿辨析这一观点时，承认了体制的不同，但不承认词、曲的功能与地位低下，这是对词体的推尊，符合客观事实。

其次，推尊浙西词派。《论词绝句》是杨恩寿对于清代词人、词风的评论，共三十首，所评论的词人计有吴伟业、龚鼎孳、王士祯、陈其年、尤侗、徐釚、朱彝尊、李良年、吴绮、余怀、吴兆骞、顾贞观、纳兰性德、孔尚任、洪昇、李渔、袁于令、厉鹗、马曰琯、万树、蒋士铨、乐钧、杨芳灿、杨揆、张九钺、吴锡麒、郭麐、蔡元春、袁通、陈梦欧、黄景仁、沈起凤、汪剑潭、汪全德、王全泰、周稚圭、项廷纪、戈载共三十八人。其创作明显是模仿元好问《论诗绝句》，自言:“翻阅近人词集，仿元遗山论诗体，各题一绝，仅见选本暨生存者概付阙如。”《论词绝句》存于《坦园全集》之《坦园诗录》卷六，《坦园诗录》按编年排序，从创作时间上来看，卷六作于咸丰十一年(1861)，杨恩寿时年二十七岁。

在所评论的清代词人中，涉及浙西派词人朱彝尊、李良年、厉鹗、吴锡麒、马曰琯、郭麐、杨芳灿、杨揆、项廷纪等。浙西词派由清初朱彝尊创立，经历了清中叶中坚厉鹗的发展，以及后期吴锡麒、郭麐等人的继承，是清代词坛上具有重要地位的词派。杨恩寿论浙西词派的创始人

---

①② 杨恩寿:《词余丛话》卷一，第 236 页。

③ 汪森:《词综序》，朱彝尊、汪森编《词综》，上海:上海古籍出版社，1978 年版，序第 1 页。

④ 陈撰:《秋林琴雅序》，厉鹗:《樊榭山房全集》，《四部备要》本，上海中华书局据清光绪振绮堂重刊本校刊本，第 297 页。

朱彝尊"风气能开浙派先，独从南宋悟真诠。自题词集夸心得，差喜新声近玉田"[1]，评论朱彝尊在浙西词派的地位以及词风源流。评价李良年在浙西词派中地位："一时声价信无虚，秀水词人说李朱。南渡风流未消歇，荷池桂子唱西湖。"李良年词追南宋吴文英、张炎，词风空灵。再如论厉鹗在浙西词派中的传承地位："湖上填词白发新，六桥杨柳绾芳春。若从西浙论宗派，朱十从今有替人。"厉鹗正是在清中叶的浙西词派发展中起到了中坚作用，其词清真雅正，"淡而弥永，清而不肤。渲染而多姿，雕刻而不病格，节奏精微，辄多弦外之响"[2]。厉鹗词在源流上学张炎、姜夔，其门人汪沆称厉鹗"瓣香乎玉田、白石，习倚声者，共奉先生为圭臬焉。忆前此十余年，大江南北，所至多争设坛坫，皆以先生为主盟。一时往来通缟纻而联车笠，韩江之《雅集》，沽上之《题襟》，虽合群雅之长，而总持风雅，实先生为之倡率也"[3]。可见厉鹗作为浙西词派中期代表的重要地位。在论郭麐与蔡元春时说"朱门风月旗亭酒，传唱江南两秀才"。这样杨恩寿就以论词诗的形式大致梳理出浙西词派的发展脉络。

再次，严审词律。推尊词体是在词的体制和功能上对词的重视，而具体则主要体现在对词律的态度和运用上。杨恩寿推服万树《词律》，同时在《坦园词录》中也对词律精研深探，有自己独到的见解。《论词绝句》对万树的评价曰："持律严于灞上军，任他图谱说纷纷。词家别有麒麟阁，第一功名合许君。"诗后注曰："万红友。《香胆词》虽近涩，《词律》一编，足为词人圭臬，《白香谱》不及也。"俞樾认为"《词律》一书，为词家正鹄"[4]，《词律》按词调排列，标明字数、平仄、韵脚、别体，且每调之后又有专论，足为后世词学之范。杨恩寿在创作时，对调名、句格、字格、

① 杨恩寿：《论词绝句》，《坦园诗录》卷六，《清代诗文集汇编》第 727 册，第 527 页。

② 赵信：《集外词题词》，厉鹗：《樊榭山房全集》，第 298 页。

③ 汪沆：《樊榭山房文集题词》，厉鹗：《樊榭山房全集》，第 209 页。

④ 俞樾：《词律序》，万树《词律》，上海：上海古籍出版社，1984 年版，第 3 页。

用韵等的采用皆以万树《词律》为本。后有人诋毁《词律》:"《词律》一书,人苦其严,辄加诋毁,而好高论者又讥其不解宫调。"而杨氏则认为万树为"两宋功臣"①。尽管如此,在词律上,杨恩寿也不迷信万树,而是根据具体词作审定词律,主要表现在辨析调名、审定句读、区分声调三个方面。

辨析调名。万树以为〔个侬〕即〔六丑〕,而杨恩寿通过审慎地辨析,认为二调无涉,在《坦园词录》卷六作〔个侬〕调,辨其律曰:

> 《词律》谓:"是调即是〔六丑〕,升庵以名不雅驯,取首句'恨个侬无赖'故换此名。"按:〔六丑〕乃美成自度腔,升庵和韵既多脱误,句法平仄尤极参差,《词律》逐句辨论异同,可谓详矣。然必指为即是〔六丑〕,深诋《图谱》另立一体之非是,则未免失之武断。夫以升庵之才大心细,岂有和周韵而或讹脱者?且句法平仄互异至十七句之多,虽俗手亦不应鹘突至此,况天才卓绝如升庵乎?升庵精于音律,如〔落灯风〕、〔款残红〕、〔误佳期〕诸调,皆其自度腔,安知此调非犯〔六丑〕而成其叶韵,又多与美成相合耶?不然,方三衢、吴梦窗俱有和美成之作,升庵竟未之订正,何也?率仿升庵体并和原韵,与〔六丑〕无涉,知音者幸教我焉。②

审定〔个侬〕非〔六丑〕,是对万树观点的反驳,其依据就是杨慎"才大心细"、"精于音律",认为其在"才"与"律"兼擅的情况下不至于出现如此错误。

审定句读。〔兰陵王〕《咏柳赠别》词,杨恩寿题序曰:"用美成韵,原作'谁识,京华倦客',本上二下四两句两韵也,后人误作一句,致嫌脱

---

① 杨恩寿:《坦园词录》卷六《六丑·序》,《清代诗文集汇编》第727册,第719页。

② 杨恩寿:《坦园词录》卷六《个侬·序》,《清代诗文集汇编》第727册,第718页。

韵。余守万氏之说，特为标出，得无诋其胶柱乎？”[①]其〔迷仙引〕（才是春来）词序中称：“是调创自屯田，万红友谓后阙……两‘去’字属上属下均不谐适，疑有讹脱，吴子律《莲子居词话》审定句读，上‘去’字叶韵也，下‘去’字叠韵也，一字一韵，顿折成文，词意完足，犹北曲〔醉春风〕体也，足补《词律》之阙。”[②]杨恩寿并非仅仅胶着于词律之形式，其出发点是通词意，进而达到词律与词意的结合。

区分声调。杨恩寿并不迷信万树的词律观点，而能够根据具体情况审定词律，提出自己的主张。如辨析声调，〔瑞鹤仙〕（银沙迷雁迹）序称：“是调各体，《词律》论之详矣，惟于此一体第二句第一字、第四句第三字、第八句第六字、第九句第一字、第十句第三字、第十四句第一字、第十八句第一字、第二十句第五字，均须去声，结句尤须去平去仄，漏未注出，偶有一得，附志于此。”[③]辨析详细、精审。再如卷七〔丁香结〕《寄怀王壬秋成都用吴梦窗韵》，通过选用字的声调平仄辨析万树的观点，万树在《词律》中论〔丁香结〕调中“‘晴’字必是‘暗’字无疑”[④]，杨恩寿辩曰：“是调《词律》辨论梦窗原作‘陡觉晴动偷花春意’句，‘晴’字当是‘暗’字之讹，后半阙第二句当以一字领四字，说俱可从，惟周美成、方千里诸作，篇中去声字无一不与梦窗相合，红友漏未指出，恐学者偶不经意，以上入两声字囫囵填之，仍是毫厘千里耳。”[⑤]杨恩寿推崇万树《词律》而又能辨其误、补其阙，表现出杨氏对词律本身的坚守。

二、杨恩寿词的创作实践

杨恩寿词集《坦园词录》七卷，共录词二百三十九首。卷一《欸乃余音》三十八首，卷二《撷春红谱》四十四首，卷三《绘影庵影语》二十八首，

① 杨恩寿：《坦园词录》卷二，《清代诗文集汇编》第 727 册，第 677 页。
② 杨恩寿：《坦园词录》卷二，《清代诗文集汇编》第 727 册，第 680 页。
③ 杨恩寿：《坦园词录》卷四，《清代诗文集汇编》第 727 册，第 700—701 页。
④ 万树：《词律》卷十六，上海：上海古籍出版社，1984 版，第 361 页。
⑤ 杨恩寿：《坦园词录》卷七，《清代诗文集汇编》第 727 册，第 722 页。

卷四《玉笛梅花弄》五十七首，卷五《桐轸双声》三十四首，卷六《滇池渔唱》三十一首，卷七《归云簃琴雅》七首。杨恩寿现存的词大约是其在二十六岁至四十七岁之间所作，且大部分作于其词学理论作品《论词绝句》之后，因而其词作的主题蕴含与抒情特色必然会受到词学观念的影响。

（一）《坦园词录》的主题蕴含

《坦园词录》中的词作，题材多样，且具有多种主题蕴含，大致可分为交游赠别与题咏酬唱、咏物闲情与寄托遥旨、记游抒怀与感旧伤时等方面。

其一，交游赠别、题咏酬唱。在杨恩寿的词学交游中，曾传钧(1827—1881)是突出的一位。曾传钧，字茶村，善化人。著有《万松草堂纪事》，有传奇《蕙兰芳》。杨恩寿称之为“一辈词场快友”。光绪元年(1875)，二人于长沙相见，当时曾传钧将赴广西桂林，而杨恩寿亦将去云南幕府，曾传钧出其词集，中有怀念杨恩寿词作〔花心动〕，杨恩寿当即以原韵奉答，词曰：

> 暂绾离愁，倩旗亭纤纤，几丝杨柳？绿蚁乍倾，红豆频拈，笛里月痕凉透。白鸥飘荡，江湖晚数上，陈迹何堪回首？问灯市儿戏竹马，可重携否？　　一辈词场快友，剩苜蓿春肥程雨苍任城步校官，黄花秋瘦韩申甫客皖江。五岭瘴深，六诏云遥，恰又是分飞候。好裁锦字凭红鲤，写不尽，故人情厚。更珍重，吟身客中醉后。①

写离别，用“杨柳”、“绿蚁”、“红豆”、“月痕”、“白鸥”，把二人分别时人生如鸥、踪迹飘摇的情态描绘如生，又想象别后的状态，写“锦字”、“红鲤”、“客中醉后”，寄托无限感慨。

题咏词包括题剧词、题画词等。题剧词如为曾传钧《蕙兰芳》传奇题〔蕙兰芳引〕《题曾茶村〈蕙兰芳〉传奇》，题画词如〔大酺〕《题〈江云归

① 杨恩寿：《坦园词录》卷四，《清代诗文集汇编》第727册，第693页。

梦图〉》等。此仅录其为嵇永仁(1627—1676)《梦扬州》传奇所作的题剧词〔梦扬州〕《题〈扬州梦〉传奇》:

泛觥船。正落花、轻扬茶烟。脆管乍调,宛宛重描华年。竹西歌吹东风暖,趁冶春,书记翩翩。平康里,珠帘卷,柳丝挽住香鞯。

他日分司绮筵。惊粉面齐回,尽放莺颠。奈负芳时,十载因谁俄延?深红惆怅桃花雨,倚绿阴、空拭冰弦。谁更续,扬州一梦,薄幸名传。①

清代《扬州梦》传奇有两部:其一是嵇永仁所作,写杜牧在扬州的风流韵事;其二为岳端(1670—1704)所作,写扬州巨贾杜子春得道成仙之事。从杨恩寿所作的题词内容来看,他应是为嵇永仁的《扬州梦》所题。另外,杨恩寿与嵇永仁的后人嵇月生交往密切,亦可为旁证。关于题词的原由及经过待考。

其二,咏物闲情、寄托遥旨。杨恩寿的咏物词有五十多首。其中卷三《绘影庵影语》二十八首全部为咏"影"之作。咏物一方面是写闲情,然也有寄托之意。如卷四〔清平乐〕《暮春咏柳》:"飞花飞絮,无限伤春处。一片娇簧新啭雨,更为流莺少住。　　秋千影,隔红墙,谁怜情短情长?回过眉边,滋味平量,浓淡斜阳。"②咏柳写其闲情,说是"闲情",倒不如说是一种淡淡的伤怀滋味,品其"浓淡斜阳",词人心中总有一种挥不去的郁结。再如《坦园词录》卷一〔齐天乐〕《咏蝉和中仙韵》:

绿阴如水闲庭院,谁惊午窗清睡?有韵吟黄,无情咽碧,何处离愁遥寄?商音到耳。似弦拂瑶徽,曲翻珠珥。俏影纱橱,不须相对诉憔悴。　　尘中筝笛乍洗。一声声唱和,都是诗意。调占风高,吟搀露洁,赢得清凉身世。秋心渐碎。剩落叶空山,尚留仙蜕。

① 杨恩寿:《坦园词录》卷四,《清代诗文集汇编》第727册,第693页。

② 杨恩寿:《坦园词录》卷四,《清代诗文集汇编》第727册,第702页。

漫许雪平丝，点来双鬓里。[①]

咏蝉，则写其“离愁”、“商音”和“清凉身世”，唱到叶落山空，秋去冬来，雪丝点缀仙蜕。咏来多有凄伤、清苦之意。也可看出，明为咏蝉，暗为自咏。

其三，记游抒怀、感旧伤时。杨恩寿记游之词，或重游伤怀，或感慨故友零落，或抒写今昔感胜之情怀。《坦园词录》卷四〔扁舟寻旧约〕《晴川阁》：

枫峡鳞霞，芦天蛾雪，一江秋影冥冥。画中城郭，镜边楼阁，暮鸦点入云屏。翦波双桨骤，抵多少渔讴棹声。暗飞残笛，梅花寄与尘梦，几时醒？　　空指点汀洲芳草路，便烟销赤壁，骇浪都平。六朝余韵，酸心啼鸟。泪痕迸，付哀筝。黯然今昔感剩，无恙阑干可凭酒。波凉浸当杯，古月依旧明。[②]

杨恩寿于光绪三年为湖北护贡官，游晴川阁而作此词。上片写景，冥冥秋色，暮鸦渔歌。下片深入历史时空，面对胜迹，思绪飘飞，历史烟云到如今已飘散，只剩下曾照耀古时的明月至今仍在，不禁慨然。卷五〔湘春夜月〕《待石园废为酒楼重过志感》：“认疏林，尚留枝上斜阳。可是燕子归来？仍绕遍回廊。待把别情重诉，剩冷蛩低絮，碧藓荒墙。恁酒痕化泪，悲风恻恻，吹入银缸。当年小筑，栽花垒石，曾费平章。　　槛外莲漪，听一派闹红余韵，犹带宫商。敲诗烛短，怎奈他尘梦苍凉。算渐次落晨星殆尽，西州未过，先断人肠。己未年，先大夫与黄月崖、熊雨胪、陈花农、李季眉诸老有《待石园酬倡集》之刻，今无一存者矣。”[③]杨恩寿父亲杨白元与熊少牧等人曾在待石园吟诗酬唱，多为诗酒之会，刻有《待石园酬

---

① 杨恩寿：《坦园词录》卷一，《清代诗文集汇编》第727册，第673页。

② 杨恩寿：《坦园词录》卷四，《清代诗文集汇编》第727册，第704页。

③ 杨恩寿：《坦园词录》卷四，《清代诗文集汇编》第727册，第707页。

倡集》,旧地重来,人非物亦非,当年盛会不再,故人多零落,只剩下碧藓荒墙。另外,卷五〔还京乐〕、卷六〔并蒂芙蓉〕等词也多是写记游伤怀,感旧伤怀之作,这类作品也体现出杨恩寿词作的一大特点。

(二)《坦园词录》的抒情特色

在词的创作上,杨恩寿以南宋词人姜夔、张炎为宗,学习浙西词派。主要表现在对姜、张等南宋"清空"一派词人的和作上。《坦园词录》中明确为和词的有五十七首,多为和宋代词人姜夔、张炎、周邦彦、周密、王沂孙、吴文英、史达祖等人之作,也有和当朝朱彝尊、厉鹗等浙西词派词人之作。从这一点来看,杨恩寿在词风的追求上是明确学习姜、张等"醇雅"、"清空"特征的南宋词人的词作及其所影响的浙西词派。

杨恩寿本是性情中人,反映在创作上,他的诗、词、曲、文、赋各种体裁的一致特色就是讲求性情,抒写真情。其词作或写闲情,或抒哀愁,都是性情的流露和真情的抒发。词境多清冷、寂苦、郁伤。在用词、修辞上,多选用寂冷色调,所营造的气氛则为清冷、伤感。卷三《绘影庵影语》二十八首词皆用〔疏影〕调,所填春影、秋影、月影、雪影、花影、柳影、絮影、松影、燕影、鸦影、蝶影、阑影、簾影、帘影等,题材也多有清冷之意。其卷四〔倒犯〕(忽忽地、梧叶打窗)序称:"素商应节,秋气寂寥,眷怀旧游,我心如痗。是调为清真自度腔,方三衢和词,尝谓'长安游子,鬓发云侵',古今伤心人同此怀抱也。"上片云:"忽忽地、梧叶平打窗,秋声一平树。鸦边寒语。斜阳里、尽情低诉。烟痕送暝,庭院苍凉簾栊暮。渐晼晚吟情,冷到敲诗处。懒重拈,断肠句。"所用词皆为表达秋寒,其"梧叶"、"秋声"、"鸦"、"斜阳"、"烟痕"多为秋之特色,意境清寂,而"低诉"、"苍凉"、"晼晚"、"断肠"等词的使用更营造出清冷、伤怀的气氛。有的词作在序中则直接写出忧伤心境,如卷四〔瑞鹤仙〕序曰:"荒洲夜泊,明月窥篷,促织声中,竟夕不寐,用蒋竹山《聊城见月》韵,以写我忧。"上片:"银沙迷雁迹,正苇地蘋天,渔讴初息。烟峦荡遥,碧渐冰蟾,窥破鱼鳞云隙。虫声乍泣,一缕缕愁丝自织,问秋来多少闲愁,作去弄乱丝端的。"通过"银沙"、"雁迹"、"冰蟾"、"虫声"等表现夜中清冷之景物以写其"忧"。

总体来看，杨恩寿词既无艳冶秾丽之态，又无激昂豪壮之风，而多表现伤感清苦的情致；而且与前人的“醇雅”、“清空”不同，其雅中带寂，清中有冷，表达更为婉曲。

三、作为曲家之词、诗人之词在晚清湖湘词学中的定位

我们把杨恩寿的词学创作与其本人的戏曲、诗歌创作进行比较来看其成就或差距，同时把杨恩寿词放在晚清湖湘词派的创作环境中来看其词学特征，会对杨恩寿的词学定位有更为直观明晰的理解。

杨恩寿曾言：“吾半生所造，以曲子为最，诗次之，古赋、四六又次之，其余不足观也。”自认为其词作不如其戏曲、诗文。杨恩寿曾于同治五年(1866)删改词稿，《坦园日记》八月廿二日记载这么一段话：“晴。清出历年词稿，除删削遗失外所存无几，而惬心贵当之作尚少。此道虽曾究心，尚不如诗之略有把握也。”①已经透露出他在词作方面并不像诗歌那样得心应手。其《词录》二百余首，数量不可谓不多。虽曾用功，或未能达其所愿。所以杨恩寿的词学实践，可以称作曲家之词、诗人之词。

杨恩寿是同光时期的长沙词人，那么，我们把其词论与词作放在湖湘词派的框架内来看其特色与成就。

湖湘填词家，晚清之前较为寥落，咸丰、同治以后则多有新出，然而成就并不卓越。有研究者论晚清湖湘词学：“清末，词学最盛，以王闿运为代表的湖湘派，终以主之者于词非专诣，而继之者又乏其人，未能汇成巨浸，产生较大的影响。故于其前，既有逊于浙西、阳羡，更未能媲美常州。”②认为作为学者的王闿运的成就并非专于论词、填词一道，故以其为代表的湖湘派词人鲜有后继，所以“湖湘派”词人的主张和实践都不能与浙西词派、阳羡词派、常州词派相提并论。这段话大致道出了晚

① 杨恩寿：《坦园日记》卷四，第181页。

② 彭靖：《六家词抄前言》，(清)王先谦辑：《六家词抄》，云告点校，长沙：岳麓书社，1984年版，第2页。

清湖湘词人的创作在清代词学上的地位，然而湖湘也有成就突出的词人及其词作，主要有湘潭王闿运《湘绮楼词》、湘阴李星沅《芋香山馆词》、长沙熊少牧《小影珠吟馆诗笺》、道州何绍基《东洲草堂诗余》、长沙周寿昌《思益堂词钞》、善化孙鼎臣《苍莨词钞》、巴陵杜贵墀《桐花阁词抄》、新化李洽《捣尘集词钞》、武冈邓辅纶《白香亭词》、长沙张祖同《湘雨楼词》，等等。

在湖湘学人的词学活动中，王先谦曾选孙鼎臣、周寿昌、李洽、王闿运、张祖同、杜贵墀六人词作共183首为《六家词抄》，这是王先谦在交游中为其师友抄录的词集，可知这些词人的创作在湖湘词人群中是有一定的代表性的。从词学渊源上看，“清末词苑大家，大都希踪清真，或以清真所到为最高之境，或以清真为必问之津”[1]，即学习姜夔、张炎、周邦彦等人是湖湘词人的一大特点，张祖同的词作在这一点上更为突出，其《湘雨楼词》第四卷即题为《步清真集》，明确表示学习周邦彦。在晚清湖湘派词的创作中，杨恩寿的创作并不逊色，其早期词曾被选入《湘中六逸词抄》：

> 余年十八即学倚声，亡友方剑钞潭选曾茶村、程雨苍、程辅熙、韩申甫、傅章灿暨余为《湘中六逸词钞》，将付剞劂。咸丰乙卯始见《词律》，深悔少作之误，急索原稿毁之，自是渐就范围，兢兢墨守。[2]

杨恩寿十八岁始学填词，其好友方剑潭曾将其词作选入《湘中六逸词抄》，咸丰五年(1855)，杨恩寿因见到了万树的《词律》，悔少作之不合律，故匆忙索回焚毁。由此来看，杨恩寿此时期的词作已不存。张德瀛

---

① 彭靖：《六家词抄前言》，(清)王先谦辑：《六家词抄》，第2页。杨恩寿《坦园词录》卷一《眉妩》词题中曰《湘中六子词抄》。

② 杨恩寿：《六丑词序》，《坦园词录》卷六，《清代诗文集汇编》第727册，第719页。

在《词征》中论杨恩寿词的特点曰“杨恩寿蓬海词，如新秧初插，流膏润润”[①]。这是符合其创作实际的，研究者论曰：“杨氏词学周清真，词风温婉绵丽，低徊郁伤，在晚清湖湘词人中其词学成就直逼张祖同。”[②]武陵人陈锐（1859—1922）《褒碧斋词话》中称“同光三家词”曰：

> 同光间，乡人填词者三家，杨蓬海恩寿、杜仲丹贵墀、张雨珊祖同也。[③]

即把杨恩寿推至同光时期湖湘重要词家之地位。这与杨恩寿学习南宋姜、张词风及浙西词风并严守音律的词学主张是有关系的。

或许由于杨恩寿半生游幕，身居卑位，学无传人；或许由于杨恩寿身为曲家、诗人；或许由于坦园词只是着眼于一己之感怀，没有反映时代特征、没有忧国伤时的意识，笔触未涉及黍离之悲、扶持世教等方面，因而其词未受到研究者足够的重视。然而，杨恩寿作为曲家、诗人，我们或可以称坦园词为曲家之词或诗人之词。杨恩寿对词的本体特征、功能有自己的主张，并根据自己的观点进行创作，其在词学方面的成就是不可忽略的。

我们在了解杨恩寿的诗文词创作特征和观点的基础上，会对杨恩寿的性格、性情有更丰富、多侧面的了解，同样会更有助于探讨杨恩寿的戏曲创作、戏曲理论和戏曲活动等内容。

---

① 张德瀛：《词征》，见严迪昌：《清词史》，南京：江苏古籍出版社2001年版，第491页。

② 莫立民：《晚清词研究》，北京：中国社会科学出版社，2006年版，第224页。

③ （清）陈锐：《褒碧斋词话》，唐圭璋：《词话丛编》，北京：中华书局，1986年版，第4199页。

第四章　杨恩寿戏曲创作论略

从对杨恩寿家世和交游的角度考察看来，这两方面对其戏曲创作的影响倒不是非常明显。而杨恩寿本人对戏曲的喜爱、对戏曲创作的熟稔以及对戏曲功能的认识所起的作用更为重要，其个人坎坷的经历、关心社会现实的精神以及对地域文化弘扬的意识也就成了其戏曲创作的重要促成因素。

第一节　版本述略与体制辨析

一、剧作版本述略

对于杨恩寿剧作的版本情况，前人的研究有遗漏或讹误。此处则结合已有成果及笔者所见，对各剧版本按照创作顺序进行述录，并对相关问题进行辨析。至于戏曲内容，由于前人研究已多有论述，且后文亦有涉及，故此处介绍从简。

（一）《鸳鸯带》

咸丰二年（1852），作于长沙。二十四出。根据其好友方剑潭实事写成，其妻王氏为情自绞。

剧作焚毁不存。

（二）《姽婳封》

咸丰十年（1860），作于武陵幕府。六出。写恒王与林四娘的故事。恒王轻出被杀，姽婳将军林四娘出战夺尸，亦战死，后皆享专祠。

版本九种：

1.《杨氏曲三种》本，同治九年(1870)刻本，与《桂枝香》、《双清影》合刊。

2.《坦园全集》(《坦园丛稿》)本，光绪间杨氏坦园家刻本，为《坦园六种曲》之一。有王先谦序、自序，署“同怀兄彤寿六笙按拍，长沙杨恩寿蓬海填词，北平魏式曾镜余评点”。

3. 江都吴仲(羞翁)校刊本，洒墨山房藏版。署“姽婳封传奇”，“己酉孟秋，羞翁”，正文剧名下署“江都吴仲羞翁校刊”，不署杨恩寿。宣统元年(1909)刊。与《望夫石》、《盂兰梦》合刊，为《晨风阁丛书》甲集残本，南京图书馆等藏。刊入时已去掉王先谦所作序文。

4.《国学萃编》据《晨风阁丛书》本影印本，国学萃编社编:《国学萃编》第四册，台北:文海出版社，1970 年 7 月初版。但《国学萃编》认为此剧为“吴仲”撰，误。

5. 手抄本，上海藜光社影印，1912 年，与《桂枝香》合刊[①]。

6.《说丛》本，1917 年第 1 期、第 2 期，刊载第一出《花阵》，刘富梁为曲词加工尺谱。《说丛》杂志，许指严编辑，北京宣南编译社出版[②]。

7.《香艳丛书》本，《香艳丛书》第十一集，卷三。国学扶轮社编，上海中国图书公司和记排印本，清宣统元年至民国二年(1909—1914)。南京图书馆等藏。字体不分正衬，部分宾白加括号以与曲词相区别。

按:据《香艳丛书》本影印者有三种，其一，《笔记小说大观》第五编第八册所收本，1983 年;其二，《丛书集成续编》第 210 册所收本，文学类。王德毅编，台北新文丰出版公司，1989 年 6 月;其三，《清代笔记小说》本，第三十三册所收本。周光培编，河北教育出版社，1996 年。

《笔记小说大观》与《清代笔记小说》收录《姽婳封》，说明二者将此剧以笔记小说来看待。

8. 同治年间抄胥利端光手抄本。未见。

按:《坦园日记》同治四年(1865)十月十六日:“钞胥利端光将院本

①② 左鹏军:《晚清民国传奇杂剧史稿》，广州:广东人民出版社，2009 年版，第 517 页。

二稿钞出，今日始亲自校对。”[①]本年之前杨氏作有《鸳鸯带》、《姽婳封》两部作品，而《鸳鸯带》已焚毁，故所抄应为《姽婳封》。

9.《杨恩寿集》据坦园家刻本整理本，王婧之校点，岳麓书社，2010年。

(三)《桂枝香》

同治九年(1870)，作于长沙。八出。取材于《品花宝鉴》田春航与伶人苏惠芳的故事。写田春航落拓京师，识得名伶李桂芳，李桂芳慧眼识人，出资劝其攻读。田春航中状元，李桂芳亦成为“状元夫人”。

版本七种：

1.《杨氏曲三种》本，同治九年(1870)年刻本，与《姽婳封》、《双清影》合刊。

2.《坦园全集》本，光绪间杨氏坦园家刻本，为《坦园六种曲》之二。有王先谦序、自序，署“吹萘竹笙人正谱，长沙蓬道人填词，茶陵慧道人题评”[②]。

3. 手抄本，上海藜光社影印，与《姽婳封》合刊，1912年。[③]

4.《香艳丛书》本，《香艳丛书》第十二集，卷四，国学扶轮社编，上海中国图书公司和记排印本，清宣统元年至民国二年(1909—1914)。南京图书馆等藏。字体不分正衬，部分宾白加括号以与曲词相区别。

按：据《香艳丛书》本影印者有两种，其一，《笔记小说大观》第五编第九册所收本，台北新兴书局，1983年；其二，《丛书集成续编》第210册所收本，文学类。王德毅编，台北新文丰出版公司，1989年6月。

5.《眉语》第十八号，载前四出，上海新学会社印行，1916年4月3日发行。[④]

6.《中国近代文学大系》第5集第16卷《戏剧集一》据《坦园六种曲》之《桂枝香》排印本。张庚、黄菊盛主编，上海书店，1996年版。字

---

① 杨恩寿：《坦园日记》卷三，第141页。

② 吹萘竹笙人、茶陵慧道人待考。

③④ 左鹏军：《晚清民国传奇杂剧史稿》，第518页。

体不分正衬。偶有文字、标点错误。

7.《杨恩寿集》据坦园家刻本整理本，王婧之校点，岳麓书社，2010年版。

(四)《理灵坡》

同治九年(1870)，作于长沙。二十二出。取材于蔡道宪事迹，根据邓显鹤所辑蔡道宪诗文、传略及《明史》中相关材料而成。明末张献忠攻长沙，蔡道宪不降被杀，凌国俊等人自杀殉之。

版本三种：

1.《坦园全集》本，光绪间杨氏坦园家刻本。《坦园六种曲》之三。有自序、杨彝珍序，署"同怀兄彤寿鹿笙正谱，长沙杨恩寿蓬海填词，同里王先谦逸梧评文"。

2. 庐山抄本[①]。未见。

3.《杨恩寿集》据坦园家刻本整理本，王婧之校点，岳麓书社，2010年版。

(五)《双清影》

同治九年(1870)，作于长沙。十四出。取材于陈源兖死难于太平军的历史事实。陈源兖病时，其妻子易氏刲臂疗救。杨秀清攻陷庐州，陈源兖自缢于明伦堂前大树。

版本一种：

《杨氏曲三种》本，同治九年(1870)刻本，与《姽婳封》、《桂枝香》合刊。首都图书馆等藏。

另，湖南省图书馆等藏《双清影》，单行本，有自序，无评文。署"同治九年季岁次庚午冬月开雕"。页九行，行二十字，分大小字，小字单行。这是杨恩寿现存剧本中唯一未收入《坦园全集》之作。与《杨氏曲三种》本应是同一版本。

(六)《桃花源》

光绪元年(1875)秋，作于武陵。六出。根据陶渊明《桃花源记》敷

---

① 见周华娆硕士论文《杨恩寿的生平与他的戏曲创作》，第37页。

演而成。武陵渔人入桃花源，谈论古今，抒发历史感慨。

版本两种：

1.《坦园全集》本，光绪间杨氏坦园家刻本。《坦园六种曲》之四。署“同怀兄彤寿麓生正谱，长沙杨恩寿蓬海填词，宜昌吴锦章云縠论文”。

2.《杨恩寿集》据坦园家刻本整理本，王婧之校点，岳麓书社，2010年版。

（七）《再来人》

光绪元年（1875），作于武陵至滇南途中。十六出。取材于《再来诗谶记》、《闽事纪》、《感应篇广注》。明代福建老儒陈仲英屡试不第，临终写下“拙守穷庐七十春，重来不复老儒身。烦君尽展生平志，还向遗编悟夙因”。其后身季毓英少年中进士，后典试福州，发现自已每次应试之作与老儒所作之文一字不差。

版本三种：

1.《坦园全集》本，光绪间杨氏坦园家刻本。《坦园六种曲》之五。自序曰“光绪乙亥秋季月下瀚之五日，蓬道人自序于龙标芙蓉楼下舟次”。署“同怀兄彤寿鹿笙正谱，长沙杨恩寿蓬海填词，同里毛松年季卿论文”。

2.《中国古典文学名著分类集成》戏曲卷5，王筱云、蒋寅等编。1991年版，选七出：第一出：训蒙；第三出：筵侮；第五出：埋文；第十出：雨梦；第十一出：魂报；第十三出：奇逢；第十五出：悼往。

3.《杨恩寿集》据坦园家刻本整理本，王婧之校点，岳麓书社，2010年版。

（八）《麻滩驿》

光绪元年（1875），作于武陵，十八出。取材于毛奇龄所作沈云英传记、徐岳《琼枝曼仙记》，写明末女将沈云英随父沈至绪守道州，父战死，其夺父尸还。张献忠攻荆州，沈云英夫贾万策自刎。沈云英辞官归家，私塾传经，奉养老母。插入琼枝、曼仙死烈事。

版本两种：

1.《坦园全集》本，光绪间杨氏坦园家刻本。《坦园六种曲》之六。自序，附毛奇龄之沈云英本传、徐岳《琼枝曼仙记》。署“同怀兄彤寿麓笙正谱，长沙杨恩寿蓬海填词，善化曾传钧评文”。

2.《杨恩寿集》据坦园家刻本整理本，王婧之校点，岳麓书社，2010 年。

二、相关问题辨析

在杨恩寿戏曲的相关研究中，对剧作的存佚及版本情况、剧作收录状态、剧作内容分析等存在一些问题，笔者不揣冒昧，对此进行辨析。

(一) 对剧作存佚及创作时间的误录

1. 赵山林《中国近代戏曲编年(1840—1919)》，把《理灵坡》亦列入《杨氏曲三种》。[①] 按，《杨氏曲三种》无《理灵坡》一剧，只有《姽婳封》、《双清影》、《桂枝香》三种。

2. 吴新雷主编《中国昆剧大辞典》“昆坛人物”之“杨恩寿”条，称“作有传奇剧本《理灵坡》、《再来人》、《桃花源》、《麻滩驿》、《姽婳封》、《桂枝香》，合称《坦园六种曲》。另有《鸳鸯带》、《双清影》两剧，今不存”[②]。按，《双清影》并非“不存”，湖南省图书馆藏《双清影》一卷，同治九年刻本，单行本；首都图书馆藏《杨氏曲三种》，中有《双清影》。(笔者所见为湖南省图书馆藏《双清影》。)

3. 俞为民、孙蓉蓉编《历代曲话汇编——新编中国古代戏曲论著集成》在收录杨恩寿戏曲《词余丛话》与《续词余丛话》时所作作者简介：“著有传奇《鸳鸯带》、《姽婳封》、《桂枝香》、《理灵坡》、《桃花源》、《麻滩驿》，合称《坦园六种》，又有未刊传奇《再来人》。戏曲论著有《词余丛话》、《续词余丛话》，诗文有《坦园全集》。本编所收《词余丛话》、《续词

---

① 赵山林：《中国近代戏曲编年(1840—1919)》，上海：华东师范大学出版社，2008 年版，第 67 页。

② 吴新雷主编：《中国昆剧大辞典》，南京：南京大学出版社，2002 年版，第 471 页。

余丛话》，以清光绪间刊本《坦园丛书六种》本为底本。”[①]按，《鸳鸯带》并未刊刻，故不应在《坦园六种》中；且《再来人》已刊，列入《坦园六种曲》。

4. 左鹏军《晚清民国传奇杂剧史稿》认为《双清影》的版本除《杨氏三种曲》（应为《杨氏曲三种》）[②]本外，“又有《坦园丛稿》本，光绪年间长沙杨氏刊”[③]。按，杨恩寿现存七部剧作中，《双清影》是唯一未刊入《坦园全集》（《坦园丛稿》）的作品，故此剧并无《坦园丛稿》本。

5.《双清影》的创作时间，齐森华、陈多、叶长海主编《中国曲学大辞典》认为“有清同治九年（1870）刊《杨氏曲三种》本。为作者早期作品”[④]。按，“为早期作品”即意为同治九年之前作，直到本年才刊刻，误。杨恩寿《双清影》（湖南省图书馆藏单行本）扉页有“同治九年（1870）季岁次庚午冬月开雕”，序中又曰“爰牵掇成章，衍南北曲若干，成《双清影》院本，时束装将北上，日间人事丛沓，夜就篝灯，伸纸创稿”。《姽婳封》自序曰“顷因刊《桂枝香》……时六兄远官邕管，余亦将理装北上”，刊《桂枝香》即同治九年，而两处“北上”应指同一事，故创作时间应在同治九年，而非“早期作品”。

为了对以上研究中的问题有更清晰的了解，故把杨恩寿剧作概况总述如下：最早的剧作《鸳鸯带》未刊刻。《姽婳封》、《桂枝香》、《理灵坡》、《桃花源》、《麻滩驿》、《再来人》六剧合刻为《坦园六种曲》，收入《坦园全集》。《姽婳封》、《桂枝香》与《双清影》又于同治九年合刻为《杨氏

① 俞为民、孙蓉蓉编：《历代曲话汇编——新编中国古代戏曲论著集成》（清代编），第四集，合肥：黄山书社，2008 年版，第 524 页。

② 左鹏军《近代传奇杂剧研究》、《晚清民国传奇杂剧考索》、《晚清民国传奇杂剧史稿》等书，均将《杨氏曲三种》误录为《杨氏三种曲》。《近代传奇杂剧研究》，广州：广东高等教育出版社，2001 年版，第 366、380 页；《晚清民国传奇杂剧考索》，北京：人民文学出版社，2005 年版，第 265、286、287 页。

③ 左鹏军：《晚清民国传奇杂剧史稿》，第 495 页。

④ 齐森华、陈多、叶长海主编：《中国曲学大辞典》，杭州：浙江教育出版社，1997 年版，第 531 页。

曲三种》，未收入《坦园全集》，故《双清影》是唯一未收入《坦园全集》之作。《杨氏曲三种》有首都图书馆藏本，《双清影》又有湖南省图书馆藏单行本。

（二）对剧作内容的错误理解

1. 误认为《桃花源》写陶渊明故事。有关《桃花源》的取材，周妙中《清代戏曲史》认为"《桃花源》演陶渊明故事"[①]。郭英德《明清传奇史》认为"《桃花源》六出，作于光绪元年，写陶渊明的故事"[②]。程华平《明清传奇编年史稿》认为"《桃花源》六出，《曲录》著录，写陶渊明故事，就陶渊明《桃花源记》并诗加以敷衍、增饰，借以寄托作者乌托邦式的理想"[③]。按，《桃花源》只是以陶渊明《桃花源记》的内容为蓝本进行创造，以"渔人"为"生"脚，并未出现"陶渊明"，也并非演陶渊明故事，只能说是写"渔人"故事。以桃花源为题材的剧作，有明代许潮《武陵春》，清代尤侗《桃花源》、石韫玉《花间九奏》之《桃源渔父》等。其中许潮《武陵春》主人公亦非陶渊明而为渔人。

2. 误认为《桂枝香》中李桂芳为女伶。周妙中《清代戏曲史》认为"《桂枝香》演田春航和女伶李桂芳的故事"[④]。陈则光《中国近代文学史》认为"《桂枝香》是杨恩寿一部比较完美的剧作。全剧八出，谱写的是女伶李桂芳与流落书生田春航相恋的故事"[⑤]。许金榜《中国戏曲文学史》认为"《桂枝香》写田春航与女伶李桂芳相爱，并终状元及第"[⑥]。王夏迎《杨恩寿戏曲研究》认为"《桂枝香》写的是书生田春航上京期间，爱上一位女伶，其名为李桂芳"（华东师范大学 2009 年硕士论文）。陈书良主编《湖南文学史》认为"剧作旨在歌颂男女爱情的美好和力量，也

---

① 周妙中：《清代戏曲史》，郑州：中州古籍出版社，1987 年版，第 345 页。

② 郭英德：《明清传奇史》，南京：江苏古籍出版社，1999 年版，第 601 页。

③ 程华平：《明清传奇编年史稿》，济南：齐鲁书社，2008 年版，第 544 页。

④ 周妙中：《清代戏曲史》，第 344 页。

⑤ 陈则光：《中国近代文学史》（上册），广州：中山大学出版社，1987 年版，第 287 页。

⑥ 许金榜：《中国戏曲文学史》，北京：中国文学出版社，1994 年版，第 350 页。

是作者自己科场失意心态的一种虚幻寄托”①。孙海洋《湖南近代文学》亦持此说。按，“女伶”应为男旦。《桂枝香》取材《品花宝鉴》，李桂芳的原型即苏慧芳，为男旦，而非女伶。举例可证：《桂枝香》之《破题》有“少男风里春痕重，唤作优伶心骨痛”。李桂芳出场即为“小旦男装”。第三出《浪酒》潘其观即曰：“平日一钱如命，只是天生一个毛病，不好女色，酷爱男风。”从后面剧中的行为，也可看出李桂芳为男旦。同时王先谦在《桂枝香》序中又曰“启夕秀于长安道旁，占春色于少男风里”。等等。当然，也许研究者有意对男旦避而不谈，这样就可以名正言顺地谈此剧是写男女爱情故事了。其实，认为李桂芳是男旦的论述早已有之，曾永义《清代杂剧概论》以批评的态度认为此剧中描写男色是“戏曲恶道”：“大写男色，直将李桂芳作李亚仙，言语举止，有时真教人不忍卒睹；其文字虽有可取，然戏曲恶道，莫此为甚。”②男旦只是一种特殊的戏曲现象，论者无须对此遮遮掩掩。“男旦现象是在中国近现代的畸形社会中产生的畸形的戏曲现象，既不值得提倡，也不值得骄傲。戏曲发展过程中的这一畸形现象一旦产生，又对中国近现代的社会心理产生了极不健康的影响。”③而杨恩寿也只是借写男旦的慧眼识人，来表达穷途隐痛之感愤，是有大义存焉，如果把立意理解为是赞美男女爱情或者批评男旦之恶道，窃以为偏离了剧作的本意。

3. 对作品立意的有意拔高。如陈书良主编《湖南文学史》认为《姽婳封》、《理灵坡》、《麻滩驿》“三部剧作贯穿着同样的主题，即歌颂忠肝义胆的节烈之士，期待人民携起手来，共同抗击外国列强的侵略”④。说是“歌颂忠肝义胆的节烈之士”是恰当的，但三部剧作并不能看作是

---

① 陈书良主编：《湖南文学史》，长沙，湖南教育出版社，2008 年版，第 540—541 页。

② 曾永义：《清代杂剧概论》，《中国古典戏剧论集》，台北：联经出版事业公司，1975 年版，第 205 页。

③ 陈友峰：《生命之约：中国戏曲本体新论》，北京：文化艺术出版社，2008 年版，第 92 页。

④ 陈书良主编：《湖南文学史》，第 538 页。

有“共同抗击外国列强的侵略”的主题，只可以看作都贯穿着反映张献忠、洪秀全等农民运动起义之事，且杨氏是从正统观点出发，以张、洪为反面角色。在今天看来，论者多以杨恩寿写反对农民运动的题材而评价其立意不高；反之而行的拔高也可以理解为是对杨恩寿剧作所作的“辩护”，但对文学作品过分的拔高或从意识形态角度的贬低皆不甚妥。

4. 对剧作内容的错误理解。如《晚清民国传奇杂剧史稿》对《双清影》情节有违背原作的解释：“庐州城破，陈源兖于咸丰三年十二月十七日自缢殉节，其妻易氏亦殉夫而死。”[①]按，根据剧情，原作中易氏已在第七出《归真》中因病而逝，先于陈源兖而死。

三、体制称谓辨析——传奇与“传奇体杂剧”

对于晚清古典戏曲剧作体制的称谓，历来研究者有不同意见，对于杨恩寿剧作来说亦是如此。22 出的《理灵坡》、18 出的《麻滩驿》、16 出的《再来人》，各家著述皆录为传奇，没有异议；而对于 8 出的《桂枝香》、6 出的《姽婳封》、6 出的《桃花源》是传奇还是杂剧，则各家态度不一。王国维《曲录》、庄一拂《古典戏曲存目汇考》、齐森华主编《中国曲学大辞典》等著作皆列为传奇，而吴梅《中国戏曲概论》、曾永义《清代杂剧概论》、邓长风《明清曲家考论四编》等著作皆认为是杂剧。(《鸳鸯带》24 出，已佚；《双清影》，14 出，上述部分著作中未著录此剧。故未列此两部。)这种著录的不同，一方面是由于传奇与杂剧的融合使得二者界限不太明显，另一方面是研究者运用不同的学术取向和研究方法。

即使是杨恩寿本人的观点也有不同，在《坦园六种》中，以《再来人》为例，其目录中著为“再来人传奇目录”，《自序》中也说“此余所谱《再来人》传奇”[②]，然在《再来人》剧作中借女伶之口说“长沙地方，有个好事的蓬道人，填成《再来人》杂剧，小班已经演熟了”[③]。再如《桃花源》，目

① 左鹏军：《晚清民国传奇杂剧史稿》，第 495 页。

② 杨恩寿：《再来人自序》。

③ 杨恩寿：《再来人》第十六出。

录同其他几部一样著为“传奇”，而在诗歌《泊蕉峡溪》后注称“余撰有《桃花源》杂剧”[①]，在词作〔满江红〕《桃花源》“更有人梦中说梦，宫商一片”后注称“余谱有《桃花源》杂剧”[②]。由此可见，杨恩寿对其作品是传奇还是杂剧并没有刻意区分，认为二者只是名称上的区别。不仅如此，还有人把传奇称为乐府、院本，如清人陈其泰为黄燮清《凌波影》所作《凌波影传奇序》中有“《凌波影》乐府之作，其诸风人之风乎？曩者韵珊尝谱《鸳鸯镜》乐府矣”[③]。再如陈用光《鸳鸯镜传奇序》称“因采《池北偶谈》‘碎镜’一则，命为院本，稿竣来谒”[④]。也就是说，晚清部分曲家对于传奇和杂剧文体特征并没有严格的界定。左鹏军对晚清和民国的传奇杂剧的特征分析道：“彼此之间的种种体制限制被进一步打破，各自的文体特征都表现得不甚明晰，二者真正形成了你中有我，我中有你的局面。”[⑤]

对于归属的分类，研究者也有以出目的多少作为传奇与杂剧划分的主要标准。不同研究者的根据不同、标准不同，也会得出不一样的结论。一般以十出、十二出为标准来划分[⑥]，以此来观察杨恩寿的《坦园六种》及《双清影》七部作品，《姽婳封》、《桃花源》、《桂枝香》就必然划人杂剧范围。但是，从这七部作品的体制特征来看，剧本均有《破题》作为开场，且皆只用一支曲牌，曲牌后以四句下场诗结束，无宾白；脚色安排，均用生、旦，而非末、旦；曲牌使用，每部都按照南曲的联套方式，分引子、过曲和尾声，也皆有南北合套的运用。就是说，除了出目的多少

---

① 杨恩寿：《坦园诗录》卷十九，《清代诗文集汇编》第 727 册，第 644 页。

② 杨恩寿：《坦园词录》卷四，《清代诗文集汇编》第 727 册，第 695 页。

③ 陈其泰：《凌波影传奇序》，黄燮清《凌波影》，《倚晴楼七种曲》，咸丰戊午年刻本，南京图书馆藏。

④ 陈用光：《鸳鸯镜传奇序》，黄燮清《鸳鸯镜》，《倚晴楼七种曲》，咸丰戊午年刻本，南京图书馆藏。

⑤ 左鹏军：《晚清民国传奇杂剧史稿》，第 133 页。

⑥ 邓长风先生的标准是“将杂剧与传奇的界限，划在十与十二之间，或较接近情理”，《明清戏曲家考论四编》，第 117 页。

以外，并没有其他方面的明显的体制差异。所以说，对于杨恩寿戏剧的归属问题，如果不是出于一定目的，也许不必以出目为标准强分。

这种难以划分归属的状况，反映了晚清传奇与杂剧创作的融合。在这种情况下，"如果真的要将杂剧与传奇截然划分开来，不仅需要剧本体制这一因素的参照，还应综合考虑到联曲规则、剧本组织等多种情况"[①]。郭英德先生认为："传奇与杂剧的混溶，既意味着文体规范的逾越，更显示出文体意识的淡漠……这正是晚清文学家文体意识的普遍特征。因此，这一时期的传统昆剧创作，说是传奇杂剧化固然可以，说是杂剧传奇化也无不可。"[②]本书无意从体制特征上得出与以上研究者截然不同的结论，也不能让作品的归属问题得到妥善解决。因为如果在戏曲研究中不是出于戏曲作品编目著述的需要和曲家身份的定位，对于归属有争议的曲作或许也不必单单从出目的多少来进行一个非此即彼的严格界定[③]。梁淑安、姚柯夫在《近代传奇杂剧经眼录》一书中也提到"在近代人眼中，传奇和杂剧已不再是不容混淆的两种各有严格体制的戏剧形式，而是互相融合了。在这种情况下，再去勉强划分其界限，不仅困难重重，也无实际意义了"[④]。我们非常赞同这种说法。基于这种体制的融合，结合杨恩寿具体作品的特征，其十四出以上的四部传奇，虽然不能达到四五十出的规模，但称之传奇并无异议；至于十出以下的作品《桂枝香》、《姽婳封》、《桃花源》，有的研究者称之为传奇，这也为大部分学者所认同；有的则称之为杂剧，我们认为，这亦无不可。由于体制的一致性，如果以"杂剧"为称的话，我们称之为"传奇体杂剧"也未尝不可，因为杨恩寿是以传奇的体制来作杂剧，或许这种说法更能

---

① 杜桂萍：《清初杂剧研究》，北京：人民文学出版社，2005 年版，第 49 页。

② 郭英德：《明清传奇史》，第 622 页。

③ 邓长风《在历史的演进中如何区别杂剧与传奇》一文提到："杂剧或传奇曲家身份的确定，是一个无法回避的问题；杂剧与传奇体制的划分，也是一个编制断代戏曲书录无法回避的问题。"《明清曲家考略四编》，第 117 页。

④ 梁淑安、姚柯夫：《中国近代传奇杂剧经眼录》，北京：书目文献出版社，1996 年版，《前记》第 6 页。

从体制上概括这几部作品的特征。当然，为了论述的方便，本书对于杨恩寿现存的七部曲作，虽然有的也称为杂剧，但由于体制形式的一致性，且各剧以传奇的体例传世，故若非特殊情况，暂皆称之传奇。

第二节　戏曲创作动机探论

杨恩寿现存的七部戏曲作品，反映了他的科举心态和人生境遇状况，体现了他通过戏曲来表达对现实的关怀和扶持世教的诉求，也凸显了其湖湘情怀和彰显湖湘地域文化的意识。

一、科举心态与自我境况的主观表达

此处所说的杨恩寿的人生经历主要定位在其科考经历及其科考经历中的心态的流露，因为科举是杨恩寿一生中追求的最重要的一件事，而且他有的经历在《再来人》、《桂枝香》的创作中尚有一定的表现。

对于杨恩寿的科举经历，前章已有所描述，此处则围绕其科举过程中的失落心态，剖析其在剧作中的表现，而不求面面俱到。

同治元年(1861)的乡试被主考所斥，杨恩寿深以为惜，回到郴州以后，便作《重游郴州有感》，用李芳叔未被苏轼所录取之典故，抒发这种心情："一第犹难得，三生概可知。虚名应折福，花样要趋时。公论人都惜，遭逢事太奇。剧怜李芳叔，坡老竟相遗！（恩小农明府，余旧好也，余卷为伊所斥。）"[①]小试牛刀却遭挫，诗中表现的有才不被用的遗憾是无以排遣的。到了同治四年(1865)，几年的连续受挫，使得原来情怀豪迈的杨恩寿也不得不感慨科名之难，表达难言的苦涩。《舟行杂感》诗中曰"才非国士谁青眼，家有衰亲早白头"，且感叹"少年意气与云齐，康了归来气渐低；富贵敢求铺地锦，科名难若上天梯。一官滋味同鸡肋，

① 杨恩寿：《坦园日记》卷一，第33—34页。

十载奔驰听马蹄。最怕旁人夸早慧，模糊往事不堪提”[①]。往事不堪回首，几年的打击消磨了少年时凌云的壮志，无可奈何。

同治四年(1865)，杨恩寿随六兄在北流作幕，没能参加本年的乡试，但时刻念及于此，甚至多次因想成梦，“仿佛梦见商农，谈今年会场只荐卷二十本，渠未与；又云茹翰香童年已得选馆，王益吾以知县即用。结想成因，故有此梦”[②]。“王益吾自京寄信。益吾自清江浦骑骡入都，备尝艰苦；抵京五日，即入会场，而竟大捷。天下事得失出诸意外，大抵然也”[③]。当得知王先谦等人选入词馆后，便慨叹自己命运不济，“忆去年益吾北上之前夕，两饮于疏灯人语，旋与芷卿又饮于饮仙阁，益吾醉矣，不料其骤化至此。玉堂天上，梦想及之，实命不犹，非战之罪也”[④]。

同治五年(1866)，杨恩寿在北流幕府中，于二月二十五日作《观音桥观烟火》一组律诗，其最后一首借观烟火进一步表明了自己的“心迹”：“一微尘里感茫茫，同时浮生傀儡场。不受罡风觇定力，独开慧月透灵光。当前宝炬花俱笑，回首书灯趣味长。何日红云高处捧，通明殿上御炉旁。”[⑤]此诗典出于苏轼《上元侍饮楼上三首呈同列》，其一曰：“澹月疏星绕建章，仙风吹下御炉香。侍臣鹄立通明殿，一朵红云捧玉皇。”[⑥]同是观灯，苏轼在通明殿侍御，而杨恩寿则在偏僻的北流县观音桥，落拓之态十分鲜明，杨恩寿作此诗目的亦显而易见。

杨恩寿与起点相似的黄润昌一比，更是感慨良深。“(黄)少鲲名润昌，湘潭诸生，以下江南功，记名臬司，加布政使衔，丙辰、丁巳，与余同应岁科试，曾相识，而又同案入泮者也。嘻，云泥矣。”[⑦]二人的起点相

---

① 杨恩寿：《坦园日记》卷三，第 95 页。

② 杨恩寿：《坦园日记》卷三，第 123 页。

③ 杨恩寿：《坦园日记》卷三，第 124 页。

④ 杨恩寿：《坦园日记》卷三，第 130 页。

⑤ 杨恩寿：《坦园日记》卷四，第 160 页。

⑥ 苏轼：《苏轼诗集》，(清)王文诰辑注，孔凡礼点校，北京：中华书局，1982 年版，第 1955 页。

⑦ 杨恩寿：《坦园日记》卷五，第 221 页。

似，只是道路不同，判若云泥，杨恩寿对科举的感慨之深表露无遗。

直到同治九年(1870)中举，杨恩寿其间复杂的心理状态，在剧作中必会有一定的表现。如《桂枝香》、《再来人》、《桃花源》就是因感愤而创作，以表达自我的人生境遇，排遣郁积之痛楚。

杨恩寿《桂枝香》的创作，并非是学界所谓的抱有欣赏男旦的同性恋之心态，其《桂枝香》自序中言其感于伶人对田春航的资助，“且以田君以伟男子乞食长安，当时所谓负人伦鉴者，未曾过而问焉。卒乞怜鞠部，成豪侠一日之名，斯足以羞当世矣”。作为一名地位低下的优伶，更何况是对被当时人认为是“负人伦”者，李桂芳能够慧眼识人，对田春航进行资助和鼓励，其胆识与行为要胜于当时地位高者。“未曾过而问”者地位不可谓不高，而田春航并未得到这些人的任何怜悯与帮助，却在地位卑微的伶人那儿体会到了人间的温暖，伶人的所作所为“足以羞当世”。所以借李桂芳所写的就是这种愤郁。王先谦对这部剧作的创作动因有着精彩的分析：

> 高歌望子，对青眼以增悲；杯酒借人，照朱颜而自惜。实穷途之隐痛，非情累之不遗。此吾蓬海所为掷简哀来，摇毫而涕下者矣。[①]

对于杨恩寿来说，多次下第，个中的酸辛亦是独尝，科举之路好像已经不通，故所表达也是“穷途之隐痛”，有时候就只好希望能有人相助。这种心态在其平时的诗文中亦有表现，同治四年(1865)的《舟行杂感》曰：“肯恋丹黄三寸管，且弹黑白一秤棋。名驹愿落风尘去，倘遇孙阳未可知。”[②]这种心态与田春航在京城消遣于戏园是何等相似！自己是名驹，就是沦落了，也许还会遇到伯乐。杨恩寿说“秋日新晴，闲窗遣兴，偶阅《品花宝鉴》，摘取桂伶往事，填南北曲若干，阅十日而

① 王先谦：《桂枝香序》。

② 杨恩寿：《坦园日记》卷三，第95页。

成”(《桂枝香》自序)。表面上是“偶阅”,实际上是借《品花宝鉴》来抒发平日的“隐痛”。“敢云字字搓酥,春生红砚,填到声声入破,泪湿青衫。驱块垒而饮酒三升,破抑郁而歌传五噫。借兹写照,聊以解嘲。”[①]王先谦对《桂枝香》之论甚是契合杨氏初衷:“一掬英雄之泪,洒遍当场;千秋风月之词,助谁下酒?”[②]吴锦章在评第七出中〔豆叶黄〕曲曰:“识英雄于风尘,施者无心,受者感泣,填词者其现身说法乎?”其所说也是这种心态。

这种隐痛到了《再来人》的创作时,就更为确切,也更具体到其在对老儒的人生境遇和命运的细致描画和思考上了。《再来人》的创作,时在光绪元年(1875),杨恩寿的科举历程已经结束,已耗尽了大半生精力。剧中老儒陈仲英穷愁潦倒的一生,令人可怜;而季毓英少年英锐,又令人羡慕。同治六年(1867)八月初六日,杨恩寿参加乡试,“午间看主考入闱。二典试皆少年也,而王公年尤轻”[③]。这无疑刺激了杨恩寿的敏感神经,而《再来人》中对季毓英的塑造或许受到了年轻典试和王公的影响。杨氏是希望合生死穷通于弹指之间,“大任斯降,第见其可羡,不见其可怜;世网牵人,相寻无已,第见其可怜,不见其可羡邪!此余所由谱《再来人》传奇,合生死穷通于弹指顷,愿怜者不必怜,羡者不必羡也”(《再来人》自序)。虽如此说,但是对老儒陈仲英穷愁之态的刻画和命运的思考却是此剧的重点。

杨恩寿写陈仲英契合自己的经历,而其所接触的师友如其师周准(春台),也或多或少与陈仲英的穷愁终身有相似之处:“先生馆婣家陈氏馆所碧湘门外,傍妙高峰,故南轩张子讲学处,隔江岳麓,当户而峙……应乡举十五科,屡荐不售,同人咸太息,先生通星命学,自谓文星

---

① 杨恩寿:《谢胡烺侬先生赠桂枝香填词序启》,《坦园偶录》卷二,《清代诗文集汇编》第727册,第767页。

② 王先谦:《桂枝香序》。

③ 杨恩寿:《坦园日记》卷五,第226页。

坐命宫而魁不属，主享文名不得享文福。”[1]陈仲英是有才而不被用，无文福亦无文名；周春台享有文名，主郑氏之学，曾受到徐松(1781—1848)的赏识，“徐编修松治朴学有声，视学湖南，按试宁乡，以瓜祭命题，先生年二十，主郑氏说，征引繁富，洋洋千二百言。……先生因而有名于庠”[2]。但周准最后仍不能享文福。杨恩寿平生其他师友也多是如此，如方剑潭、罗寄云等，其《复友人论文》曰：“若拙作各传，皆平生师友，大半穷老抑郁者也。……至于穷巷老儒，其遇既艰，其情可悯，尤当极力表扬，俾之不朽。”[3]希望平生不出里巷的老儒的事迹能得到传扬，也是杨恩寿写此剧的心态之一。

而最为重要的原因则是杨恩寿所见《再来诗谶记》等作品中陈仲英故事与自己经历的相似性，“亟求科第以餍其欲，求之不得，则固求之，挟百折不回之志。生可以死，死可以生”(《再来人》自序)。杨恩寿本人也基本上达到了百折不回的地步了。关于这部剧作的创作情况，杨恩寿自序称：

> 于役南诏，自桃源解缆，溯流而上，历辰龙关、清浪滩诸险隘，舟行危濑中，水激石啸，如雷霆风雨、兵革战斗之声，四围峭壁丛箐，天宽一线，伏坐篷窗，晴昼辄瞑，惧乡愁之成瘿也。爰取老儒事，衍为十六折。犹是老儒，写其前生，如是之困；写其后身，如是之亨。境遇既殊，选声顿异，时而凄风苦雨，时而燕语莺歌。同舟人虽饮博叫呶之不暇，偶聆其音，亦未尝不忽焉悲、忽焉笑也。

由此可见，首先，此剧是杨恩寿在光绪元年(1875)离开武陵的舟中所作。其次，作者已经完全沉浸在创作的氛围中，虽然同舟人“饮博叫

[1][2]　杨恩寿：《周先生传》，《坦园文录》卷八，《清代诗文集汇编》第727册，第444页。

[3]　杨恩寿：《复友人论文书》，《坦园文录》卷六，《清代诗文集汇编》第727册，第429页。

啾”亦未分心。再次,“忽焉悲、忽焉笑”,既是同舟人为剧中人的命运之困顿与亨通来哭与笑,又是杨恩寿感叹自己科举不顺和长年在外为幕的生活而哭、而笑。

如果说《再来人》的创作是杨恩寿科举经历与心态最直接的表露,那么《桃花源》则可以看作是其“何当屏却朱门迹,一舸烟波遂隐沦”[①]的心态呈现了,杨氏这种心态并不明显,只可以看作是其在多次科举失败之后的牢骚之语,《桃花源》中谈古论今,关心时局,但“顾就世外人说兴亡、谈荣利”(《桃花源》自序),已是作为世外人的身份来说兴亡和荣利了。其创作过程亦是杨恩寿回顾自己经历的过程。其间更多地感到自己人生的虚度与命运的无奈,最明显的是《姽婳封》与《麻滩驿》两剧,都是在武陵所作,“惟庚申距今十有六年矣,两传奇事,均在武陵。其事同,其地同。而余则颠倒风尘中,无所建树,依然操不律,作无益事,以悦有涯生。嘻!志虽荒而遇可知已”。两剧创作相隔十六年,创作地点一样,而自己无所成就,杨恩寿人生际遇的感慨可想而知。

二、现实关怀与扶持世教的戏曲诉求

对于清代后期,或以晚清称之[②],或称为近代的前期。不管怎么称呼,当时的社会现实是几千年来从没有经历过的,从鸦片战争到太平天国运动、维新变法、庚子事变,直至辛亥革命,有清一代寿终正寝,其中

① 杨恩寿:《舟中排闷杂诗》,《坦园日记》卷二,第53页。

② 对于晚清的概念,一般指鸦片战争(1840)到辛亥革命(1911);近代前期则亦从鸦片战争开始。从戏曲史的角度来说,晚清的戏曲创作又可分为前期和后期,以戊戌变法为界;有的亦是从近代的角度以庚子(1900)事变为界。对此我们不欲做非此即彼的界定。陈芳《晚清古典戏剧的历史意义》则只研究晚清的一部分,“光绪二十年之后,至到民国元年”(《前言》第2页)。左鹏军《晚清民国传奇杂剧史稿》则把晚清民国前期划在“道光二十年(1840)至光绪二十七年(1901)”(第164页),即亦属于晚清前期的概念。杜桂萍也认为道光以后为一个整体符合清朝历史的自然演进,契合戏曲史的发展轨迹。《清初杂剧研究》,北京:人民文学出版社,2005年版,引言第3—5页。

的事件对当时社会和个人的影响都是巨大的,“晚清,实面临中国数千年来未有之大变局。无论政治、社会、经济、文化等各方面,都因为内忧外患之交迫,而产生了空前的变动”[①]。就以清代本身为例,后期的社会变动,是前中期所无法比拟的,反映在戏剧上,则多是叙写时代脉动之作。“随着历史的推衍,文学作品所展现出来的风貌,均与时代史事密切相关。而于此时代之大背景下产生的文学,在内容思想方面,也是环扣着当时的政治社会和时代思潮来铺叙敷衍的。”[②]以戊戌变法为分界点,特别是其后的作品,反映现实更明显,很多剧作家都选择社会发生的重大事件作为直接叙写的对象,来达到“感愤抒怀”、“警世醒众”、“宣传思想”[③]等目的。从题材上说,就有反映维新变法、庚子事变和提倡妇女解放的作品,也有反映外国题材的作品,等等。在戏剧内容、艺术特征方面,都体现了与传统作品不同的面貌。

相比之下,戊戌变法之前的戏曲作品,从题材上说,更多的是反映传统的题材,以男女爱情、忠义节烈的内容为多,或者是抒情写心等。在清代戏曲发展史上,虽然此期的戏曲成就不如前中期,也不能与戊戌变法以后的戏曲创作相比,但是其创作是戏曲史上不可分割的一部分,也对社会本身进行反映和干预,表达了曲家们匡救当时弊端的强烈愿望。或者反映对国家官吏的整顿,如黄燮清的《居官鉴》即要通过改良吏治来挽救社会;或者直接描写太平天国,这类作品在晚清的剧作中占有很大的比例,如朱绍颐的《红羊劫》、浮槎仙客的《金陵恨》、陈学震的《生佛碑》和《双旌记》、郑由熙的《雾中人》、邯郸梦醒人的《梦中缘》、徐鄂的《梨花雪》、郑由熙的《木樨香》、刘清韵的《英雄配》等,他们大都把太平天国运动作为正统思想的反面来描写,反映了他们对现实的态度。也有延续男女爱情的主题,如范元亨的《空山梦》、陈森的《梅花梦》等。忠义题材的作品多写义夫烈妇,其中反映太平天国的剧作亦多含此类。

---

① 陈芳:《晚清古典戏剧的历史意义》,台北:学生书局,1988年版,第1页。

② 陈芳:《晚清古典戏剧的历史意义》,第8页。

③ 陈芳:《晚清古典戏剧的历史意义》,第46、47、52页。

对于杨恩寿来讲，其生活年代从道光十四年到光绪十七年，基本上属于晚清前期的范畴。其剧作被称为“传统中的回旋”[①]，是有一定道理的。从各剧内容上来说，基本上属于传统题材，如表彰忠义、抒写自我境遇等等。从成就上来说，没能达到清代前期的戏曲高峰和中期的蒋士铨、杨潮观等人的剧作高度，而是和同时期的其他剧作家做为传统的余波，展示此时期的戏曲创作的概况。

从杨恩寿戏曲创作的内在诉求上来说，扶持世教的动机是支撑其创作的力量。不管是历史题材还是现实题材，都是在这一动机背景下的主旨选择。其在《麻滩驿》中借王聚奎之口道出意图：“蓬道人，你有此才学，怎么不去做墨卷，写大卷，图个科甲出身。反来干此营生。岂不耽时费日么？只是他们这种人，别有见识，我们把此等文章，看作平常扯淡，他们还说是与修《春秋》一般，寓褒贬，别善恶，借此要感动人心，扶持世教呀。”（《麻滩驿》第五出《蚁聚》）把戏曲创作放在与修《春秋》一样的地位，并使戏曲创作达到感动人心和扶持世教的目的，所以杨恩寿表达的戏曲主旨正是这种重戏曲功能的体现。

以《理灵坡》的创作为例，客观事实是明末蔡道宪于长沙死难之事迹在长沙广为流传。更重要的是，杨恩寿于同治七年（1868）到同治九年（1870）任《湖南通志》的校录，后由于张自牧办援黔捐输局，委托其办文案，故辞去通志局事务，“辞志局差使，因捐务较忙，不能兼办也”[②]。在修志过程中，杨恩寿也承担了重大的事务，如日记所载“赴局，与郭筠仙、李次青两先生商榷修志条例，余充襄纂，承修人物列传，乃大文章也”[③]。修志过程中，杨恩寿读到蔡道宪之传略，然而记述不详，后从旧书肆购得邓显鹤所辑蔡道宪遗集及《行状》，“纪轶事较详，多本传所未载，喜甚，如获珙璧。至是，于公生平十悉八九矣”（《理灵坡》自序）。所

① 郭延礼：《中国近代文学发展史》，济南：山东教育出版社，1990 年版，第 582 页。

② 杨恩寿：《坦园日记》卷七，第 360 页。

③ 杨恩寿：《坦园日记》卷七，第 328 页。

以剧作能具体地写蔡道宪之死难，来实现表彰忠烈之旨。在友人杨彝珍看来，“长沙蓬道人，少负有伟，既蹇不遇于时，其心究不能忘情斯世，乃为著《理灵坡》传奇一篇”[①]。《理灵坡》的创作是由于杨恩寿不能对此世事“忘情”，即时时忧心之故。而后杨彝珍又说：

> 在平日，心切欲救世之弊，尝不惜为危苦之言，杂呜咽泣洟而出之，以警愦愦者。至于是编，则以古准今，一宣泄无端愤郁，意气悲远，举见情辞，俾邦人士有以激发其忠烈之忱，而维持夫气数之变。则他日成仁取义之风节，实出于此。[②]

我们从杨彝珍的评价中可以看到两点：其一，杨恩寿平时即“心切欲救世之弊”，《理灵坡》的创作应该是其长时期“危苦之言”的表现。其二，《理灵坡》亦是杨恩寿宣泄愤闷之作，“宣泄无端愤郁，意气悲远”。那么，具体为何而悲愤，杨恩寿曾说“举军国大计，糜烂决裂而不可收拾，至于死生之际，大节攸关，彼所谓重臣者，微独有愧于末吏，曾隶卒之不若。此余所为喟然叹，悄然悲，急援聚奎以夺其恃也”（《理灵坡》自序）。在表彰忠烈的同时也有对国家“重臣”的不满。所以，《理灵坡》一剧乃杨恩寿希望激发后人忠烈之热忱，对于当时的现实来讲，也期望达到“维持夫气数之变”的社会功能。而杨彝珍为此剧作序，是因为“其有补于世道，至宏且远耳”[③]，即有意识地想达到扶持世教的目的。

又如《麻滩驿》，是杨恩寿在武陵幕中所作。“今夏寓武陵，谱《桃花源》杂剧毕，犹未成行，旅馆秋寂，无以自娱，乃伸前愿”（《麻滩驿》自序）。表面上是说打发在武陵的空闲时间，实际创作目的亦如《理灵坡》一样，以期有补世弊。其所谓“前愿”则是对董榕《芝龛记》支离的结构布置不满，希望能把秦良玉和沈云英之事分别作剧，而沈云英之事又恰发生在湖南，故先谱其事，“藉张吾楚”。而其人则是忠烈之人，其事也是忠烈之事，又是在本地道州发生，故谱此事也是有补世道目的体现。

---

①②③　杨彝珍：《移芝室文集》卷三，《理灵坡传奇序》。

《双清影》作为表彰当时忠烈的时事剧，也贯穿着与《理灵坡》同样的创作精神，其触发点就是杨恩寿看到湘乡侯为陈源兖夫人易氏所作《墓志铭》中"恭人刲臂疗太守"之事(《双清影》自序)，后来陈源兖在太平军攻占庐州后自缢，又因人有浮言，故作此剧。"余生也晚，未获亲炙太守，顾悉其死事最烈，亟思一雪浮言，并恐恭人刲臂事久而就湮，爰牵缀成章，衍南北曲若干，成《双清影》院本。"(《双清影》自序)从序言来看，明显有两个目的，一是对死事最烈的陈源兖之事广为宣传，二是希望使即将湮没的易氏刲臂疗病之事得以流传。

综观杨恩寿以宣扬义夫、烈妇、奇女子之事的剧作，多表达其对忠烈之事的态度，而且多是以当时的动乱现实为背景，即使是《姽婳封》写"虚无"之事，也有现实的基础，即周云耀夫妇之死烈事。杨恩寿所存的七部著作中，《姽婳封》、《理灵坡》、《双清影》、《麻滩驿》四部都是在描写现实的基础上，实现其戏曲的扶持世教、感发人心之功能的目的，这也是杨氏这类戏曲创作的内在诉求。

三、湖湘情怀与湘地风流的文化彰显

从地域角度来说，湖湘的思想文化与精神特质与齐鲁、吴越、巴蜀等地域文化相比呈现出不同的特色。屈原影响下的湖湘精神和宋代湖湘学派的兴起，对明清湖湘思想、文化等多方面产生深远的影响："有着大华夏天下的世界观、经世致用的实学思想、强烈的社会责任感以及深厚的忧患意识。"[①]张翰仪在《湘雅摭残》之"弁言"中提到："默念吾湘自道咸以来，洪杨之役，曾左崛起，不独事功彪炳于史册，即论诗文，亦复旗帜各张，有问鼎中原之概。"[②]杨恩寿生长在湖南长沙，继承着湖湘文化的精神基因，一方面有着与其它区域文化创作相比较的意识来凸显

---

① 聂荣华、万里主编：《湖湘文化通论》，第二章(本章为刘范弟著)，长沙：湖南大学出版社，2005年版，第62页。

② 张翰仪：《湘雅摭残》，曾卓、丁葆赤校点，长沙：岳麓书社，2010年版，第1页。

湖湘，另一方面在作品中表现主要发生在本地域内的与湖湘精神相关的人与事，其创作也是有突出湖湘的意愿。

在地域文化的彰显方面，首先突出表现在杨恩寿对湖湘文风和士风特色的认识上。湘军的兴盛是湖南重要的历史现象，而稍有才智之人通过参军便能致身通显，进而导致文风的逐渐衰颓。杨恩寿称：

> 湖南自兵燹后，老师宿儒零落殆尽。一二才智之士，投笔从戎，动致通显。下此，从事榷务博升斗、较皋比者，事逸而赀倍。自是，若以穷经史为迂，文风因而稍衰。①

由于通过参军要比参加科举考试来获得仕途上成功所付出的代价要小得多，所以士人更愿意通过参军来改变自己的命运，而这种现象使得湖南的士风和文风受到很大的影响。杨恩寿的受知师张金镛任湖南学政期间，振作士气、改变文风，被称作是开风气之先。关于张金镛对后学的激励，朱克敬的记载较为具体：

> 平湖张金镛督学湖南，奖诱后辈特勤奋，才思稍异，即召至后堂，赐酒食笔墨，劝之勤学。放黜者有佳句，辄标举之。一时才俊争愤于学。至今儒生谈海门先生故事，辄欷歔感叹。②

杨恩寿则从张金镛对湖南士风的振兴角度来评价：

> 张公视学来湘，以作士气、振文风为己任……不十年，凡所甄拔，鲜不入词馆，登乡荐，名山著述，更不乏人。湖南迩年治朴学、

---

① 杨恩寿：《湖南学政翰林院侍讲张公传》，《坦园文录》卷七，《清代诗文集汇编》第727册，第436页。

② 朱克敬：《暝庵二识》卷二，《暝庵杂识 暝庵二识》，长沙：岳麓书社，1983年版，第115—116页。

能文章人才之盛，海内交称。论者谓风气之先，实自公开也。[①]

杨恩寿对张金镛的评价，主要着眼于张金镛对湖湘文化和湖湘士风的影响上，这一点也是杨恩寿湖湘情怀的表现。

其次表现在杨恩寿对文学创作的地域观上。以其诗歌的刊刻为例，他在给王先谦的信中即表明了欲通过刊刻自己的诗歌来标明弘扬湖南诗歌的目的：

小诗本不足刻，因见江浙之大，人才之盛，大家名家固多专集，即略知吟咏者罕不自刻其诗，虽所刻者多不足观，披沙拣之，岂绝无可取？选家节短取长，每一选本出，江浙居其大半。湖南崇尚朴实，必自信可以问世，方授梨枣。刻本少，选本必少，故传者寥寥，究竟湖南诗人不少于江浙也。夫诗之传，亦岂必多哉？枫落吴江，空梁燕泥，单辞只语，亦挂人齿颊。苟能以数首选入名家大家之列，姓名即因而不朽，《随园诗话》、《湖海诗传》、《雨村诗话》、《诗人征略》，庸恶滥竽者无论矣。沈归愚《别裁》之选，与唐、宋、元、明并称为五，海内翕然宗之。仆常见所选者之全集，亦多浪得时名。虽鄙俚如不才，直等诸王顺长息。可见刻诗不必过矜慎也，但不知拙作亦有数首足入通人鉴别否耳？[②]

杨恩寿认为尚朴实的湖南作家也应像江浙诗人一样，多刊刻诗作以传世。在戏曲理论上，他对湖南籍的戏曲家多有著录和评论，《词余丛话》、《续词余丛话》对湖南籍曲家给予足够的重视，也有着对湖湘戏曲的彰显意愿。如对衡阳王夫之的《龙舟会》、湘潭张九钺的《六如亭》、善

---

① 杨恩寿：《湖南学政翰林院侍讲张公传》，《坦园文录》卷七，《清代诗文集汇编》第727册，第346页。

② 杨恩寿：《致王益吾书》，《坦园文录》卷六，《清代诗文集汇编》第727册，第424页。

化曾传钧的《蕙兰芳》、长沙黄其恕的《坤灵扇》等作品的著录。特别是曾传钧的《蕙兰芳》，由于原作已佚，若非杨氏著录，则曾氏曲名将不显于世矣！

杨恩寿的作品多是在湖湘所作，而《鸳鸯带》、《理灵坡》、《麻滩驿》、《桃花源》等剧作直接写发生在湖湘的人与事。《鸳鸯带》是写其友人发生在长沙之事，《理灵坡》也是写发生在长沙的蔡道宪死烈之事。《麻滩驿》的创作，是杨恩寿不满董榕《芝龛记》的结构安排而欲分别对秦良玉、沈云英二人分别作剧，由于沈云英之事发生在湖南道州，所以先作有关沈云英的传奇，"以沈将军事在道州，遂先及之。每夕剪灯，辄成一折。凄风打窗，落叶如雨，若懔懔有生气也"（《麻滩驿》自序）。《桃花源》虽然是根据文学作品虚构，然恰好在武陵所作，其欲彰显湖湘文化的愿望还是非常明显的。而在对屈原作品的引用、对武陵风光的描绘上，又具有明显的地方特色。另外《姽婳封》的创作有明显的具体指向，是为了表彰周云耀夫妇在新田（现属湖南永州）的忠烈之事。《双清影》虽写陈源兖发生在安徽之死难事，但创作起因却是因为读到湘乡侯所撰陈恭人为疗夫病而刲臂之事。"岁丙午余年十二，甫学临池，一日得道州所书陈恭人墓铭，辄为临摹，因而读其文，为今湘乡侯所撰。"（《双清影》自序）杨恩寿一生经历多在湖湘，所以其诗文戏曲等作品多与之有关。所以，通过戏曲创作有意识地彰显湖湘也是其应有之义。

第三节 戏曲主旨的表达与形象的塑造

一、戏曲题旨的表达

作为活跃在咸丰、同治、光绪时期的戏曲家，杨恩寿对晚清社会现实有着清醒的认识，在戏曲作品中也表达了对国家局势的关心和国家前途的担忧；对于朝廷"重臣"，杨恩寿则是给予揭露和批判，借以唤醒臣子的忠节之心。另外在作品中对自己在科举中的坎坷和愿望也有所表达。所以在戏曲主题的表达上，庶或可以从这几个方面来总结：

（一）“雪朝廷之愤，伸中国之威”——对国家局势的忧切

关于晚清内忧外患的社会局势，我们在此处无须赘言。对于曲家杨恩寿来讲，他的一生一直面对着晚清落后、封闭的社会现实，其戏曲作品虽然没有直写当时的某个事件，但流露出的忧患意识却十分明显，体现了传统文人应有的情愫。

杨恩寿的这种忧患意识在《桃花源》中表现得淋漓尽致。虽然作品并非直指晚清的社会现实，却时时体现以大局为重的忧患意识。剧作第一出《渔唱》以魏晋时期武陵渔人们讨论当时发生的“淝水之战”为契机，当说到苻坚大败时，杨恩寿借生脚之口说到：“强奴欺人太甚，有此一战，亦可雪朝廷之愤，伸中国之威矣！”并感叹：“苻坚呀苻坚，你平日欺压天朝，今日受此大创，才晓得我中原有人也。”把苻坚攻打中原作为“外患”之例来写，借“淝水之战”之古事来暗写当今之事实，已是显而易见。不仅如此，作者对“内忧”也表示担心：“（末、小生）后来听得城中这些士大夫说，只恐朝廷因有此大胜，不修武备，仍事晏安，则外患虽袪，内忧日伏耳。”作者也正是希冀藉此以达到劝诫的目的。对国家局势的担忧也体现在对后妃掌权临朝的态度上，如对晋惠帝皇后贾南风毒死杨皇后、掌握大权进行批评：“把内政隳，纲纪颓，贾南风，扬播起偷香秽。”“那个逆妇，罪大恶极，天地不容，怎么这样逆伦妇人，出在帝王之家，真不可解呀。”对于汉代吕后临朝称制，借副净之口曰：“开国规模，如此大坏，岂是灵长之祚么！”如果我们只是把作者的这种批判仅仅局限于历史事实的话，则会大大削弱杨氏剧作的时代精神。正如吴锦章对此出的评论：“孱王媪相，燕雀忘危，大声疾呼，定当猛省！”王闿运给杨恩寿的信中提到：“天下事诚不可料，比闻俄人将以游兵，吓左军而走之；英吉利为地山请命，而黄竟体以为不可，冬初必有怪局，枢府无人，良足嗟也。”[①]此类现实多少也是杨氏所感愤的缘由之一。对鸦片战争

---

① 王闿运：《致杨道台》，《湘绮楼全集》笺启五，光绪三十三年墨庄刘氏长沙刻本，《续修四库全书》第 1569 册，第 282 页。

之后忧患现实进行审视并寻求出路，应该是当时曲家们关注的焦点之一。李文瀚的《银汉槎》传奇，亦是借张骞在河灾和海患交困的情况下，乘桴槎至西域寻找洪水源头，最后平息水怪，海晏河清。这当然是李文瀚将当时的社会现实以寓言的方式在戏曲中表现出来，张骞的寻求过程，也代表着李文瀚在现实的国家危机局势中寻求能够平定内忧外患的出路。其目的正是"特有望于天心默转，胥百世而享海晏河清之福"①。杨恩寿虽然表现出了一种表面的逍遥，在《渔唱》中借生之口说："朝廷大事，自有挽回补救之人，你我草莽微臣，何得越俎议论？"实际上这显然是一种悲愤之情的流露。

同题材的戏曲创作有许潮《武陵春》、尤侗《桃花源》、石韫玉《桃源渔父》等，然在主旨设置上却各有其趣。《武陵春》虚写君山父老、太上隐者、天台二仙姑等在桃源洞天游春之事，体现明显的"仙"气；尤侗《桃花源》、石韫玉《桃源渔父》则借陶渊明故事表达更多的"逸"趣。而杨恩寿《桃花源》借渔父游桃花源的经历来表达对历史和现实的态度。

（二）"子弑父、弟弑兄，都是肯的"——对食禄变节的批判

对食禄变节者的痛恨，是杨恩寿作为传统文人所具有的基本的批判性，他认为这类人的行为对于国家形势的危机有不可推卸的责任，这在几部反映历史题材的剧作中皆有表现。《姽婳封》中通过山寇与军师之口把这类人的嘴脸描画得入木三分：

（丑）当今嘉靖皇帝，任用匪人，恒王独立难支，甚不中用，青州一班绅士，与在下多是故交，待我修书一封，托他们作个里应外合。

（净）他们都是受过国恩的，怎肯与我出力？

（丑）于今世界，非钱不行，只要舍得银钱，就叫他子弑父、弟弑兄，都是肯的呀。

（《姽婳封》第二出《良谋》）

---

① 李文瀚：《银汉槎》自序，《银汉槎》，道光乙巳（1845）年三月刻本，风笛楼藏版。

绅士们虽受国恩，但在银钱面前，却食禄变节，这种忠节观念是何等轻贱。如果说这些“绅士”是杨氏根据现实在《姽婳封》中的抽象反映的话，王聚奎、尹先民等人则是历史上确有其人的食禄而变节者，在《理灵坡》和《麻滩驿》中两人都重复出现。副将尹先民花钱买通内官曹化淳而做得湖广总兵，而王聚奎也是花费万两银子买得湖广巡抚一职位，为了兑现承诺，王聚奎克扣军饷，且带兵去长沙一带抢掠百姓，又怕“贼兵”到来：

(副净)听得长沙一带，素称饶富，并未经过兵宰，你借巡按为名，我借到任为名，大家去抢，不可被贼兵占过头了。

(丑)此策虽妙，恐怕贼兵来了，怎生是好？

(副净)这又何难？到那时节见机而作。(跪介)或是降，(行介)或是走，又怕他怎的！

(丑)如此我们慢慢的走，须要按户去搜，不可使一人漏网，就此启马者。

(《理灵坡》第八出《娄抚》)

当张献忠攻打长沙城时，一省之主王聚奎却要弃城逃跑，而尹先民则打开城门，跪倒迎接，在《麻滩驿》中，王聚奎窜往衡州掳掠百姓，还要上报朝廷邀功请赏。《双清影》中的胡元炜也是食禄变节的典型，改捐得官，买通门径，为庐州知府，因太平天国义军送他二十万两饷银，并许富贵双全，便变节打开城门。这正像在第六出中所说：“(小生)难道不怕官府吗？(丑)官府是不管事的，怕他怎的？”杨恩寿借起义军之口来评论官府，从而表达对官府不谋其政的悲愤和感慨。下面这支〔风入松〕更是如此：

〔风入松〕(小生)一霎时填胸愤懑发冲冠，不提防乖龙隐现。那些醉生梦死的官府，笙歌酒肉官庭宴。他还说坤舆稳奠。恩能够达飞章万里君门，才免得莽荒郊蔓草滋延。

（《双清影》第六出《弋心》）

所以，要寄希望于能挽救国家局势于一旦的忠臣、“将种”，《双清影》第五出中也借以发出感叹：“我想古来离乱世界，弄得国已垂危，做忠臣的尚拼命挽得过来，怎么我老爷一个便血的病就想不出方法来救治他呀！”陈源兖因患便血之症，医药不灵，其妻易氏的感慨虽是针对陈源兖的病来说，但是对于作者来讲，恰恰是要说古代的忠臣能挽回垂危的国家，如今的臣子如王聚奎、尹先民之流，却是葬送国家的刽子手了。因此，在《姽婳封》中的担心和批判就是很自然的了：

（旦）虽然如此，大王身后，又靠何人与我朝出力？尚须奏明玉帝，早生将种，以救时艰，幸勿笑修到神仙，犹抱杞人之虑也。

（生）就此赴通明殿去者。

〔尾声〕肩头重担双双卸，小朝廷大局谁支架？（旦）这些做武将，统雄兵的，都不足持的呀，不是我姽婳将军小觑他！

（《姽婳封》第六出《证仙》）

这是作者对这类变节者的批判、对国家时艰的担忧，并寻求解决的办法。与李文瀚去西方寻求灾源的办法不同，杨恩寿是希望“玉帝”能生“将种”，这在今天看来是幼稚和不现实的想法，而对于作者来讲这种希望有人能支撑大局的拳拳之心确是十分真挚。

（三）“文运如此，国运可知”——对科举制度腐败的揭露

杨恩寿因自己的科举经历和亲身体验，对科举制度的态度是十分复杂的，可以说是又爱又恨。在考取举人的道路上，走过了十七年的风雨历程，杨氏本人于同治庚午（1870）中举，虽在同年创作的《桂枝香》第四出《流觞》中也提到“区区科第，得之不足为荣，不得亦何足为辱”，但是作为科举系统中的传统士子，科举还是其要依附的道路。《再来人》基本表现杨氏对科举的态度，对科举的腐败也有所揭露。《再来人》中

老儒陈仲英年已七旬，自伤不遇，濒死焚稿埋文。就明清以来科举题材的戏曲来说，在对科举的批判上，《再来人》可以说是总结性的作品。

首先，由对科举的主动依附到反对和批判。随着科举制度在明清逐步发展，一些科考腐败的现象逐渐出现，戏曲作品中对于科考不公的现象也有所揭露。以科举为题材的作品，明代主要有阙名《青袍记》、阙名《折桂记》、冯惟敏《不伏老》，清代则有尤侗《钧天乐》、黄周星《试官述怀》、杨恩寿《再来人》、魏熙元《儒酸福》等。在对主题的挖掘上，明代的几部作品《青袍记》、《折桂记》、《不伏老》皆写梁颢一世不服老，虽受讥讽冷落，但不改初衷，最终八十二岁考中状元，表现对科举的自觉依附。而到了清代，以科举为题材的作品多表现对科举的批判。有的从试官角度正面揭露科举的腐败，《试官述怀》则是最典型的例子，此剧对试官的刻画入木三分："放屁文章总一般，大家容易大家难。之乎者也成何用？只要金钱中试官。……这正是：文章自古无凭据，惟愿家兄暗点头。""哪怕犯天条，那青天高又高，从来善恶都无报。屈倒英豪，便宜草包。……但看满朝朱紫贵，皆因元宝换将来。"[①]有的是描写儒者酸态、酸事，《儒酸福》即写天上文星为玉帝所作楼记太高古，花样不新，而被贬到人间经受磨砺，受尽各种寒酸之苦。而多数作品则表达不遇之恨，《钧天乐》则是这一类型的代表，沈白有才学而未中，豪门贾斯文、魏无知等才学拙劣之徒反而高中，沈白感愤忧郁而卒，而于天界召试时得中状元，使文人得以扬眉。杨恩寿《再来人》作为晚出的科举题材作品，继承了这种批判的精神和态度，通过陈仲英不遇的命运，体现对科举的批判主旨。

其次，由对文人命运到对国家命运的思考。《再来人》对科举题材作品的主题上进一步深化和开拓，最主要的表现是通过对老儒命运的思考扩大到整个国家命运高度，从文人之命运思考到科举的腐败，由科举再扩展到对国家命运担忧。这要比之前的科举题材戏曲中只是抒发个人怀才不遇之恨、为士人扬眉吐气的作品更高一筹，也比同时期的

① 黄周星：《试官述怀》，《夏为堂别集》，清康熙二十七年刻本。

《儒酸福》只是描绘儒者酸态要深刻得多。老儒陈仲英文字只因不入时，不能入试官之眼：

> （老旦）老相公文章是好的，只是太高了些，这班试官谁人懂得，依我相劝，何不揣摩时派，改个样儿，也好合着式来，才可得意的呀。
>
> （末）孺人说那里话来。文章乃各人的文章，有甚么揣摸不揣摸，合式不合式，只要做得心安理得，自己觉得可传，就是无人懂得，可携向高山峻岭，对着苍松怪石，放声高诵，便是那些猿鸟，也要舞起来的。
>
> （《再来人》第一出《训蒙》）

陈仲英要做自己"心安理得"的文章，并非要一定符合试官之意。其后身季毓英每科试所写之文皆是老儒原文，一字不差。这对科举制度本身就是一个绝妙的讽刺。更为重要的是，杨恩寿对于科举制度本身的腐败现象也进行了揭露。《筵侮》一出中，则是对钱成铭、孙福桐等人花钱买得举人的揭露："（副净）我原不曾读书，那年忽然想中举人，花了几个钱，就中了出来，那些下第的，把财神爷抬进了文庙，与孔夫子并坐呀。（丑）举人须用钱买，像我这做进士的，不过抄几篇陈文前去骗骗，何曾读过书来。"[①]然而杨恩寿并不仅仅就事论事，而是对这种弊端作更深一步的思考，把科举与"国运"联系起来："朝廷慎重科名，偏中了这些败类。文运如此，国运可知。"（《筵侮》）文运关乎国运，个人的怀才不遇或许不算什么，但是科举制度本身的腐败对"国运"衰颓之影响却是无可挽回的，通过戏曲对这一主题的揭示，也充分表明杨恩寿对国家命运在科举层面上的思考。毛松年评第三出《筵侮》："吾不知作者何等伤心，何等牢骚，凭空撰出一篇鬼魅文章，令人不可笑，不可哭，真是奇妙文。"而这等伤心正是表现在对于"国运"的担忧上。

---

① 杨恩寿：《再来人》第三出《筵侮》。

(四)“乾坤杀运开”与“天下不还粮”——对农民起义的态度

受时代与身份的限制,在对待农民起义的态度上,多数戏曲作家是一致的,即把农民起义者以“贼”“匪”等称之,而且反映的农民运动也多是李自成、张献忠和太平天国的事件。脚色上,皆被安排为净、副净、丑等,成为反面人物,《双清影》中的净扮洪秀全、丑扮杨秀清、副净扮萧朝贵,《理灵坡》、《麻滩驿》中的张献忠亦是由净来扮,在剧中都是大开杀运之人。杨恩寿的《理灵坡》、《麻滩驿》、《双清影》所反映的正是这类内容。“从这些作品的基本思想倾向来看,都是从封建正统观念出发,对农民起义采取了敌视的态度。”[①]当然,也并非全部否定,相对于对待食禄变节者来说,有的地方也体现出对农民运动的理解,《理灵坡》第五出《屠鄂》写农民军攻打武昌,除掉不为国出力的官员:“你们虽是做官,平日何曾替崇祯爷出力?难道不该死么?”而对于蔡道宪,张献忠则亦有爱惜之意:“蔡司理是个好官,咱还要劝他归降,不可伤他性命。”(《理灵坡》第十一出《狡降》)再如《双清影》第六出中引用“立了太平王,天下不还粮”的口号,也是对农民起义者的理解。

作家因特定的时代和立场,其剧作所表现的旨趣不可能超出自己的身份局限,更不可能对农民起义做出超越自己所接受的既定思想的结论。所以我们不可能要求当时的作家与我们今天的思想完全一致。但是从另一个角度来说,以杨恩寿为代表的戏曲家所创作的此类作品,其反映现实的创作精神,比只是一味写喁喁儿女语的作品更具有现实批判性。他们把笔触和感情深入到当时或历史的现实事件中,在戏曲的发展上,可以看作是明末清初的苏州派抒写现实精神的延续,是戏曲家群体的自觉选择,这种以戏曲强烈干预现实的精神,在晚清反映社会变革的作品中又一次得到了集体性的高扬。

二、戏曲形象的塑造

杨恩寿所塑造的剧中人物,与所表达的主题相关。主题不同,塑造

① 左鹏军:《晚清民国传奇杂剧史稿》,第72页。

的人物类别也有差异，而且同一类形象中也各具特色。为了分类的方便和更好地体现杨恩寿对剧中人物的塑造，本书将这些人物形象分为忠臣、义士、奇女子、优伶等。当然也有一些形象鲜明的反面形象，不过这些形象在论述主题或语言特色时有所涉及，此不重复讨论。

（一）忠臣

忠臣形象在剧中有《理灵坡》中的蔡道宪，《麻滩驿》中的沈至绪、贾万策，《双清影》中的陈源兖等，这些形象的塑造可以看作是杨氏对挽回国家危局的政治理想的寄托。蔡道宪作为长沙司理，勤政爱民，曾说服吉邸亲王以大局为重，并劝谏王聚奎加强防御工事，却不被采纳。张献忠攻陷长沙，蔡道宪坚决不降，死后葬于醴陵坡，升入天堂为神，被封为巡江都尉，建立专祠。沈至绪为武科进士，因感慨臣子无报主之心，加上宦官弄权，不得已辞官回家，后因张献忠进犯，便谒选为道州守备，练兵防御，振奋军威，却出师未捷，因中箭而殒身疆场。生作忠臣，死后亦入神道，建庙于麻滩驿，保护一方安全。贾万策忠肝侠骨，正气凛然，谒选补授荆州都司。荆州大战，本能成功但被惠王调入守城，势不能敌，把剑自刎殉国，后亦同沈至绪共入神道，受人拜祭。《双清影》中，太平军在杨秀清的领导下攻破庐州，陈源兖与安徽巡抚江忠源共同抵抗，但因胡元炜叛变，江忠源战败投水自尽，陈源兖也自缢在明伦堂前的大树上，以表忠烈。后陈源兖与妻子易氏同返天庭。

（二）义士

《理灵坡》中的凌国俊、李师孔、陈贤等“义仆”也是杨恩寿要着重表现的对象，而且是与像王聚奎、尹先民这样的“重臣”作为对比来写的。

剧中的凌国俊只是长沙府司理衙门的一个幕卒，但是忧心时局，伤心吊古，抱负不凡：“从前的公卿，降为皂隶；于今的皂隶，可傲公卿。我便是降志辱身，充当贱役，比那些不义而富贵者，大不相同。”（第四出《充役》）在张献忠即将进攻长沙的紧张情形下，凌国俊与李师孔、陈贤肝胆相照，在酒楼结义，抒发对蔡道宪的钦佩之情，也有对“重臣”的批判：“贼氛甚逼，那些文武官员，尚且今日赏花，明日演戏，我们做皂隶的，不过借酒杯，浇块垒，岂学他们沉湎于此乎？”（第十二出《兰合》）很明显，这些“文武官员”在作品中实指王聚奎、尹先民等人。在蔡道宪死难之后，凌国俊等人将其葬于醴陵坡，然后殉主自杀，为国尽忠。

杨恩寿也正是感于“重臣”的无能和叛变与“末吏”的尽忠才尽力塑造这类形象的：“举军国大计，糜烂决裂而不可收拾，至于死生之际，大节攸关，彼所谓重臣者，微独有愧于末吏，曾吏卒之不若。”（《理灵坡》自序）

（三）奇女子

在杨恩寿的戏曲创作中，女性形象的塑造是非常突出的，也是意在表现女性“忠”、“烈”等方面的特征。这些形象有《姽婳封》中林四娘、《麻滩驿》中沈云英、琼枝、曼仙、《双清影》中陈源兖妻子易氏，同时也着重刻画了老旦的形象，如《麻滩驿》中沈云英母亲、《理灵坡》中蔡道宪母亲等。

杨恩寿现存最早的一部传奇《姽婳封》作于咸丰十年（1860）在武陵作幕时。作为恒王妃子，林四娘操练宫中女兵，为恒王演练军阵。在恒王因轻信被贼寇收买的群臣时，林四娘则非常心细，考虑周全：“（旦）商议军情，可有头绪否？（生）绅士们纷纷议论，说寇贼已经投诚，吁请孤家，出城招抚。（旦）哎呀，寇贼甫经起事，如何就肯投降？大王轻入贼巢，恐中诡计，绅士的话，怎么听得呀。”（《姽婳封》第三出《哭师》）在恒王被杀后，林四娘虽然想到为恒王殉节，但是最终选择为恒王报仇：“想我林四娘，虽是女流之辈，常抱节烈之心，生受重恩，死当殉节，与其闭门待死，不如杀贼捐躯，为此传集妃嫔，杀上前去，纵令碎身粉骨，亦所甘心。”（《姽婳封》第三出《哭师》）在兵败自刎前说道：“明明白白今朝死，可算得千秋奇女子。”（《姽婳封》第四出《完节》）杨恩寿重视的是林四娘之“奇”，即重视节、烈的特征。

沈云英也是杨恩寿作为“奇女子”来塑造的。沈云英为道州守备沈至绪女儿，随父出征，张献忠攻道州，沈至绪身死，沈云英夺父尸还，保道州城，其夫贾万策亦因荆州城破自刎，沈云英后虽授旌表为游击将军，她不以虚授的头衔为念，毅然坚辞不受，辞官归家做一女私塾，奉老母晚年，感慨英雄末路之悲苦，故国河山之哀痛：“恨女娲补不得皇天漏，从今后江山故国，总添愁。”(《麻滩驿》第十六出《赴水》)剧中所附毛奇龄所撰之《本传》表达得极为彰显：“文能通经，武能杀贼，得之女子已属奇事。若其夺还父尸，孝也；夫死辞爵，节也；国亡赴水，忠且烈也。忠孝节烈萃于以女子之身，此亘古所未有也。”①剧作也恰是塑造了这样忠、孝、节、烈之“奇”女子的形象。

另外《鸳鸯带》所写王氏则是为情而死的“烈”女子。《鸳鸯带》应方剑潭之请，为其所纳姬王氏死烈事作传。此剧为杨恩寿所作剧本中唯一以“情”为主旨之作。王氏也是杨恩寿塑造形象中唯一为情感而死者，虽剧本不传，而《词余丛话》中所载亦是此事。因方剑潭戚张某为其纳王氏未取身契，而王氏父亲将讦之上官，故劝方剑潭出王氏，而王氏归去之后则“解鸳鸯带自绞”②。

（四）优伶

将“伶人”与“奇女子”的形象的分开，只是为了便于从不同的角度讨论。对于伶人，杨氏在其日记中曾有所记载，在《兰芝零香录》中也对伶人专门列传并记事，可以说其对于伶人也寄托了自己的人生理想和道德态度，剧作《桂枝香》中的李桂芳与《麻滩驿》中的琼枝、曼仙的形象即是如此。

李桂芳是一名男旦，其原型就是陈森《品花宝鉴》中的男旦苏蕙芳，苏惠芳漂泊入梨园，重气节，善于权变，“余不幸坠落梨园，但既为此业，则当安之。谁谓此中不可守贞抱节，而必随波逐流以自苦者”③。苏蕙芳后支持毕秋帆科举成功，自己也做了“状元夫人”。作者以此改编，李桂芳作为联锦部演员，亦是重气节，有雄心，虽然寄身梨园，也希望自己能够早日脱离苦海，得人而事，“我辈虽失足优伶，亦何不可做出一番事业，慧心只眼，留佳话于后人乎”(《桂枝香》第二出《议宝》)？面对潘其观的猥亵和刁难，能守“节”如玉，不沾染风尘气，而对田春航这样的“宝

① 毛奇龄：沈云英《本传》，见于《麻滩驿》目录后所附。

② 杨恩寿：《词余丛话》卷三，第 272 页。

③ 陈森：《品花宝鉴》，上海：上海古籍出版社，1990 年版，第 6 页。

友”，却早已倾心，且对其举业十分关心，让其寓在自己宅中，每日督促其习字作文，发榜前一夜得失萦怀，一夜无眠，田春航在其鼓励下终于得第，而自己也得脱籍。对杨恩寿本人来讲，李桂芳为男旦，但在剧中并未表现出一种“好男风”的倾向，也并非是对“同性恋抱欣赏态度”①，而是表示对李桂芳能慧眼识人的称赞，其《桂枝香》自序有言：“桂伶操微贱业，能辨天下士……岂仅为梨园子弟浪费笔墨哉！”从这个角度讲，李桂芳形象的塑造是作者在长期的科举生涯中希望得到知音的心声。知音只能在“操微贱业”的伶人中去寻找，所以这个形象的塑造，也体现了对当世世风的讽刺。

琼枝、曼仙，《麻滩驿》中的两位身份低微的女伶。杨恩寿根据徐岳的《琼枝曼仙记》改编，主要突出二人的侠烈之气。张献忠破道州，招琼枝、曼仙侑酒，但琼枝虽出身微贱，却宁死不从，曼仙假装服从，后置毒于酒中，张献忠觉察而将其碎磔。徐岳感叹“琼枝、曼仙一倡耳，奋不顾身，视死如饴”②。杨恩寿把二人谱入剧中，也是有感于这一点，并在《麻滩驿》最后一出《梦圆》中借沈云英之梦写琼枝、曼仙位列仙班：

> （金童玉女持彩幡，引旦、小旦仙装上）
>
> （旦）〔犯胡兵〕呀，又则见天符引出娇娆貌，仙云缥缈。（相见介）请问二位何处仙真？（旦）奴乃琼枝，（小旦）奴乃曼仙，皆惠王府中歌妓也。（旦）纵然沦落青楼，歌舞场，花影悄。
>
> 〔香遍满〕今日不分良与贱，一般史册姓名标。二位虽然出身卑贱，都是忠烈凛然，立证仙班，好不体面。

二人身份虽低微，但死于忠烈，符合传统观念，仍能名标青史。把伶人的故事放在剧中，也与杨恩寿平时所闻所见有关。其同治元年

① 胡晓明主编，赵山林、田根胜、朱崇志著：《近代上海戏曲系年初编》，上海：上海教育出版社，2003 年版，第 60 页。

② 徐岳：《琼枝曼仙记》，见于《麻滩驿》目录后所附。

(1862)五月十六日的日记中记载，程开信（号履斋）所讲到的常德宝华部演员仙喜被太平军掠到湖北，后投江而死之事：

> 程履斋言：常德昔有宝华部，皆雏伶也。有仙喜者，鬻身养母，故隶是部，年甫十四，色艺冠曹。甲寅发贼陷常郡，将全部掳去，至湖北，缚草台于暑日下，酋醉赏之，雅喜喜。喜终日呕呀，热毒结于背，生疽。先是，有弹三弦人王姓，甚爱此子，约与之逃；迨有隙可逸，而喜病不能兴。王不忍决舍。喜促其行，且泣曰："君行，吾即投江死矣！寄语阿娘，养育恩誓于来生报也。"王遂登岸，行不数武，水跃有声，喜盖自沈也。全部犹陷贼舟，其余不知所终。王归里，为程述之如此。嗟乎，喜亦雷海青哉！拟为之传，先记其略。①

杨恩寿所得知仙喜的故事，对其后来创作《麻滩驿》时，把琼枝、曼仙谱入剧中是有一定的思想根据的。

当然，重要形象的塑造并不仅仅这些，另外如上文所述穷巷老儒陈仲英也是杨恩寿感慨所积而塑造的重要人物，而且在陈仲英身上也隐含着作者自己的遭遇和不平，正如周妙中先生所说："他对老儒穷愁潦倒的记述，使我们仿佛看到了作者自己作幕时候的影子。"②再如陈源究的妻子易氏，为了丈夫之病忍痛封臂，也是贞烈的典型。

从整体上看，这些形象的塑造还有一个共性，他们死于忠烈，死后或升入神道，专享祠堂，受人拜祭，或者升入天庭，受到表彰。在其死后都有一个圆满的结局，更是要通过对忠烈的表彰来宣扬于世，感召人心。从戏曲表达的主旨与形象的塑造来看，"作为一个有着强烈封建正统观念的儒家士子和睿智的戏曲理论家，杨恩寿站在传统儒家的立场上创作传奇，反映时代动乱，关心民生疾苦，真实再现晚清知识分子的现实处境和人生价值，其剧作虽掺杂着较为浓厚的封建意识，却具有强

① 杨恩寿：《坦园日记》卷一，第25—26页。

② 周妙中：《清代戏曲史》，第345页。

烈的现实意义”[1]。这种评价是中肯的，杨恩寿戏曲主旨的表达和形象的塑造，反映出其对戏曲社会功能的重视和宣导，是其戏曲功能观在创作中的具体实践。

① 陈书良主编:《湖南文学史》,第538页。

第五章 杨恩寿戏曲艺术特质探析

第一节 戏曲虚实的设置

虚实问题是中国古代戏曲史上的重要问题，戏曲创作是完全写实还是可以虚构，在戏曲评论上也引起广泛争论。从《琵琶记》诞生以来，围绕戏曲内容是否真实的问题的争论一直伴随着戏曲评论史。主要有写实与寓言两种观点。

一、戏曲虚实的处理传统

写实为主的戏曲作品可以说是“以曲为史”，这类作品在历史题材的戏曲创作中体现出以史实为据，按史作曲的追求。董榕的《芝龛记》即是以如此：“所有事迹，皆本《明史》及诸名家文集、志传，旁采说部，一一根据，并无杜撰。”[①]基本上按史实本身作曲，所以黄叔琳评论曰“洵乎以曲为史矣”[②]。即使如此，也不能完全按照历史的顺序来写，作家还需根据剧情发展和曲体的要求进行加工，仍以《芝龛记》为例，董榕在创作时亦用了影叙、追叙、串叙、代叙、撮叙、带叙等“隐括”手法，而且是以“意”来贯穿全剧，“记中叙事虽多，实一意贯穿。且较原传原文，已多用剪裁隐括之法”[③]。即并非完完全全依照史实，如果完全按史填词也

---

① 董榕:《芝龛记凡例》，蔡毅《中国古典戏曲序跋汇编》，第 1712 页。

② 黄叔琳:《芝龛记序》，蔡毅《中国古典戏曲序跋汇编》，第 1715—1716 页。

③ 董榕:《芝龛记》凡例，蔡毅《中国古典戏曲序跋汇编》，第 1713 页。

并不符合戏曲创作的特点，当然对于曲家来讲也是难以做到的。

而寓言观则是多数曲家所赞同的观点，谢肇淛认为："须是虚实相半，方为游戏三昧之笔。……必事事考之正史，年月不合，姓字不同，不敢作也，如此则看史传足矣，何名为戏？"①一味坐实，也就没有了戏曲本体的特征，更无抒写曲家胸臆、达到教化目的之功用特色了。徐复祚以《琵琶记》为例，认为戏曲是为传其词曲，而非人与事之真实，而戏曲只可以作寓言来观："要之传奇皆是寓言，未有无所为者，正不必求其人与事为实也。即今之《琵琶》之传，岂传其事与人哉？传其词耳。"②李渔亦云："传奇无实，大半皆寓言耳。"③

那么对于戏曲虚实的分寸和原则如何处理，王骥德则曰"剧戏之道，出之贵实，而用之贵虚"④。就是说在创作时，采用历史和现实之实事，在构剧、摹绘之时则要以虚写之，可以在事实的基础上来抒写情感、表达主旨。如《桃花扇》即是"出之贵实，用之贵虚"的典范，《桃花扇》的创作是按照史实填写："朝政得失，文人聚散，皆确考时地，全无假借，至于儿女钟情、宾客解嘲，虽稍有点染，亦非乌有子虚之比。"⑤而且孔尚任在每出出目下注录事件发生之时间。然而在具体穿插点缀时，作者则在此史实基础上抒发离合之情与兴亡之感，增添黍离之悲，这就是用之贵虚的高妙之处。曾永义先生对戏曲的虚实处理法则划分为"以实作实、以实作虚、以虚作实、以虚作虚"⑥四个方面，而认为"以实作虚"类的戏曲创作"因为戏剧本事有所凭藉，作者便可专注于文辞的修饰和

---

① 谢肇淛：《五杂组》，上海：上海书店出版社，2001 年版，第 313 页。

② 徐复祚：《曲论》，《中国古典戏曲论著集成》（四），第 234 页。

③ 李渔：《闲情偶寄》，《中国古典戏曲论著集成》（七），第 20 页。

④ 王骥德：《曲律》杂论三十九上，《中国古典戏曲论著集成》（四），第 154 页。

⑤ 孔尚任：《桃花扇》小引，《古本戏曲丛刊》（第五辑）据北京图书馆藏清康熙刊本影印本。

⑥ 曾永义：《曾永义学术论文自选集》甲编，北京：中华书局，2008 年版，第 9 页。

排场的美化，同时也可以在思想情感上多所发抒，强化主题”[1]。应该说，曾永义“以实作虚”的观点恰好是王骥德“用之贵虚”的注解。

戏曲不排斥写实，但是完全按史来写，曲家也就失去了创造性，在传奇“家法”上也没有了剪裁镕琢之力，并非上乘，而以史实为基础进行合乎戏曲体制和曲家性情的创造，做到虚实参半，或者以虚用之，做到借客观之“事”而寓曲家之“言”，方为戏曲虚实创作的“第一义”。

纵观杨恩寿曲作，其体制特征与曲家创造方面都在传承着明清以来的传奇创作的“家法”，剧作多则二十余出，少则四出。为了论说方便，我们可以从虚实的角度，把其剧作分为史剧题材与虚构题材两种。即有根据历史史实和现实事实创作的“出之贵实”的剧作，又有根据文学作品改编的“徒托子虚”之作。虽然并非完全按照虚实的“法则”行事，但不管是虚是实，从剧作的本事选择与触发情境上看都体现着杨恩寿一贯的情感抒发的精神，而非泛泛的游戏之笔。

二、史剧题材——据实而书，以戏驭史，借史载道

杨恩寿史剧创作当然是以历史人物和历史事件为基础，在本事的选择上，《理灵坡》、《双清影》、《麻滩驿》三剧则是根据历史和现实中的实有人物进行创作，是“出之贵实”的。《理灵坡》是杨恩寿在参加《湖南通志》的纂修时读到蔡道宪的传略，后又得到邓显鹤所辑蔡道宪遗集及《行状》，感其事而作。剧作是据实而书，“次悉本行状，暨各传记不敢意为增损，惧失实也”[2]，并不对相关情节进行主观的增损。《双清影》更是根据陈源兖死难太平军的事实而敷演的“时事剧”，取材于实，在具体编写时，则根据事实而作，“编中姓名爵里仿铅山《桂林霜》，例据实书之，凡生存者，概不阑入。至胡徐从贼则据李氏《先正事略》、徐氏《庐阳

---

① 曾永义：《曾永义学术论文自选集》甲编，第 11 页。

② 杨恩寿：《理灵坡》自序。

战守记》，非故甚其辞也”[①]。《桂林霜》是蒋士铨根据马雄镇的真实事迹而作，所作姓名、地址等皆真实，《双清影》亦是皆有凭据，即陈源兖、江忠源的殒身之事。《麻滩驿》中沈云英之事本于毛奇龄所作《沈云英传》，“编中第取毛西河本传，循序而衍，未敢泛涉它事”[②]。其中琼枝、曼仙二女妓也是根据徐岳《琼枝曼仙记》而作，这都是杨氏据史实书精神的体现，也就是所谓“出之贵实”。

但是，写实并非单单为了给人物作传记，也并非仅仅给历史事件作真实的记录，而是曲家以戏驭史的表现，要通过曲作达到载道的目的，在创作中也经过了曲家对戏曲本体特征的精心组织。也就是用时能“贵虚”。以《麻滩驿》的创作为例，《麻滩驿》是杨恩寿不满董榕《芝龛记》把明季史事和秦良玉、沈云英二女将事迹拉杂在一处的做法，故而提出批评：“考据家不可言诗，更不可度曲。”[③]考据家完全按史而写，度曲则需要曲家根据曲体的要求去创作，杨恩寿认为董榕之作在剪裁方面缺少融通，缺少对曲家主观情志的抒写，缺少对曲体要求的遵守。由于《麻滩驿》是根据毛奇龄的《沈云英传》所作，故我们把二者的大体内容作一对比，就可以看出杨恩寿“出之贵虚”的笔法了。

表一　《麻滩驿》与来源题材《沈云英传》、《琼枝曼仙记》内容对比表

毛奇龄《沈云英传》 徐岳《琼枝曼仙记》[④]	杨恩寿《麻滩驿》
沈云英者，长巷里沈氏女也。父至绪，中崇祯四年武科进士。云英生时，随父出入京。骑马，能马射。九岁，见《论语》有省，请受学。期年，遍诵四子书，及《孝经》、《女诫》，唐宋诗词，略涉目即记忆不忘。	第一出：训女

① 杨恩寿：《双清影》自序，同治九年（1870）长沙杨氏坦园家刻本，湖南省图书馆藏。

② 杨恩寿：《麻滩驿》自序。

③ 杨恩寿：《词余丛话》卷二，第 247 页。

④ 毛奇龄《沈云英传》与徐岳《琼枝曼仙记》均依杨恩寿《麻滩驿》卷首所附。

续表

毛奇龄《沈云英传》 徐岳《琼枝曼仙记》	杨恩寿《麻滩驿》
	第二出:从军
崇祯十六年,随父任道州守备。流贼至道州。	第三出:楚纷
	第四出:秦赘
	第五出:蚂聚
	第六出:鸾离
	第七出:义旗
	第八出:慈线
	第九出:寄雁
父出战,已败贼于麻滩驿,斩其渠阵前,贼惧。将徙去,会大雨,左体被创,靴鞫壅流血,足僵坠镫,为援贼所杀,掠其尸去。	第十出:斩鲸
云英年二十,自率十骑,束发被革,直趋贼砦。乘贼未集伍,连杀三十余级,负父尸而还。	第十一出:夺尸
时湖抚王君聚奎睹其事,奏请降敕,赠至绪昭武将军,祠之麻滩驿,荫一子入监,以云英为游击将军,使仍领父众。	第十二出:拟敕
会其夫贾万策为故阁部督师标大剿营都司,守荆州南门。流贼陷荆州,万策被杀。	第十三出:伏剑
因哭辞诏命,扶父柩回籍。	第十四出:辞官
张献忠破荆州,召惠府乐户数十行酒。内有琼枝者色艺出群,献忠命之歌。曰:"我虽贱,岂肯歌侑贼觞!"毅然弗从。以刃挟之,曰:"汝技止此耳。我不畏死,奈我何哉!"献忠豢之喂犬。同时有曼仙者,献忠亦召至,极逞技能,刻意逢迎,献忠大悦,宠幸无比。献忠每夜将寝必豪饮,曼仙侍。是夕,曼仙置毒于酒,	第十五出:侑觞

续表

毛奇龄《沈云英传》 徐岳《琼枝曼仙记》	杨恩寿《麻滩驿》
漫斟以奉献忠。妮之，手挽其颈曰："汝先饮此。"却之不得，立饮而毙。献忠始觉，碎磔其尸。（徐岳《琼枝曼仙记》）	
清师渡西陵，云英赴水死，母王氏力救之免。贫无食，开塾于家祠之左，训其族中儿。	第十六出：赴水
	第十七出：神警
	第十八出：梦圆

剧作是在传记的基础上，进行了符合戏曲特征和曲家意愿的改编和加工。凡是本传中有的内容，如第一、三、十等出，可以说是按"实"来写。杨恩寿也对本传中所无的内容进行加工和改编，这种改编是必要的。所改之处，如《伏剑》一出，写贾万策寡不敌众而自刎殉国，本传中是"万策被杀"，这种改动，虽然不合于史，但一方面作为次要人物，稍作改动无伤大碍，另一方面，又对沈云英起到烘托作用。《梦圆》一出，为全剧收煞，本传曰："散遣塾中儿，沐浴，卧而卒。"（毛奇龄《沈云英传》）杨恩寿则改为梦中收场，给观者留下巨大的想象空间，多少有团圆之趣旨，同时又以热闹结束，因为"终场忌冷不忌热"①，这种改动符合传奇创作的规律。杨恩寿又对传记中所无或所略之内容进行合乎传奇创作规律的增补。所增补的内容就是根据生旦结构模式和出场传统，对贾万策和沈云英的生、旦脚色进行润色。《从军》、《秦赘》、《鸾离》在本传中皆无描述，剧作增加这部分描写奇男子、奇女子的内容，在史剧类的剧作中套上生旦离合的结构，方不显孤寂。又《义旗》的增加，壮大了军威，《慈线》写沈云英母亲为其做寒衣的抒情片段，在紧张的剧情中有此抒情，是杨恩寿善于把握虚实之处。

---

① 李渔：《闲情偶寄》，《中国古典戏曲论著集成》（七），第65页。

《双清影》作为现实题材的政治剧，其在具体手法的运用时把现实内容也以虚写出，即以侧面的驾驭来对“史”进行补充，第九出《驭鹤》，易氏魂魄经过广信府时，见到陈源兖的生祠，此出评语曰：“陈公政绩俱从此出胪列，运实于虚，亦何灵妙乃尔！”对其政绩不正面说出，而根据戏曲的创作要求，用之以虚。

写实，是在以戏驭史的基础上进行的写实，而非完全照搬；写虚，是在寓褒贬、宣教化的戏曲载道功能目的下的加工，是在符合戏曲体制要求下的改造。这是杨恩寿史剧题材创作中虚实把握上最主要的表现。

三、虚构题材——徒托子虚，以虚影实，以虚写心

对于戏曲的“虚实”，李渔提到“实者，就事敷陈，不假造作，有根有据之谓也；虚者，空中楼阁，随意构成，无影无形之谓也”[①]。也就是说，虚构的作品不像写实之作要有根有据，而是可以根据作者胸次，随意而成。

但是我们所说的杨恩寿作品之虚构题材，是由于其选材于相关文学作品而并非取材于历史和现实之真实人物、事件。《姽婳封》取材于《红楼梦》，《桂枝香》取材于陈森《品花宝鉴》，《再来人》取材于沙张白（1626—1691）《再来诗谶记》，《桃花源》取材于陶渊明《桃花源记》。当然，根据杨恩寿作品，可以看到，即使是虚构题材，也是有一定的依附和凭借，选择这些作品来作为戏曲创作的素材，是有一定的自身依据和主观原因的。

本来，小说、散文等文学作品已经是属于文艺的虚构，而根据虚构之作进行再度创作，则可以称为是“虚构之虚构”了。

《姽婳封》可谓是“徒托子虚”之作，但借虚构之名却展示了对现实事实的映射。“虽见《红楼梦》，全是子虚乌有，阅者第赏其词，弗征其实也可。”（《姽婳封》自序）望观者赏其词之美，而对于事之有无，则无需深究。然而，此剧亦是有所依傍，是杨恩寿根据在武陵听到的有关周云耀

---

① 李渔：《闲情偶寄》，《中国古典戏曲论著集成》（七），第20页。

夫妇战死之事而托为戏曲："咸丰庚申(1860)，游幕武陵。客有谈周将军云耀者，勇敢善战，其妇亦知兵。乙卯(1855)，守新田，以轻出受降而死，妇亦战以殉之。当即演成杂剧，诡其名，于说部之林四娘，即所谓姽婳将军也。"(《麻滩驿》自序)林四娘的故事在林云铭《林四娘记》、王士祯《池北偶谈》、蒲松龄《林四娘》、曹雪芹《红楼梦》第七十八回"老学士闲征姽婳词"皆有记载，林四娘形象有所不同，但多表达故国之思，《姽婳封》是借《红楼梦》中姽婳将军事之外壳而映射周云耀夫妇死难事之内核，虽说是"子虚乌有"，却有强烈的以虚写实之意。

如果说虚构题材作品中，《姽婳封》是有所要突出的具体的现实对象的话，那么其他如《桂枝香》、《再来人》、《桃花源》则更是以虚来抒写心境了。很明显，这类剧作是在阅读相关作品的触发下而创作的，这这种触发又是以杨恩寿当时的经历和心境为现实依据。

以《桃花源》为例，《桃花源》是杨恩寿以虚构题材来写情、写心的经典之作，也恰因其为写心境之剧，剧中没有紧张的情节和激烈的冲突，故而有艺术价值不高之讥。但杨恩寿选择以陶渊明《桃花源记》为题材是有其现实根据的，光绪元年他随云贵制府刘岳昭南归，经过武陵，虽然前有陶潜之记、王维之诗，因时人有作《桃花源》诗，而不禁填为南北曲，"昔靖节之记、之诗，原是寓言八九，后人就县治之西，穴山为洞，并植桃花以实之。已觉无谓，余又从而衍之，逐一登场，几若确有其人其事，岂非无谓之尤邪"(《桃花源》自序)？本来文艺作品就是"寓言八九"，再根据寓言来填词，在杨恩寿看来就是"无谓之尤"了，也就更是"寓言"，更算是虚无缥缈。其《满江红·桃花源》词，即是此意：

水复山重，尚留得，秦时郡县。休错认，葛洪炉灶，淮安鸡犬。莽莽鳞塍勤刈穫，劳劳羊酒联姻眷。算此中，都与外间同，何须羡？　　渊明记，随心撰。辋川咏，从头衍。更有人梦中说梦，宫商一片(余谱有《桃花源》杂剧)。词客青怜春草鬓，歌场红著桃花眼。笑渔郎底事，去来忙，东风赚。[①]

“梦中说梦，宫商一片”，恰是虚构、寓言之意。《桃花源》第三出《逢源》写渔翁入桃花源之过程，十分具体，故吴锦章评云：“以生龙活虎之笔写出虚无缥缈之事，读之宛如身历其境，固知作者自有丘壑。”不仅此处，整部作品多处穿插了《桃花源记》所无之情节，如第一出渔人谈论当朝之局势，第五出渔人为桃花源人讲述外事，历数得失，评古论今，第六出桃花源中人为渔人演唱自编之曲，等等。这都是虚笔写成。这部“藉以消夏”的虚构之作，与作者晚年的游幕经历、失落心境都有很大的关系，所以作品中以虚笔所作的悠远之境也符合杨恩寿这种以“局外人”的身份来谈荣利的心态。

另外《桂枝香》表达的感愤心态和穷途之累，《再来人》表达的合生死于弹指之间的隐痛心境和失落之感，都以虚构题材为载体而有切身的表露。剧中虚构人物田春航、渔人、陈仲英，从希望有人能慧眼识才，到欲归心世外却心怀时事的矛盾，再到勘破生死之超然，每个角色都承载力杨恩寿本人当时的真实心态。

不管是史剧题材还是虚构题材的作品，杨恩寿在虚实处理上也大体遵循了虚实参半的原则，史剧题材是在写实的基础上达到载道的目的，具体方法上也有虚笔、侧笔等；虚构题材则是借助题材的虚构性来抒发其真实的心态。对于虚实的处理，曾永义曾做过精辟的论述：“戏曲虚实之道，当循其实而善用其虚；斤斤于实，固然有伤引人入胜、腾挪变化之姿；去实大远，亦必教人坐立不安，无从领受。而虚之为用，乃在明净其实、强化其实。”[②]这种看法恰如其分，对王骥德、李渔等人在戏曲虚实上的认识进一步深化，符合戏曲创作的实际。杨恩寿的戏曲在写实观和寓言观两种态度上，也大体做到了虚实契合，即写实中有自己主观的融入，寓言中又有对现实的烛照。

① 杨恩寿：《坦园词录》卷四，《清代诗文集汇编》第727册，第695页。

② 曾永义：《曾永义学术论文自选集》甲编，第11页。

第二节　戏曲语言与用韵特色

一、戏曲语言的追求

在戏曲语言的表达上，杨恩寿坚持曲辞抒情、宾白叙事的观点，在曲辞抒情性上，对传统戏曲语言的韵味进行坚守，不管是描写如画的景物还是抒发悲远之情，都体现出对抒情文辞的自觉追求。在语言的本色特征上，保持了元人的语言特色，出口自然，且刻画鲜明。同时保持了语言形式的灵活性，除了完整的昆曲曲牌之外，还加入〔秧歌〕、〔采莲歌〕等曲体形式。

（一）抒情性：对戏曲文辞的自觉追求

抒情性是戏曲文体的重要特征，戏曲虽以叙事为依托，但是作为演唱的韵文形式，语言的抒情特征是曲家永恒的追求。而且曲家在创作时以诗词为曲，把诗词的语言风格用在戏曲上。

1. 空灵明净，曲语如画

对规定情境中的景物进行如画的描写，以明净清丽的语言写出，形成情景交融的抒情特色。这种如画的描写在杨恩寿后期作品《桃花源》中有着不凡的表现。剧作开始就以渔人的身份描绘了飘渺的景致和自己悠闲的心境，其第一出《渔唱》〔北粉蝶儿〕：

（生渔翁蓑笠上）岁月烟霞，利和名一齐抛下，棹扁舟以水为家。恰趁着洞庭南，潇湘左，春光澹冶，波痕绿乍，遍湖堤垂杨低亚。

又如本出：

（生）你看沿江一带，尽是桃花，真乃锦绣山林，胭脂晴雪。我明日棹着渔舟，沿溪行去，但逢花处，便作勾留，容与中流，不问路之远近，岂非快事么？

〔尾声〕东风吹入春心乍，扁舟一夜傍桃花，梦魂儿绕遍红云罅。

不管是宾白还是曲辞，把桃花写成“胭脂晴雪”、“红云”，可谓以诗入曲，把桃花之美表现得无以复加。故吴锦章评曰：“调金粉画之，尚不能艳丽至此，仙乎，仙乎！”其最后一出《饯宾》，桃花源人送别渔人，并为其演唱自编曲子，渔人听后唱到：“〔前腔〕(生)浑不是郢中歌唱，浑不是五溪蛮唱。真是《离骚》、《九歌》之遗也。擅文藻宋玉风流，佩秋兰屈原忠戆，弦悠悠韵长，水悠悠路长，看一片白云天上，剩几点青峰江上。”曲中始终不染尘埃，曲意透露出一种空灵明净的境界。同是此出，〔桂枝香〕之〔前腔〕又曰：

(净、末)羡你独来独往，(生)你一酬一唱。(合)转过了芳草春山，(指船介)依旧是乌篷钓舫。(回望介)桃花源这厢，(远望介)洞庭湖那厢。(生)两位老丈回去呵，唱农歌青畦翠壤。(净、末)足下此去，也有乐趣的，唱渔歌，柳溪花港。(合)两相望，怕隔了紫陌尘千尺，青天路一行。

通过如画的语言对桃花源景物的描写，对人物活动的描述，写出一种甚至连图画也难以画出的意境，吴锦章对杨恩寿这种语言的功力赞赏有加，评曰：“张吾楚国乐操土风俗，作者自命不凡，信是词场独步。”(第六出《饯宾》评)“一路依依，两情款款。填词至此，入大风鼓涛，但觉云海苍茫，行乎其所不得不行，止乎其所不得不止。”(第六出《饯宾》评)“无事不韵，无语不韵，画桃花源图者，皆钝相也。”(第四出《假馆》评)这种评价并不为过，而恰恰道出抒情语言在描写如画景致上的表现力。

卢前在《饮虹曲话》中说：“余取曲以‘清’字为准。清有四：意则清新、词则清丽、韵味则清隽、气象则清旷。四者有其一，即非下品。”[①]我们以这种标准来衡量《桃花源》中部分语言，其词之清丽、气象之清旷时时扑面而来，那么，按照卢前的说法，杨恩寿的这类以“清”的风格为主的作品也“非下品”。

同样在其他剧作中也是如此，《再来人》第九出《花因》，王玉涤见到父亲所送兰花，以一曲〔黑麻令〕赞叹道：“擅风韵云涯水涯，空色相仙家佛家，待猜详冰花雪花，结同心一萼寒梅，尽消瘦霜华露华，好教我怜他爱他，早种下情芽意芽。问前身是邪非邪？才信道各有姻缘，悟不透浓些淡些。”此曲“云涯水涯”、“仙家佛家”、“冰花雪花”等多处重叠，这种特殊的句式加上曲意本身的冰霜玉洁，更加衬托兰花高洁，并借此来喻王玉涤秉性之雅，毛松年的评语曰：“裁云镂月，剪彩飞英，掷笔空中，飞行绝迹，至节拍之合，排场之工，尤其余事。”（第九出《花因》评）毛松年之所以认为节拍、排场为“余事”，足以说明语言的表现力。

《桂枝香》第八出《离筵》亦是以画入曲、以诗入曲：

〔粉孩儿〕（小旦行装坐车上）茫茫的下车歌楼辞舞闼，倩疲驴驮梦，卢沟桥下。看沙堤杨柳夕阳斜，猛西风吹冷宫鸦。内叫：媚香慢行！我等赶来作饯。（小旦）呀！我才别六街市阓尘喧，谁来说一句邮亭闲话？

以诗入曲，用诗词之语言，既可写景又可叙事，茶陵慧道人评曰“王摩诘诗中有画，顾虎头画中有诗，此曲兼而有之”（《离筵》评）。杨恩寿此曲兼有诗中有画、画中有诗之美，在晚清的戏曲创作中甚为难得。如果要划分流派的话，我们把杨恩寿划入“文辞派”亦不为过。

2. 苍凉悲慨，意境深远

杨恩寿总是在作品中以劲健之笔流露出一种苍凉之感，借人物抒发悠远的历史沉思。语言的苍凉悲慨，作为一种语言风格和美学特征，

① 卢前：《饮虹曲话》，《卢前曲学四种》，北京：中华书局，2006年版，第261页。

用在戏曲上，同样表现出时空悠远之美，表现历史的深邃之感，表现曲家的深沉之思。

《麻滩驿》第十六出《赴水》是写沈云英在家为村塾老师，用〔南吕〕套曲来抒发英雄末路之苦与故国河山之悲的出目。其中〔渔灯儿〕四支曲子吊明朝灭亡之惨、党祸之悲、南明之短、弘光之失，以历史反思之眼光与笔法来结构作品，曾传钧于此评曰："〔渔灯儿〕四折不减〔秣陵秋〕一套。"这是对其语言在表现历史感方面做出的肯定评价。本出〔锦渔灯〕中："好个南都地方，添得古今愁，似六代残棋一局收。还赶不上后庭玉树，词笔擅风流。提起国事，愤恨填胸，不免到了江边散步，稍驱愁块。"把明朝的灭亡与六朝之事相提，徒增古今之慨。本出〔锦后拍〕："为高堂带累添年寿，活着多将就，恨女娲补不得皇天漏，从今后江山故国，总添愁。"把沈云英既要孝敬萱堂，又恨不能补明朝皇天之漏的痛苦表现得淋漓尽致。

《桃花源》第五出《讯古》语言特色亦十分鲜明，南北合套以人物对话体现出对朝代更替、荣辱兴亡的态度：

> (副末副净)你晋朝如此不堪，我秦朝如彼结局。中间又有个甚么汉魏，交代排场，看来这得失兴亡，盛衰荣落，在当局欢欣悲戚，一往情深，要不过供今日一场话柄耳。
>
> 〔南双声子〕我朝事，我朝事，似水春风逝，你朝事，你朝事，似落叶秋风缀，我和你，休太息。只算听夕阳影里，打鼓盲词。

这里表面只说秦晋两个朝代，而语言所表现的历史沉思却是对历朝历代兴亡得失的体会，按杨恩寿自己的话说虽然是"就世外人说兴亡、谈荣利"(《桃花源》自序)，上文也提到把前代"似落叶秋风缀"的兴亡看作后人的"一场话柄"，但也如听人说"打鼓盲词"，曲终人散，江上峰青。有《桃花扇・余韵》之韵味而更有概括性，可谓言简意赅。

(二) 通俗性：对语言本色的内在把握

语言的本色，可谓是戏曲理论史一直存在争议的重要命题，何良俊、王世贞、王骥德、徐复祚、凌濛初等人都对这个问题有所探讨，我们可以对本色语言的特征作大致的概括：既不堆砌辞藻“浓盐赤酱”，又非过于俚腐的学究语和张打油语，而是做到在深浅、浓淡之间，以自然为上。

杨恩寿多部作品，其语言风格多样，既有雅丽之秀句，也多有取法元人之处，深得元人逸韵。语言简洁质朴，对人物的刻画也是纤毫毕露。

《理灵坡》第十三出《苦谒》：“〔字字双〕（吹打开门仪卫秉烛丑冠带上）捷书一纸告君王，掉谎；累累银子白如霜，心痒；帐前军校十分强，会抢；将军肚内有肝肠，无胆。”用〔字字双〕粗曲，句格为7，2；7，2；7，2；7，2。重复的句子形式，且“掉谎”、“心痒”、“会抢”、“无胆”恰是本曲点睛之笔，把丑脚王聚奎之丑态揭露的淋漓尽致。《再来人》之《宣滞》一出为净脚判官独唱，用北套，其〔叨叨令〕亦是对元人本色语言的模仿和把握：

> （出座做势唱介）〔叨叨令〕可怜这蛇蝎运一件件及身遭，可叹这龙舟会一队队伤心吊，可恨这猪嘴关一事事从旁笑，可喜这鱼鳞册一条条从头造，可亏这鼠笔一案案循例销，可免这虎头碑一个个将名报。兀地不苦煞人也么哥，兀地不乐煞人也么哥！可感这蝌蚪文一行行阐幽诏。
>
> （《再来人》第六出《宣滞》）

以北曲的语言形式，在演唱时又“出座做势唱”，以“蛇蝎运”、“龙舟会”、“猪嘴关”、“鱼鳞册”等语表现文人的偃蹇命运，毛松年评曰：“慷慨激昂，声翻铜斗，如听越石之笳、李慕之笛。”重复的句式，慷慨激昂的声调是对元人语言本色语言的学习。特别是《姽婳封》第四出《完节》〔金络索〕曲：“频挥涕，钝婵娟徒自哭空帏，可怜他一个魂儿，可怜我一个身儿。何日在阴司会。”魏式曾评价为“颠扑不破，元人一齐下拜”，这里当然未免会有溢美之词，但是，杨恩寿语言的本色特征在部分出目中确实是得到了恰如其分的体现。

本色语言的另一方面是对宾白的把握。杨恩寿重视宾白在戏曲中的作用,认为词曲用以抒情,而宾白则来叙事,宾白的作用是词曲本身所不能替代的:"若叙事,非宾白不能醒目也。使仅以词曲叙事,不插宾白,匪独事之眉目不清,即曲之口吻亦不合。"[①]在对宾白的运用上,杨恩寿确实做到了对人物进行入木三分的刻画,体现本色语言的活色生香。我们主要针对其韵白来分析。

韵白的使用是杨恩寿语言的一大特色,也体现了其对场上因素的把握。《桂枝香》是其代表作品之一,通过使用韵白来表现人物性格,其中就有几处极为突出鲜明:

> (丑巾服上)一表人物不粗陋,二分才情休浅露,三斤酒量莫呕吐,四季衣服怕破旧,五声音律要谙度,六品顶戴谁查究,七言诗句闻屁丑,八股文章难句读,九流杂技尽通透,十成张罗戒疏漏。区区魏聘才,生长京师,有名篾片,胸中搢绅一部,京官外吏,升除最是关心。
>
> (《桂枝香》第三出《浪酒》)
>
> (丑上)童,半通,会足恭,巴结内东,奴才拜弟兄,拉门面靠祖宗,钻头觅缝打抽风。
>
> (《桂枝香》第六出《酸泼》)

这两处都是魏聘才的自我描绘,从语言特征上来看,《浪酒》中用从一到十的数字来写丑脚的各种俗人俗态,所引《酸泼》中韵白则是从一字句到七字句的累叠组合,也是自打嘴脸之言,却朗朗上口,通俗明白,且若演之舞台,其效果自然十分突出。

韵白使用最突出的要算《麻滩驿》之《蚁聚》一出中一位中军所言,全列如下:

---

① 杨恩寿:《词余丛话》卷二,第256页。

（净扮中军上）中军何等光耀，头戴马桶高帽，抚台升帐坐堂，手本官衔自报，练弯腿子磕头，习熟步儿送俏。身上带着腰刀，手里捧着大纛。朔望打点行香，三八伺候放告。看操跪道营门，拜客骑马开道。早晨不等天明，便去打探信炮。晚间怕要溺壶，不敢放头睡觉。这是苦况难当，再把好处奉告。营兵领到银饷，要等中军开鞘。营官叩见抚台，要等中军通窍。同寅得罪中军，小话将它送掉。同寅巴结中军，随事替他关照。包苴若进辕门，先送中军钱钞。出差恐吓塘兵，须扯中军旗号。中军若见外营，做出许多骄傲。中军善当内差，赚出许多赏犒。中军通报口粮，不怕查点兵校。中军坏烂军装，不怕行文催造。中军役使兵丁，恍惚长随年少。中军贿卖充兵，那管衰颓老耄。试问如此名利，你道妙也不妙？今朝倾倒出来，惹着诸君发笑，官场就是戏场，做中军的是个花花面貌。

这一大段的说白，在语言形式上，除了最后一句，全部为六言，而且皆为“2、2、2”的词语组合形式，干净利索，直截了当。内容上说，剧中的中军只是一个次要角色，是来打探军情的，而且只有这一次登场的机会，而杨恩寿却巧妙地利用这个角色唯一的上场机会，通过来“自报家门”，分别写其“丑”、“苦”、“骄”、“乐”，把一个中军的丑态揭露得淋漓彻底，栩栩如生，活灵活现。也让观者明白，一个中军就能如此，那么“官场”中的丑态，要比这更甚多少倍。杨恩寿能抓住这样描写的机会不失时机的进行刻画，也是其戏曲语言才能的体现。

（三）灵活性：对集诗、谚语和秧歌的使用

杨恩寿在剧中能够运用集诗、民谚和秧歌等语言形式，使得剧作富有生气，增强了生活气息，在适宜的情节恰如其分地使用相应的语言，也与脚色特征相符合，更加体现出语言的灵活性。

首先，对集诗的灵活运用。

集诗是古典戏曲创作的“定例”，这一形式主要集取与剧中人物身份、剧情等相关的诗句，多用于人物上场诗、下场诗。杨恩寿剧作无下场诗，其集句主要用于上场诗。重要的是，杨恩寿能够使所集诗句与人物特征、剧情紧密结合，而且不同作品所用集句亦有不同，形式多样，特色鲜明，所用有集句、集本诗、集苏、集陶、集骚等等，多能不拘一格而情景自为相合。

《理灵坡》生脚蔡道宪上场则用〔集本诗〕，所谓的"本诗"，即主人公本人的诗句，此处即集取蔡道宪《蔡忠烈公遗集》中的诗句。《麻滩驿》第六出《鸾离》贾万策出场之集句"手握丝纶下紫宸，贾生才调更无论。于今正好图欢乐，重见云英掌上身。"以"贾生才调更无论"之贾谊写贾万策，十分自然得体，所以曾传钧评曰"集句天然"。《桃花源》本是依陶渊明《桃花源记》而敷演，其集句，则采用〔集骚〕、〔集陶〕的形式。如第一出《渔唱》武陵渔人出场，则用〔集陶〕："辞家夙严驾，鼓棹路崎岖。我行未云远，回泽散游目。清歌散新声，谁知荣与辱。扬楫趁平湖，杳然望扶木。"一方面与陶渊明诗意相合，又与剧作情景相契。又有〔集骚〕，引用屈原之辞，第二出《农歌》，武陵源人出场，〔集骚〕："令沅湘兮无波，若有人兮山之阿。聊逍遥兮容与，临风怳兮浩歌。"既表现武陵源人的生活，又体现了湘楚之风。吴锦章评曰："秦以前无诗可集，凡此中人口，俱集骚，可谓才大心细。"《桃花源》第六出《饯宾》中还用了〔集诗〕的形式，即集取《诗经》中的句子，用于净脚演唱。其第三段演唱筑长城之苦，〔集诗〕如下："（净唱末击缶介）其崇入墉，民亦劳止，筑之登登，嗟我妇子。经之营之，朕未有艾，子子孙孙，无俾城坏。"虽然所用全部是集取《诗经》中的句子，而作者讽刺之意已十分明显，正如吴锦章所评："寥寥短章，将之治苛、民之苦、始皇之愚一齐写出，真乃冰雪聪明，尤妙在是集陈语。"这正是集句之妙处，集《诗经》中的句子，恰是作者慧眼所在。这些形式各样、不拘陈语的集句的使用，也是杨氏的"创格"。

其次，对民谚的使用。

杨恩寿能灵活的把民谚的用在剧作中，做到既不留痕迹，又能符合剧作的"语境"，《理灵坡》第八出《婪抚》："〔尾声〕搜刮莫荒虞，哪管居民叫苦，须知道官兵如篦贼如梳。"作为民间谚语，用在剧作中，而且是借净、丑的脚色写出，从反面表达民间心声，揭露生民受官兵搜刮之苦。

《再来人》第三出《筵侮》孙福桐与钱成铭在陈仲英面前骄态十足，对陈仲英充满讥讽与侮辱，杨恩寿就巧妙地运用了一副对联来揭示孙、钱二人的态度："（丑）老陈，不要发呆，我且说个对语你听，一人说道：'眼朱子，鼻孔子，朱子反坐孔子上。'（净摇头想介）难对难对，（丑）对的是'眉先生，须后生，先生哪有后生长'。"双关的表达，恰好用在嘲笑年迈的陈仲英之穷酸。可以看出，杨恩寿是不拘形式，只要能对所表达的主旨有用的语言，皆可拿来为己所用。

再次，对〔秧歌〕等民间语言的使用。

蒋士铨对〔秧歌〕的使用在戏曲史上具有开创之功，杨恩寿将这种形式进行了创新。

蒋士铨把首次把〔秧歌〕等民间语言种用在文人剧作中，表现了革新意识。蒋士铨的《一片石》第二出《访墓》，写薛天目探访娄妃之墓，就有农人所唱两支娄妃所制的〔秧歌〕。

> 〔秧歌〕（生）一年生计靠天公，天意无私雨与风。东田日照西田雨，（合）各家福分不能同。（末）头上皇天不可欺，扪着心田稳把犁。（合）家鸡难学凤凰飞。（小生）秧田方方似棋盘，路径分明井字宽。各有田塍作河界，（合）他家秧好莫偷看。（外）城中寸土寸黄金，祖业留遗要守成。休想另买大田宅，（合）荒年无处去安身。
>
> 〔秧歌〕（老旦）妻来送饭夫耕田，眼前夫妻得团圆。劝郎休听旁人话，（合）飘洋虽好怕翻船。（小旦）遮体莫嫌粗布衣，充饥莫嫌淡黄虀。一夜思量千条计，（合）不如安分得便宜。[1]

杨恩寿对民谚、秧歌等民间语言的使用表现了对蒋士铨剧作风格的继承和发扬，蒋士铨所使用的〔秧歌〕为整齐的七字句，而杨恩寿剧作中的〔秧歌〕等民间语言则多错落有致。主要表现在《桃花源》中的〔秧

① 蒋士铨：《一片石》，《蒋士铨戏曲集》，北京：中华书局，1993 年版，第 357—358 页。

歌〕、《再来人》中的〔采莲曲〕、〔秧歌〕，等等。

如《再来人》〔采莲歌〕：

〔采莲歌〕（合）荡船荡船秦淮上，月明多；荡船荡船秦淮下，郎渡河。一声柔舻一声歌；一声啼鸟一声哥、秦淮水细不生波。月明多，郎渡河。

《再来人》中的〔秧歌〕：

（场上立五色牌坊书"为善最乐"四字）（杂彩衣扮四童子彩系"加官进爵"四字，各执一字跳舞，引净冠带扮禄星上）

〔秧歌〕（合）天平山前人姓范，大船运粮把赈放。父子两人为宰相。（绕场下。）

（四旦仙装执幡引小旦扮仙姬抱儿上）

〔秧歌〕（合）好儿子，不易得。天上星辰其轻摘。好儿子，不难得，达人之先必明德。有子无子才不才，摸着心头自想来。（绕场下）

（四杂旗帜牌上书"状元及第"，小生状元服色插花骑马上）

〔秧歌〕种瓜得瓜，种豆得豆，宋家儿将蚁救，状元及第登朝右。（绕场下。）

（四杂扮仙童各捧大桃子副末扮寿星上）

〔秧歌〕（合）莫修仙，仙人未必能千年；莫修道，道士金丹何足宝。惟有修善善念长，一念之善格穹苍，善人之寿寿未央。（绕场下）（众齐上东西分立介）

杨恩寿剧作语言的多样性体现了其对戏曲语言的灵活运用，而且具有地方特色。语言的灵活性，表现了作者对传统曲牌体语言的革新。在清代中叶昆曲剧坛上，蒋士铨在昆曲的语言形式上有所突破，到了晚清，杨恩寿则是延续了这样的传统。

当然，不管是曲词还是宾白，杨恩寿剧作的语言呈现出或空灵、或苍凉、或清丽、或俊朗的风格，清丽而不华丽，通俗而不庸俗，直白而不浅陋，总体以本色面目示人。正如谭帆、陆炜先生所论："中国古典戏剧'本色论'所追求的理想曲辞风格应该是这样的：'本色'不在于'摹勒家常言语'与俚语俗言，而要以自然、流丽、通脱的'俊语'为其理想追求，且应具备诗之意味。"[①]而杨恩寿的戏曲语言风格正是以本色为追求目标。

二、戏曲用韵的变化——与蒋士铨用韵比较

为了更好地说明问题，我们把杨恩寿作品中的混押情况与蒋士铨的部分作品《空谷香》、《香祖楼》、《临川梦》、《采石矶》的混押的数量进行统计对比，可以看到这种差别。庶或以二者为例能更清晰的窥探到从乾隆时期到咸丰同治时期用韵的变化情况。

（一）一出多韵[②]、一曲多韵增多

从对杨恩寿作品用韵情况的分析来看，在同一宫调中，一出一韵的情况，在九十出（除去《破题》）中共有三十五处，而且，一出一韵所单押的韵部多为江阳韵、萧豪韵、尤侯韵、歌戈韵、东钟韵、车遮韵、皆来韵七个韵部，其余韵部皆无单押现象。一出二韵混押者三十四处；一出三韵混押者十五处；一出四韵混押者五处。

---

① 谭帆、陆炜：《中国古典戏剧理论史》（修订版），上海：华东师范大学出版社，2005年版，第120页。

② 本章检韵标准按《中原音韵》。此处所说的一出多韵，主要是指一出中的曲牌本身出现的多韵混押，并不包括由于宫调的转换、情节的发展而产生的曲牌之间的换韵。如《理灵坡》第十五出所用曲牌为先天韵，而故事中歌妓所唱的两支《长生殿》中的曲牌〔粉蝶儿〕、〔上小楼〕为寒山韵，然这两支只是引用，故不算做混押现象；另如《再来人》第四出为江阳韵，而其中的一支〔采莲歌〕则为歌戈韵，由于〔采莲歌〕是并非本出中南北合套中的曲牌，故不认为江阳韵和歌戈韵混押。

表二　杨恩寿戏曲用韵与蒋士铨戏曲用韵情况对比表

混押情况／作品 韵部	蒋士铨《空谷香》、《香祖楼》、《临川梦》、《采石矶》	杨恩寿《六种曲》、《双清影》
江阳		江阳寒山 1 江阳寒山监咸 1
支思		
齐微	支思齐微 1	齐微支思 4 齐微支思东钟 1 齐微支思借来 1 齐微支思真文鱼模 1
鱼模	鱼模齐微 1	鱼模齐微 2
皆来	皆来家麻 1	皆来齐微 6 皆来齐微家麻 1 皆来齐微车遮支思 1
真文	真文青庚 1	真文侵寻 1
寒山		寒山桓欢先天 1 寒山桓欢先天监咸 1
先天	先天寒山 2	先天桓欢 1 先天桓欢寒山 2 先天廉纤 1 先天廉纤寒山 1 先天廉纤监咸寒山 1
萧豪		萧豪车遮 1
歌戈		歌戈车遮 1 歌戈车遮鱼模 1 歌戈齐微 1
家麻	家麻萧豪 1	家麻车遮 7 家麻车遮萧豪 1 家麻车遮真文 1

续表

混押情况 作品 韵部	蒋士铨《空谷香》、《香祖楼》、《临川梦》、《采石矶》	杨恩寿《六种曲》、《双清影》
车遮		车遮家麻 1
青庚	青庚真文 1 青庚江阳 1	青庚真文 6 青庚真文东钟 1 青庚真文侵寻 1 青庚真文侵寻东钟 1

注：1. 韵部后面的数字表示所混押情况在剧作中出现的次数。2. 统计范围，杨恩寿曲作为其现存七部作品，蒋士铨曲作随机选《香祖楼》、《空谷香》、《临川梦》、《采石矶》四部。

一出多韵主要体现为一曲多韵，不过一曲中两韵混押最为普遍，蒋士铨作品中最多也只是一曲二韵，并无一曲三韵、四韵混押的现象，而杨恩寿剧作中一曲三韵、一曲四韵混押的情况比较明显，更不用说一曲二韵混押的情况了。现列出杨恩寿曲中一曲三韵混押、一曲四韵混押的情况。

1. 一曲三韵混押者：

《理灵坡》第六出《浮湘》〔北雁儿落带得胜令〕：

嘉（家麻韵）、峡（家麻韵）、遥（萧豪韵）、大（家麻韵）、丫（家麻韵）、下（家麻韵）、家（家麻韵）、舍（车遮韵）、衙（家麻韵）、节（车遮韵）、衙（家麻韵）、华（家麻韵）。

《理灵坡》第七出《折藩》〔商调过曲・黄莺儿〕：

清（青庚韵）、心（侵寻韵）、问（真文韵）、巡（真文韵）、等（青庚韵）、明（青庚韵）、城（青庚韵）。

《麻滩驿》第四出《秦赘》〔黄钟引子·降都春〕：

绣(尤侯韵)、流(尤侯韵)、后(尤侯韵)、脂(支思韵)、候(尤侯韵)、做(鱼模韵)。

《麻滩驿》第六出《鸾离》北曲〔油葫芦〕：

趱(寒山韵)、惯(寒山韵)、鞍(寒山韵)、钏(先天韵)、溅(先天韵)、饭(寒山韵)、餐(寒山韵)、安(寒山韵)、伴(桓欢韵)、漫(桓欢韵)。

《麻滩驿》第十四出《辞官》〔黄钟·北醉花阴〕：

在(皆来韵)、改(皆来韵)、台(皆来韵)、来(皆来韵)、洒(家麻韵)、隈(齐微韵)、外(皆来韵)。

《麻滩驿》第十七出第一支〔月儿高〕：

旦(寒山韵)、幻(寒山韵)、敢(监咸韵)、眼(寒山韵)、窜(桓欢韵)、关(寒山韵)、寒(寒山韵)。

《再来人》第七出《塚瑞》〔仙吕过曲·皂罗袍〕：

冷(青庚韵)、塚(东钟韵)、明(青庚韵)、生(青庚韵)、认(真文韵)、窘(真文韵)。

《再来人》第十六出《庆余》〔越调过曲·绣停针〕：

檐(廉纤韵)、掩(廉纤韵)、彦(先天韵)、参(监咸韵)、变(先天韵)、髯(廉纤韵)、转(先天韵)、间(先天韵)、隽(先天韵)。

2. 一曲四韵混押者：

《麻滩驿》第十七出《神警》中第二支〔月儿高〕：

散(寒山韵)、患(寒山韵)、前(先天韵)、现(先天韵)、胆(监咸韵)、捍(寒山韵)、般(桓欢韵)、蟠(桓欢韵)。

从混押的曲牌数量上来看，可以清晰地发现混押曲牌数量的变化，所选蒋士铨四部作品曲牌数量为549支，混押数量为30支，所占比例为5.49%；杨恩寿七部作品，使用曲牌551支，混押曲牌数量为153支，占总数的27.77%。或许这种差别能从一个侧面反映清中后期戏曲创作格律在用韵方面的变化倾向。

(二)"鱼模当分"：创作与理论的差距

对于鱼模韵，周德清在《中原音韵》中将二者划为同一韵部，但这并未得到曲家的完全认同，王骥德在《曲律·论韵第七》中提到："盖周之为韵，其功不在于合而在于分；而分之中犹有未尽然者。如江阳之于邦王，齐微之于归回，鱼居之于模吴，真亲之于文门，先天之于鹃元，试细呼之，殊自径庭，皆所宜更析。"[①]即认为周德清的对于音韵方面的功劳是对各类韵部进行分类，但是有的韵部未能尽善，还可以再细分。李渔进一步认为，鱼、模两韵相去甚远，"当令鱼自鱼而模自模，两不相混，斯为极妥"[②]。那么，具体的做法就是"即不能全出皆分，或每曲各为一韵，如前曲用鱼，则用鱼韵到底，后曲用模，则用模韵到底，犹之一诗一韵，后不同前，亦简便可行之法也"[③]。皆认为鱼、模二韵相去太远，不宜分在同一韵部，在操作的时候就要将两者分开，如果不能做到一出中

① 王骥德：《曲律》，《中国古典戏曲论著集成》(四)，第111页。

②③ 李渔：《闲情偶寄》，第38页。

全部分开的话，至少应该一曲之中二韵不能相混。

在理论上，杨恩寿赞同李王骥德、李渔等人的观点，并进一步探讨鱼、模的明显区别，要求二者当分开使用：

> 盖鱼、模二音，相去甚远，不知周德清何故合而为一，岂亦仿沈休文诗韵之例，以元、繁、孙三韵合为十三元，必欲于纯中示难耶？无论一曲数音，听到歇脚处散漫无归，即我辈置之案头，自作文字读，亦觉字句聱牙，声韵逆耳也。填词用此韵，纵不能全套皆分，亦宜曲各一韵——如此曲用鱼，则用鱼韵到底；彼曲用模，则用模韵到底——虽合，实分，亦简便之一法。①

从创作角度来说，杨恩寿用鱼模韵的出数不多，我们可以通过相关例子来说明其创作中使用鱼、模韵的情况，来看创作与理论产生的差距，更能说明“鱼模当分”操作的难度之高。

如《理灵坡》第八出《婪抚》〔仙吕入双调〕：

〔二犯江儿水〕：

> 扶（模）、负（模）、逋（模）、租（模）、粗（模）、疏（模）、输（模）、吾（模）、逆（齐微韵）、孥（模）、孥（模）、府（模）、府（模）、于（鱼）。

〔前腔〕：

> 抚（模）、抚（模）、举（鱼）、逋（模）、租（模）、无（模）、枯（模）、呼（模）、吾（模）、负（模）、储（模）、储（模）、掳（模）、掳（模）、躇（模）。

① 杨恩寿：《续词余丛话》，第 293 页。

〔尾声〕：

虞（鱼）、苦（模）、梳（模）。

在这三支曲子中，除了〔二犯江儿水〕中一处用齐微韵（逆）之外，其余是鱼模韵，在鱼模韵中杨恩寿主要以“模”作为主押之韵，但是每一曲中皆混押“鱼”韵。再如《双清影》第二出《都圆》：

〔黄钟引子·瑞云浓〕：

宇（鱼）、许（鱼）、主（鱼）、古（模）、数（模）。

〔传言玉女〕：

裾（鱼）、举（鱼）、柱（鱼）、女（鱼）、蕊（齐微韵）。

〔啄木儿〕：

瘫（鱼）、蕊（齐微韵）、奴（模）、骨（模）、酥（模）、暮（模）、孤（模）。

〔前腔〕：

株（鱼）、侣（鱼）、池（齐微韵）、谷（模）、簇（模）、护（模）、孤（模）。

〔三段子〕：

株（鱼）、余（鱼）、聚（鱼）、脯（模）、溥（模）。

〔尾声〕：

古(模)、舞(模)、图(模)。

除了〔传言玉女〕〔尾声〕能做到鱼、模完全分开，而其他几支曲牌中用韵二者皆是不分的。当鱼模韵与其他韵混押时，鱼和模不同时押韵，《理灵坡》第十出《湖风》主押尤侯韵，其中有几处为鱼模韵，其韵脚如下：〔仙吕〕〔奉时春〕浮、楚，〔过曲〕〔解三醒〕菟，〔前腔〕度，〔前腔〕浮、鹭。这几个鱼模韵的韵脚，皆为“模”韵；《再来人》第十五出《悼往》为尤侯韵，鱼模韵两处，韵脚皆为“做”，为“模”韵。同时也可看出，与鱼模韵混押的韵部主要为尤侯韵。

在“鱼模当分”的问题上，虽然杨恩寿的创作和理论不完全吻合，但是可以看到杨恩寿的创作是在这一理论指导下进行的。在晚清戏曲创作逐渐走向衰颓的大背景下，杨恩寿在曲律问题上的努力是不能抹煞的。

(三) 以曲意为重

曲意和曲法，二者孰轻孰重，历来争论不一，观点各异。如汤显祖作品尚意，沈璟作品重法，不管以何者为重，二人在自己领域内作出的努力都可足以标榜后世。到了清代后期，昆曲创作整体衰落，剧作家们则坚持了对戏曲创作抒情达意的偏重，甚至表明把曲家意绪、作品主旨作为剧作的主要内容。不管是有意还是无意为自己作品不合律的现象庇护，曲律在作家创作中的地位已经呈现出江河日下的形势了。

《理灵坡》第十三出《苦谒》〔字字双〕一曲：“(吹打开门仪卫秉烛丑冠带上)捷书一纸告君王，掉谎；累累银子白如霜，心痒；帐前军校十分强，会抢；将军肚内有肝肠，无胆。”从押韵角度讲，是不合律的，其中“王”、“谎”、“霜”、“痒”、“强”、“抢”、“肠”等字，皆押江阳韵，为开口韵，而最后一字“胆”则押“监咸韵”，为闭口韵，这种押韵方式属于开口韵与闭口韵混押。但是考虑到使用的是〔字字双〕曲牌，而且是丑脚演唱，用来刻画王聚奎的嘴脸，从曲意上来讲，“将军肚内有肝肠，无胆”，恰恰是绝妙的讽刺,用意鲜明,十分恰当。这里,在不能尽善尽美的情况下,只能舍韵律而以意为重了,这也就是杨恩寿所谓的"以乐就诗"[①]。

杨恩寿重视曲意的观点在剧作中也有所自况,其在《桃花源》中提到:"我们填词度曲,只要有新意,有才情,二三知己,每值酒阑灯灺,读一番,赏一番,但觉耳目簇新,那管他合律不合律。至于几字、几板,细细推求,这是伶人乐工所长,非所论于我辈也。"[②]这里是借剧中人物之口道出自己的创作观点。在杨恩寿看来,剧作重"新意"与"才情",主要用于"读"与"赏",而对于合律与否,是伶人之事,就非我辈所应精通了。当然这也可以理解为对自己作品不合音律的辩解。这种以曲意为重的现象,在当时是具有一定的代表性。陈森创作《梅花梦》,也表达了类似的看法:"余素不解音律,亦不好闻歌吹声,率尔为之,未半月而就。脱稿后,亦不再阅,游戏为文,随说欲言,不必深为研究,于歌喉之未叶,节目之不合,更不加意,如真美人名士,亦非优人之所能模拟也。是曲也,因一时之情兴而有,则亦因一时之情兴而无"。[③] 在陈森看来,"情兴"应该放在作曲的首要位置,而戏曲音律、戏曲关目等方面的因素则是次要的了,目的是把美人名士展现出来,而戏曲创作则是展现的方式和手段,当然也是抒发自己的"情兴"。

而这种重曲意的倾向同时也暴露出曲家作曲时出现的问题。对此,天虚我生(陈栩)曾有激烈的笔伐:"晚近填词家,类皆强作解人,好为传奇。或则衬逗不明,任意增损;或则过赠无序,杂凑成章。句法舛误,等于自度,不复能明之为曲者,盖比比也。"[④]

然而不可否认的是,道光以后的传统戏曲创作,特别是杨恩寿、许善长、陈烺等人的剧作,虽然追求曲意和情兴,但与之前的作品相比,多被认为是不合律的"典范",在戏曲作品音律方面,近人许之衡认为南曲

---

① 杨恩寿:《续词余丛话》卷二,第 303 页。

② 杨恩寿:《桃花源》第六出《饯宾》。

③ (清)陈森:《梅花梦事说》,蔡毅《中国古典戏曲序跋集汇编》,第 2284 页。

④ 天虚我生:《蝶归楼》传奇跋,蔡毅《中国古典戏曲序跋集汇编》,第 2239 页。

创作“至道光以后，间有作者，合律之曲，几如凤毛麟角矣。此其故，由于从来论曲之书，概无详晰者，或则高谈律吕，溯源古乐，满纸林钟太簇，令人堕五里雾中；或则但详掌故，取资赡洽，而始终未搔着痒处”[①]。对杨恩寿等人批评曰：“嘉道以至清末，则此道几成广陵散，偶有作者，大都只知模仿藏园，而曲律误谬百出。如杨蓬海恩寿、许玉泉善长、陈潜翁烺之俦，皆强作解事，实则于此道瞢然，其余更自桧以下矣！”[②]

而对于这种现象出现的原因，吴梅先生有精当的分析：

> 同光以后，作者几绝……盖当时学子，皆注意于决科射策之文，经籍史材，且废而不读，遑及音乐？况光宣间，黄冈俗讴，正遍海内，词曲之道，几几亡佚矣。夫词家正轨，亦有三长：文人作词；名工制谱；伶家度声，苟失其一，即非雅奏。自文人不善讴歌，而词之合律者渐少；俗工不谙谱法，而曲之见摈者遂多；重以胡索淫哇，充盈里耳，伶人习技，务在趋时，而度曲之道尽废。居今之世，求有负此一长者，渺不可得。[③]

吴梅先生提到的“皆注意于决科射策之文”，虽然不是针对个体而言，却是大体符合杨恩寿的情况的。杨恩寿于咸丰四年(1854)中秀才，到同治九年(1870)中举，中间二十余年漫长的过程也是杨恩寿为科考奔波的过程。从杨恩寿在《桃花源》中借剧中人所论可以看出，其剧作只符合“词家正轨”三长中“文人作词”这一长了，这是戏曲创作中重视文辞的特征的表现，也是“管他合律不合律”的体现。当然吴梅、许之衡等人的批评主要是就杨恩寿、许善长、陈烺等人与道光之前的戏曲特别是蒋士铨的戏曲相比而言的，而我们以杨恩寿剧作为例，则庶几可以窥探出清代后期戏曲不合律的大致状况了。

---

① 许之衡：《曲律易知》卷上“概论”，饮流斋1922年刻本。

② 许之衡：《曲律易知》卷下“余论”，饮流斋1922年刻本。

③ 吴梅：《霜崖曲话》卷一，《吴梅全集》理论卷下，王卫民编，第1212页。

第三节　戏曲排场的恪守与新变

对于排场之重要性，许之衡论曰："作传奇第一须知排场，若不明排场，鲜不笑柄百出者。"[①]认为排场离不开悲欢离合四字，并把排场分为欢乐、悲哀、游览、行动、诉请等类别，短剧又有过场短剧、急遽短剧、文静短剧、武装短剧之分。王季烈在《螾庐曲谈》中也对排场进行探讨："悲欢离合谓之剧情，演剧者之上下动作谓之排场。欲作传奇，此二事最须留意。"[②]把剧情与排场进行了区分，对于排场的分类则与许之衡大体一致。曾永义认为排场是指"中国戏剧的脚色在'场上'所表现的一个段落，它是以关目情节的轻重为基础，再调配适当的脚色、安排相称的套式、穿戴合适的穿关，通过演员唱做念打而展现出来"[③]。俞为民认为"戏曲的排场，主要是指场次的安排、脚色的上下场及每出所用曲调的安排等"[④]。排场是由套数、情节、脚色等方面共同形成的一个整体。我们对杨恩寿剧作排场的解读则更侧重于曲家对于剧情的安排。

吴梅认为杨恩寿的戏曲创作多是对蒋士铨、黄燮清等人的学习和模仿，而未达到前人的高度，"杨坦园(恩寿)之六种曲，亦学藏园，而远不如韵珊"[⑤]，也认为未脱离蒋士铨窠臼。但是，吴梅对杨恩寿曲作的排场安排却大为叹赏："近见《坦园六种》，其中排场之妙，无以复加，真是化功之笔。"[⑥]评价可谓高矣。我们从戏中戏、梦中戏、对前人作品的

---

① 许之衡：《论排场》，《曲律易知》卷下，饮流斋1922年刊本。

② 王季烈：《螾庐曲谈》卷二，商务印书馆，1928年版，第23—24页。

③ 曾永义：《论排场》，《曾永义学术论文自选集》甲编，第105页。

④ 俞为民：《宋元南戏考论续编》，北京：中华书局，2004年版，第138页。

⑤ 吴梅：《顾曲麈谈》，《吴梅全集》理论卷上，王卫民编，第157页。

⑥ 吴梅：《复金一书》，《吴梅全集》理论卷下，王卫民编，第1104页。

借鉴与超越等方面尝试解读。

一、戏中之戏与梦中之戏的设置

（一）戏中之戏的独诣

杨恩寿在戏中戏的安排上无疑是十分出色的，这在《桃花源》、《再来人》、《理灵坡》中表现的尤为突出。我们所说的戏中之"戏"，应该是一个宽泛的概念，也可以分为多种类型。从创作角度看，有的是在剧中引用前人剧作中的内容，有的是自己独创；从规模上，有的是根据具体情节插入一支或数支曲文，有的是傀儡剧或者哑剧的形式，而有的则是演出完整的故事。比较著名的有徐渭《玉禅师翠乡一梦》，王衡《真傀儡》，李玉《清忠谱》中插入与剧情融为一体的说书，等等。杨恩寿戏中戏可以分为以下几类：

其一，引用前人曲文进行暗示与讽刺

《理灵坡》第十五出《花觞》借用《长生殿·惊变》中的两支曲文。兵临城下，湖广巡抚王聚奎与总兵尹先民却深夜外出狎妓，而妓女莲香为其所唱第一支曲文则为〔粉蝶儿〕："天淡云闲，列长空数行新雁，御园中，秋色斓斑，柳添黄，萍减绿，红莲脱瓣，一抹雕栏，喷清香桂花初绽。"而尹先民嫌此曲甚慢，要唱节奏快的，故莲香又为其唱〔上小楼〕："你道失机的哥舒翰，称兵的安禄山，赤紧的离了渔阳，赤紧的离了渔阳，陷了东京，破裂潼关，吓得人胆战心摇，吓得人胆战心摇，肠慌腹热魂飞魄散，早惊破月明花粲。"此曲甚快，写唐明皇失神落魄之态。杨恩寿之所以安排这两支曲文，确实是有讽刺用意的。"失机的哥舒翰"对于王、尹二人恰是绝妙的讽刺。王先谦在此处评曰"隐射全部"，所言甚当。

其二，插入花灯、龙灯等带有地方性的歌舞表演

杨恩寿善于运用花灯或龙灯表演来烘托故事。虽不起于杨恩寿，但这种表演形式的加入是对传奇形式的改造，这与他平时所观形式多样的地方戏有关，《坦园日记》多次记载所观龙灯表演之戏，在郴州观《金沙滩》："智多星、玉麒麟工力悉敌，贾氏与燕青调情及一丈青等打花

鼓入城，尤为艳绝”。[1] 写反映在创作上，则为了烘托热闹的场面而加入这种带有地方性的歌舞表演。《再来人》第四出《舟缘》季承纶南京寻秋，遇同年王畹，二人畅谈，指腹为儿女婚姻，此时用灯船来烘托喜庆的气氛，这也符合南京秦淮之特色：“（扮灯船或四只或八只，悬各样花灯。每只或四旦或八旦浓淡妆不拘，摇舻参差上）〔采莲歌〕（合）荡船荡船秦淮上，月明多；荡船荡船秦淮下，郎渡河。一声柔舻一声歌，一声啼鸟一声哥，秦淮水细不生波。月明多，郎渡河。（走队参差下）”

《再来人》第二出《旌善》也是用龙灯故事演出，《旌善》写溧阳县早年登仕现归林下的季承纶，与妇人梁氏游赏春色，饮酒赋诗。因季承纶去年开仓赈灾，救活几万饥民，受到旌表，故百姓也演龙灯故事前来庆贺：

（场上立五色牌坊书“为善最乐”四字）（杂彩衣扮四童子彩系“加官进爵“四字，各执一字跳舞，引净冠带扮禄星上）

〔秧歌〕（合）天平山前人姓范，大船运粮把赈放。父子两人为宰相。（绕场下。）

（四旦仙装执幡引小旦扮仙姬抱儿上）

〔秧歌〕（合）好儿子，不易得，天上星辰其轻摘。好儿子，不难得，达人之先必明德。有子无子才不才，摸着心头自想来。（绕场下）

（四杂旗帜牌上书“状元及第”，小生状元服色插花骑马上）

〔秧歌〕种瓜得瓜，种豆得豆，宋家儿将蚁救，状元及第登朝右。（绕场下。）

（四杂扮仙童各捧大桃子副末扮寿星上）

〔秧歌〕（合）莫修仙，仙人未必能千年；莫修道，道士金丹何足宝。惟有修善善念长，一念之善格穹苍，善人之寿寿未央。（绕场下）（众齐上东西分立介）

---

① 杨恩寿：《坦园日记》卷一，第16页。

此时剧中人的身份也变成了“观众”。一方面烘托气氛，另一方面对戏曲人物本身也有颂扬和感谢作用。这种具有地方性特征的〔秧歌〕表演便实现了对剧情的再现和烘托，而且使作品本身跌宕多姿，妙境频出。

《桃花源》第六出《饯宾》中的载歌载舞的故事表演在表演形式和演唱内容上也都是杨氏的独创。渔人将要离开桃花源，源中人为其表演自创的“新声”，即四段和秦始皇有关的故事《咸阳乐》、《求神仙》、《筑城苦》、《湘妃怨》，从内容上说，四段故事都与桃花源中人的秦朝经历有关，也分别反映出了秦朝建立、秦始皇的求仙、秦人筑长城之苦等事件。以第二段《求神仙》为例：

（净）我这第二段叫做《求神仙》，就是徐福带来三百童男童女飘海的故事，且把引子唱来。

〔集诗〕（净唱末击缶介）以介景福，俾尔寿而昌。于以求之，在水一方。及尔童子，桧楫松舟，三百维群，以遨以游。

（杂仙装扮徐福坐大舟，众扮童男童女或四人或八人各坐小舟随上，照歌腔合唱绕场介）

求神仙，在何许？舟中三百童男女。须知徐福本高人，讬辞去避无道秦。童男童女仙眷属，留有未烧书可读。（众下）

从形式上看，有题目《求神仙》，有净脚和众人的唱词，亦有舞台表演来演故事，其独创之处是净脚唱词采用集取《诗经》的句子，而众人唱词则采用歌腔的唱法。其他三段的形式也是如此，四段表演如果放在舞台上将会是完整而热闹的戏剧演出，这是杨氏作品场上因素的很好体现。

其三，使用戏中套戏

此处所谓的戏中套戏，与一般的加入曲文、歌舞不同的是，戏中之戏亦是一部或一出首尾完合的剧作。体制上仍是传奇的表演方式，曲文与宾白完整，人物形象突出鲜明，内容又与全剧合一。《再来人》第十六出中的《庆余》则是戏中套戏的不可多得之佳作。

《庆余》中的女伶演出，从结构上形成了独特的"戏中套戏"套式结构，而且与一般戏中戏不同的是，剧中人物所演之内容，恰好为剧作本出内容，是一种重合式的套戏结构。这是杨恩寿剧作的独特之处，也是戏中戏中的独造之处。剧写季毓英周济陈家之后拜祭其前身陈仲英之墓，并携眷供职京师。此出季承纶夫妇赏秋，派一部女伶演戏添兴。由于特殊的排场安排，故列出其戏中套戏之全貌：

(旦扮女伶上)掌班的叩头，(叩介)(生)这些陈腐填词，已听厌了，你班中可有新出戏文么？(女伶)少老爷这件奇事，长沙地方，有个好事的蓬道人，填成《再来人》杂剧，小班已经演熟了，老爷夫人，就赏点这戏罢，(生)既是把小老爷的事，编成戏文，我和夫人都是戏中人了。(旦)人生是戏，皆可作如是观，管他做甚。只是戏文太长，恐怕要分作两天，才演的完。你且拣一出好的，演来听听。(女伶)只有第十六出《庆余》最是有趣的，(生)你就演《庆余》罢。(女伶)老爷夫人请看，冲场的就是少老爷。(女伶下)(场上左右对悬二幔，幔下对设二镜介)

〔过曲·绣停针〕(小生破衣巾从左幔上)凄断穷檐，一领青衫老泪掩，逢人枉说金闺彦。在下陈仲英，侯官老儒，屡试不第，那些怜悯的，道我是怀才不遇，那些讥讽的，道我是顽钝无才，收紧炎凉，依然穷饿，(望左边镜介)那边有个镜儿，待我照来，看这几天气色如何，可好些么。(照介)(大惊介)哎呀，我陈仲英，一个老叟，怎么变作少年？(想介)我到哪里去了？咳，人尽管穷，我是失不得的。(望介)那边又有个镜儿，待我再去照来。(照右边镜)(从右幔下)(末白须冠带从右幔上)下官季毓英是也，十五岁中了解元，十六岁选入词馆，刚满二十，典试福建，恰值岳父，开府闽中，撤了棘闱，前出入赘。(对右边镜)今日一贯，须要齐整也。(照镜大惊介)怎么如此老丑了？难道今生的季毓英，重做了前生的陈仲英不成？把人相我相交参，畅好似青春婉变，变做了雪鬓霜髯。(望左边介)那旁镜儿里,有个人影,待我看是谁呀?(照介)(从左幔急闪下)(小生冠带从左幔急转上)这一照,才照出季毓英本相来也。芙蓉镜里春光转。(鼓吹彩舆绕场下)一霎时东风送喜道眉间,结天上人间爱隽。(彩舆重上)(傧相赞礼)(旦扮丫鬟启舆扶老旦破衣扶杖出)(赞交拜)(小生行礼,老旦背立,不理)(小生急近视)(大惊介)你你你,怎么来做新娘呀!(傧相丫鬟暗下)(老旦)我原不是你的新娘哪!(小生)来此作甚?(老旦)我与你前生呵。

〔前腔〕偕老穷檐,贫贱夫妻米盐。我因不能再作新娘,倒找着一个替身来了。(小生)是谁?(老旦)瑶台仅有闲钗钏(袖出水仙花一枝介)就是他。(小生笑介)我道赠我的真花,却原来是假的。(老旦)真真假假,真假假真,你好钝根也。(持花向左边镜照介)你看着镜中花,可是真是假呢?(老旦闪下)(小旦仙妆执水仙花从左幔上)(小生惊介)这镜儿里,竟照出一位仙女来了。(小旦)咳,谪上清云,情自黏。辞不了跨彩鸾,蓬山路远,倒不曾隔红墙,银汉波添。季郎,我与你真前缘也。(小生)仙姑乃上界真灵,岂作尘寰匹配,况下官奉了父母之命,早定糟糠,这是万不能从命的。(小旦)你的妻子是谁?(小生)现人福建巡抚,王公名畹町小姐。(小旦)我道是谁,原来是我。(小生)你是仙人,他纵或美貌,也不过人间一闺秀,怎比上仙姑哪。(小旦)我不信就与凡人不同。(小生)你不肯信。(指右边镜介)那旁有个镜儿,你去照来。(小旦)我这一照,不知照出个甚么样儿来呀。(照镜闪下)(小旦冠帔从右幔急转上)(小生喜介)镜里的,才是我的夫人也。(小旦)我于今还是真的呀,是假的呀?(小生)千真万真,一些也不假。(执手同行介)(合)晕痕红上桃花脸,谐双声,比翼鹣鹣,不曾把风月情天帐欠。(同下)(场上撤镜幔介)

(生旦俱笑介)这戏真有趣也。离合变幻,机趣横生,文人之心,无所不有,我们当饮一大杯,以赏新曲。

首先，由剧中人物人物之口说出作者已是独特，何况所演之剧恰为《再来人》本剧，而且所点出目第十六出《庆余》恰为本剧第十六出《庆余》，正如季承纶所言“我和夫人都是戏中人了”。确实如此，但“戏中人”在观众看来却同时也是“观众”，这样恰好形成套式结构，或者是重合结构，这样的结构处理就令人耳目一新，不落俗套。这种设置，应该是杨恩寿对戏曲结构的创见。正如其友毛松年在此出评语中所言：“此出推陈出新，空中楼阁，作者胸中固多丘壑。”“传奇中仅见之作。”其结构如七宝楼台，玲珑巧妙，灿烂缤纷，令观众耳目一新，这可以说是对以往戏中戏结尾形式上的独特创造。其次，如我们再看戏中戏所演的内容，则又和全剧的结构形成映衬和互补，同时也增添了令人目不暇接的迷离特色。戏中戏曲文由〔过曲〕〔绣停针〕〔前腔〕及对白组成，舞台由对悬的二幔和对幔下对设的镜子组成，人物则在这样的环境中活动。这样看来，好像并没有什么特别之处，其实重要的是人物的身份与穿戴恰好与“戏外戏”中的人物相反，这样形成反照和“映合”。人物的身份与衣着与“戏外”恰恰形成反衬，“（小生破衣巾从左幔上）……在下陈仲英，侯官老儒，屡试不第……”，按照常理，陈仲英出场应该是“末”，而此处却是“小生”，这与“戏外”的身份相反，且小生应为“季毓英”，按照毛松年在此出中的评解，即“从后身映合前身。”当“小生”照镜之后发现“我陈仲英，一个老叟，怎么变作少年？”少年季毓英的出场则是“末白须冠带从右幔上”，这就应该是从前身来映合后身了。第三个人物出现才是“小生冠带”。这种反照，一方面是对人物身份的新颖安排，另一方面，这一折“戏中戏”也对整部剧作进行反观，形成真假互参的戏剧效果。

（二）梦中之戏的功能性使用

以梦入戏是古典戏曲大量使用的一种反映人生现实的艺术手法，从元杂剧到明清传奇的以梦为主题的戏曲作品都大量使用，元杂剧中的《蝴蝶梦》、《绯衣梦》、《范张鸡黍》、《黄粱梦》；传奇中，汤显祖的“四梦”、梁廷楠的“小四梦”、陈与郊的《樱桃梦》，蒋士铨的《临川梦》、张坚的《梦中缘》，张道、陈森、汪叙畴的同题剧作《梅花梦》，也有的是虽然没有以梦为题，但剧作中穿插了梦中之戏。这些剧作主题多样，或者通过梦境来达到断冤狱的目的，或者通过梦境来抒写人生如梦的感慨，或者使梦成为“生者可以死，死可以生”的情感的触发，等等。杨恩寿剧作中，《理灵坡》、《麻滩驿》、《再来人》运用了以梦入戏的手法，在剧作表现力的方面，有的地方是对前人梦戏手法的发展。

首先，通过梦戏暗示人物命运。《理灵坡》第十七出《友诀》，蔡道宪在死难之前梦见宋代潭州刺史李芾以梦相托，指示前因：

〔南醉扶归〕（末袍笏神妆净扮沈忠盔甲执大旗书“宋潭州刺史李”上）吾乃宋李芾是也。生镇潭州，死谥忠节……（生起见末介）这人好生面善，可是本地绅士么？（末）非也，莫把他乡作故乡，（生）毕竟是谁？（末）我即是你，你即是我，何必问来。须知我相犹人相。（生见净介）他又是谁？（末）此即凌国俊也。（生）怎么不像？（末）除却面庞，哪些不像？要将面目例肝肠，那画工难画葫芦样。（内打三更，末净下）

（生惊起介）呀，原来一个梦兆。

因为宋代的李芾在潭州死节，谥号忠节，蔡道宪在长沙死节事与其类似，故以此作为对蔡道宪事的烘托，同时，李芾幕卒沈忠为殉主与《理灵坡》中凌国俊殉主事又十分相似，“我即是你，你即是我”的说法实际上也暗示了蔡道宪的命运。

其次，通过梦戏烘托悲剧气氛。《麻滩驿》最后一出《梦圆》即是以梦结尾的剧作。借沈云英的梦境，剧中人物各有结果，沈至绪与贾万策皆入神道，琼枝、曼仙亦证仙班，尹先民、王聚奎等人则在阴间受罚，沈云英本人之幻相在梦中亦是升仙，跨凤舞花，热闹非凡。这种结尾方式在中国古典戏曲创作上，可以说是别具匠心，曾传钧对此评道：“仙佛收场，已成厌套，此以梦中幻相作结，前因后果，历历分明，万派朝宗，乱云归壑。”一方面不违背古典戏曲以团圆结尾的方式，使人物都得到各得其所的交代，另一方面，又使观者在本属于具有悲剧性的剧作在热闹的收场中领会到作者设置的悲剧性意图，得到言有尽而意无穷的弦外之音。杨恩寿对《帝女花》的评论中也欣赏黄燮清“愈热闹，愈凄凉。瑟柱管弦，但觉商音满指”[①]的处理。《梦圆》是在沈云英梦中的华彩乐章中结束全剧，戛然而止，这就使观者不得不思考人物梦醒之后的命运，表面的热闹掩盖不住内在的凄凉。

再次，通过梦戏渲染迷离的意境。《再来人》第十一出《雨梦》，季毓英供职北还，因遇雨寓店，做梦以陈仲英身份来到老儒家中，遇见家人的情景，对后来季毓英与陈仲英妻子的相见、相认起到暗示作用。梦中见到其妻子时：“（见小生介）老相公，哪里来？（小生惊介）你是谁呀？（老旦）老相公老糊涂了，怎么连钟氏妻子都认不得？”（《雨梦》）就与第十三出《奇逢》与陈仲英妻子的见面形成照应，当他真正来到陈仲英家时，又感到像是在梦中：“惝恍迷离疑梦中，踪迹分明在，碧苔中。”（《奇逢》）给观者造成惝恍迷离的境界。又见到水仙花史：“郎君休要胡思，你妻子来也。（小生）上仙何来？（小旦）我乃水仙花史也。（小生）到此做甚？（小旦笑介）我和你一样来的呀。”（《雨梦》）梦中与陈仲英妻子、水仙花史见面，季毓英的身份也是多次转换。同时与《庆余》中更为复杂的戏剧情景形成照应，如果对照着看，这种把梦中与现实糅合、真假互参艺术手法的使用，对迷离意境的渲染起到很好的烘托作用。

研究者曾指出梦戏的“消极”因素，但是，从今天的观点来看，梦中之戏的运用，从剧作组织上说，是剧作有机组成部分，对情节的发展有着突破的作用，从思想上说，有时候又体现了对现实的不满，其现实中不能实现的理想只有在梦中才能得到实现，寄托了曲家对人生、现实的态度。

---

① 杨恩寿：《词余丛话》，第 249 页。

二、对名剧排场的借鉴与改造例说

从杨恩寿的戏曲中可以看到其对前人作品的借鉴和吸收[①]，在杨恩寿现存剧作中可以找到前人剧作的影子，一些出目在戏曲排场上多有相似，但是杨恩寿并非单纯的模仿，而是与自己的剧作融为一体，丝毫不露痕迹，甚至有的出目之排场更加生动，远远超出原作。

（一）《麻滩驿·义旗》——《桃花扇·誓师》

《麻滩驿·义旗》写沈至绪在道州整顿兵马，曾传钧对此处评曰："忠义之气，流露行间，与《桃花扇·誓师》一折异曲同工。"此言甚当，因为《誓师》一出写史可法在士兵们军心涣散之时，衷心耿耿，哭出血泪，鼓舞了士气。从内容上看，不管是有意还是无意，二者都有相似之处。

但是，在联套方式上，《义旗》在气势上要比《誓师》更为恢弘，《誓师》用北曲〔贺圣朝〕〔二犯江儿水〕〔前腔〕三曲，而《义旗》则用南曲〔大石引子〕〔东风第一枝〕〔念奴娇序〕〔前腔换头〕〔前腔〕〔前腔〕〔尾声〕，特色最为鲜明的是选用了〔念奴娇序〕，而〔念奴娇序〕是被当做"同场大曲"来使用的，也就是此曲可叠用，而且可以换头，吴梅先生称此曲"例用四支，其第二支换头，与三、四两支又异……此调音节极高，传奇中皆用作同场大曲"[②]。而且四支〔念奴娇序〕最后三句皆为合唱，所唱内容一样，若演之场上，气势可见，故与《义旗》相比应更为出色。

（二）《桂枝香·憨侦》——《疗妒羹·题曲》

《桂枝香·憨侦》在套曲的使用上，用〔紫苏丸〕〔醉罗歌〕〔醉归花月渡〕〔罗袍歌〕〔前腔〕〔尾声〕，是一出比较文静的戏，写田春航应试放榜之前，李桂芳一夜未睡，对中试的焦急等待与盼望，对考中后的美好想象与展望，展示了复杂的内心活动。《疗妒羹·题曲》用仙吕套〔桂枝香〕〔前腔〕〔前腔〕〔前腔〕〔前腔〕〔前腔〕〔长拍〕〔短拍〕〔尾声〕，写小青在

---

① 周华娆的硕士论文提到杨恩寿剧作对小说《红楼梦》和《品花宝鉴》的模仿，但杨恩寿剧作更多的是对前人戏曲作品的借鉴和创造。

② 吴梅：《南北词简谱》（下），《吴梅全集》理论卷上，第547页。

玩赏《牡丹亭》时的所感所想：对杜丽娘与柳梦梅爱情的欣赏，对自己身世的慨叹。二剧虽然内容不容，但排场的情景设置与表达上却是一致的。虽然使用套曲并非完全相同，但都通过打更来表示时间，从起更、二更、三更、四更一直到五更天亮，都在剧中有明显的提示，可以说《憨侦》用这种方法来表示时间和突出时间，是对《题曲》的学习。

（三）《桂枝香·酸泼》——《狮吼记·奇妒》

如果说《憨侦》还是从排场上对《题曲》的模仿，而《桂枝香·酸泼》相对于《狮吼记》之《奇妒》来讲，则有明显的改造与超越。《奇妒》写柳氏，正面着墨，各种妒态形于纸上，入木三分，写陈糙惧内，奉承之态亦是鲜明。然而在戏曲排场的安排上，《酸泼》则写妒妇更绝，亦更适合舞台演出。

> （丑上）……在下魏聘才，自那日在桂芳下处吃酒回来，打听得潘其观的石奶奶，大发雷霆，一捆数十棍，将鼻子碰个稀烂。有了数日，石奶奶的气也平了，潘其观的伤也好了，不免去探望探望，或可图些饮食。来此已是，三老爷在家么？
>
> （净扮烂鼻病容上）误走邪路，冒触虎威，只因小子不才，不怪老婆吃醋。
>
> （《桂枝香》第六出《酸泼》）

妒妇“石奶奶”并未直接出面，而是侧面托出，这是为了突出剧作中心，不至于喧宾夺主。当潘其观与魏聘才商量秘密去桂芳处，被妒妇察觉，从下面几处科介可以了解杨恩寿对剧作的绝妙处理：

> （内大叫）潘三滚进来！（净急奔下）（丑惧伏桌下徐起介）（净内叫痛介）
>
> （内大叫）这都是老魏带坏的，吃老娘一棒！（飞一棒，伤丑头，丑抱头急奔介）（内大叫，丑滚地下）
>
> （《桂枝香》第六出《酸泼》）

妒妇始终未出场，只是在幕后，但要比直接出场更加有吸引力。观者会明显的感受到舞台分为前台与后台两个表演区，前台是潘其观与魏聘才的惧态，后台则是石奶奶具有威慑力的大叫，而且两个表演区是相连的，而后台的表演要更为精彩。这样带给观者的印象极为深刻，而此出则可以看作是描写妒妇的经典之作。

（四）《再来人·宣滞》——《牡丹亭·冥判》、《钧天乐·地巡》

《再来人》是杨恩寿作品的代表作，其中《宣滞》主要是对净脚戏的模仿和冥狱判案类剧作补恨之旨的拓展。

对于《宣滞》，毛松年在本出评曰："尤西堂尝欲谱补天石传奇，卒未成书，作者融贯全史，撰成此书，与《牡丹亭·冥判》异曲同工。"周贻白先生则认为"如《再来人》第六出'宣滞'，关目全仿尤侗《钧天乐·地巡》"[1]。两人观点都不错，因为《宣滞》从形式上看与《冥判》极为相似，但在内容上更与《地巡》的题旨趋同。在联套方式上，《冥判》与《宣滞》皆为北套，《冥判》用北仙吕宫套：〔北点绛唇〕〔混江龙〕〔油葫芦〕〔天下乐〕〔哪吒令〕〔鹊踏枝〕〔后庭花滚〕〔寄生草〕〔么篇〕〔赚尾〕套，《宣滞》用北正宫套：〔北端正好〕〔滚绣球〕〔叨叨令〕〔脱布衫〕〔小梁州〕〔快活三〕〔满庭芳〕〔么篇〕〔朝天子〕〔尾声〕，《地巡》为南北合套。在脚色使用上，《宣滞》与《冥判》皆为净脚戏，《地巡》为生脚戏，但三者在"判案"的排场和"补恨"的题旨上却是一致的。

此三出皆是写"判"，《冥判》是弥补"情"之恨，中四名男犯被判做莺、燕、蜂、蝶，这是为了营造一种科诨的气氛，表现演出的热闹，也为杜丽娘出场做铺垫；《地巡》中沈白奉玉帝之命巡地府，对历史上冤案进行审判，从《钧天乐》整部剧角度来说，这本身就是对沈白不公平命运的"补恨"，同时沈白重审历史冤狱而补"史"之恨，相对来讲，《宣滞》更是在传统的科举题材上对文人之恨的弥补，提到了辱在下僚而不能升迁的循例汲黯、有功不能得到封赏的武将李广、怀才不遇而终身潦倒的罗

① 周贻白：《中国戏剧史长编》，北京：人民文学出版社，1960年版，第438—439页。

隐，且最终使其翻身，这也是对历史上不得志的文人武将进行补恨。老不逢时的陈仲英与这些人的经历是何等相似，最后判陈仲英托生再来之人季毓英而早登科第，则是对科举不公之恨的弥补。

（五）《再来人·埋文》——《临川梦·寄曲》

《埋文》对《寄曲》的模仿主要体现在联套和曲辞的使用上，下表可以明显看出。

表三　杨恩寿《再来人·埋文》与蒋士铨《临川梦·寄曲》内容比较表

蒋士铨《临川梦》 第十五出《寄曲》①	杨恩寿《再来人》 第六出《埋文》
〔商调过曲·山坡羊〕锢南山，不销磨的情块；剪孤云，没粘连的情态；吐情思，苦栖栖的自缠；陷情坑，白辣辣的将他害。前世该，今生活受才。便做他香骨化痴魂在，料没有鬼弄神搬把小墓开。怜才，再休怜索命才；投胎，再休投识字胎。 〔前腔〕旧宫袍，遮不全的酸态；破乌纱，填不完的官债；响喉咙，说不尽的世情；老牙根，嚼不了的黄虀菜。各样差，教人各样捱，把荣枯得丧分途派。尽着你各运计谋各弄乖，愚哉！落得妻孥享用该。悲哉！留下儿孙准折来。	〔商调过曲·山坡羊〕苦一世，填不完的文债；痛百年，割不断的恩爱，恨三生，磨不去的钝根；愧五官，洗不掉的酸寒态。须知贫也该，须知病也该。荣枯生死天公派。全受全归一秀才。伤哉！枉在人间作弃材。快哉！未在人间作罪魁。
〔二郎神〕空闺里，对寒灯玩新词无奈，有万种呻吟难索解。不过虚无缥缈，是仙郎自写伤怀。请看这粉晕脂痕零碎楷，泪莹莹斑斓都在。你道他为谁来，念先生何曾半刻丢开。 〔前腔换头〕奇哉！道微言妙旨，精详可爱。更夹注旁批笺又改。兰心蕙性，是名门玉映清裁。岂料天涯知己在，有弟子红妆遥拜。事堪哀！看江关词赋庾信年衰。	〔二郎神〕七十年，好光阴，才造就这文章别派。问宇宙茫茫谁索解？受过了三朝楚刖，拼付与一炬秦灰。虽然是风雨灯窗删又改，剩心血丝丝犹在。枣梨灾，不逢时花样，谁著眼儿来！

① 蒋士铨：《蒋士铨戏曲集》，周妙中点校，北京：中华书局，1993年版，第264—267页。

续表

蒋士铨《临川梦》 第十五出《寄曲》	杨恩寿《再来人》 第六出《埋文》
〔集贤宾〕悠闲镇静一女孩，更痴似书呆。几番要绣出平原将你拜。苦难知容貌形骸。只怕冥司十宰，不肯录修文眉黛。愁似海，要悭悭见他文彩。	〔集贤宾〕记事文从左氏胎，他盲眼难开，便太史龙门留别派。他也曾受宫刑茧室贻灾。一个个魔蝎星，命宫都带。何须骇，谁教他把精华夺从真宰。
〔集贤听黄莺〕移干就湿养大来，痛玉树生埋。便与他守抱兰亭真本在，怕霉淹蠹损妆台。收藏廿载，恐没个东君交代。数安排，无情有恨，却是怎生来？	〔集贤听黄莺〕三番两次赴试来，任烧毁琴才，痛哭时文风气坏，要从新力挽澜回。肯学那盲修瞎拜。到临老出家妆改。数安排，庸人庸福，轮不到奇才。
〔莺花皂〕奇慧性中来，女秀才。敢前生欠下伤心债，甚潇潇暮雨把吴娘害。守坟台，祀裙钗。他是一个读书人，便活也呆。我是一个少年人，便死也该。不能做论文小友，云烟共裁；只好结忘年死友，蓬蒿共埋。把虚空打碎，又被虚空碍。	〔莺花皂〕刘蜕亦中材，把文章，地下埋。无端创出伤心派。石函铁匣要牢牢盖，造坟台、守坟台，怕有人为兰亭真本掘将来，怕有人为竹书古本掘将来。可比那狱中剑气，张华自彩。壁中丝竹，鲁王自开，看云霞五色，万丈腾天外。
	〔前腔〕历劫免轮回，向岩前，觅晒鞋。生生自有前因在，切莫霉淹蠹蚀将他坏。今人才，古人才，才招待一个魂外，魂儿去复来。待化一个身外，身儿去复来。前生手迹，从新自开。他生福命，何须自猜。把灵苗种了，来岁开花再。
	〔前腔〕福兮享将来，岂文人，运尽乖。银钩铁画分明在。但看这墨未揩，字未揩，则羡他现个宰官身活也不该。不枉我留个读书身，死也该。那时节有文在手，相看怪哉，齿痕在臂，相逢异哉。可是我今生未了，又种来生爱。
〔尾声〕你人天撒手能相待，堪笑吾生亦有涯。不要你地窟里还魂，但相期梦里来。	〔尾声〕悬岩撒手浑无碍，苦煞你二十年相待，记取这满径黄花我再来。

从联套结构上说，与《寄曲》一样，杨恩寿《埋文》也是采用〔商调·山坡羊〕套曲，除〔前腔〕不计外，联套结构皆是〔山坡羊〕—〔二郎神〕—〔集贤宾〕—〔集贤听黄莺〕—〔樱花皂〕—〔尾声〕，此套是表现悲哀幽怨情感之曲[①]。用韵上，二者亦是相同，都采用皆来韵，而且大量韵脚使用基本一样；脚色安排上，《寄曲》中老旦（白发）、生（花须巾服），《埋文》中是末（破衣病装）、老旦；情节上，《寄曲》写俞二姑因读评《牡丹亭》去世后，其养娘将曲本亲自交给汤显祖，二人对话中充满悲哀伤感的基调，《埋文》写陈仲英去世前痛苦时文风气之坏，将其所作"不逢时"的作品埋掉，亦是愤恨哀叹之作。从这一角度来说，杨恩寿对蒋士铨的模仿是显而易见的。但我们也不能抹煞杨恩寿在模仿中的创新和改造。虽然是直接嫁接《临川梦》中的曲辞，但并非亦步亦趋，而是做到了灵活的化用，在情节上与整部剧作连为一体，看不到任何拼凑的痕迹。况且这一出也是整部剧作的重点场次，符合老儒陈仲英的境况，为其命运渲染了悲哀与愤恨的基调。

另外，在排场的安排上，杨恩寿非常重视场面的调剂，如整部剧作热闹与凄冷相循环。《再来人》一剧，整体格局上则是按照冷热场面的互换布置的。其第一、三、五、六出则写前身老儒陈仲英各种苦状，被进士钱成铭、举人孙福桐侮辱，临死埋文的凄楚，无限悲苦；第二、四、七、八等出则写后身季毓英家庭之荣、登科之早，一派莺声燕语，其乐融融。一冷一热，一为老而贫苦失意，一为少而荣加其身。这样二者循环往复，则不至使观者一味观前身之悲苦或后身之欣荣，二者之间达到微妙的协调。再如《桂枝香》，全剧八出，而第三出《浪酒》写魏聘才与潘其观的各种丑态，第六出《酸泼》又是对"妒妇"的极为出色的侧面描画，这皆是极热闹的场面，对全剧起到很好的冷热调节作用。

或者在紧张的剧情中插入低沉的诉情之曲。在《理灵坡》、《麻滩驿》中均出现老旦的抒情场次，感人至深。如《理灵坡》第十六出《萱诫》

---

① 许之衡《曲律易知》卷下《论排场》称："〔山坡羊〕属悲哀之曲。"饮流斋1922年刊本。

写蔡道宪母亲心系大局，希望道宪在紧急关头不要思亲，此出〔尾声〕唱道："娘情切，娘情切，愿佳儿报国家，千万莫思亲泪洒营门月。"此出安排在几个剧情紧张的出目之间，之前的内容写蔡道宪劝谏王聚奎出兵。张献忠攻打长沙，而王聚奎与尹先民却文恬武嬉，外出狎妓，形势剑拔弩张，十六出之后则是写张献忠入城，蔡道宪烈殉。《萱诫》一出重在抒情，放慢了剧情发展的速度，减轻了紧张程度，对剧情有一种弛张有度的调节。《麻滩驿》第八出《慈线》写沈云英母亲为女儿做御寒衣服，此出亦安排在具有紧张戏剧冲突的情节之间。第七出为《义旗》，沈至绪鼓舞三军士气，第九出为《寄雁》，写贾万策打败张献忠，后被惠王调入荆州不得再战，形势急迫。《慈线》恰在中间对剧情起到调节作用。

或者在舞台设置等方面把剧情推向高潮。舞台的场面设置也是体现剧作情景的手段，《麻滩驿》最后一出《梦圆》写沈云英梦中团圆，这对于全剧来讲并非团圆结局，这种团圆与传统的团圆方式相左，虽是团圆结尾，但却是梦中的，是虚幻的，也许是由于照顾到传奇创作形式上的因素，才有此安排。对于沈云英来讲，梦醒之后，这种凄冷的悲剧结局会依然如故，如果演出的话，给观众的感受亦如是。而在场景的布置上，杨恩寿在梦境中加上了体现主旨的内容，使全剧收场热闹，此出结尾：

(生)夫人乃古今第一奇女子，将来成佛生天，位业在我辈之上，夫人不信，那边现出你的幻相来了。(生下)(场上堆彩云结成"忠"、"孝"、"贞"、"洁"四字)

(众旦扮仙女捧花)(旦换仙装跨凤上)

〔贺新郎〕振衣超出红尘罩，才写了神仙照。(众舞花介)

〔节节高〕法曲奏云璈，舞衣飘，天花并作词人料。画手描，仙心妙，为前朝。只有个贞洁兼忠孝，听声声卷入浙江潮。也不枉楚客续离骚。

(《麻滩驿》第十八出《梦圆》)

曾传钧在评论本剧结尾时曰："诗杂仙心，笔补造化，天花乱坠，妙绪缤纷。"以梦中团圆代替传统的团圆方式，在舞台设置上有彩云堆成的四字，并有众仙女捧花、舞花，旦换成仙装跨凤，这种场面确实热闹，这也是对李渔"终场忌冷不忌热"[①]观点的践行。

三、生旦脚色体制的动摇

以生旦为主的脚色体制是中国古典戏曲特别是传奇的主要体制特征之一，生旦为主，其他皆是配角，李渔《闲情偶寄》"出脚色"："生为一家、旦为一家……余皆客也。"[②]这种特征，主要是出于表现爱情题材的生旦离合主题的需要，关于这种体制的发展，许建中认为"在戏文中虽已初呈端倪，却并不成熟，演员仍服从剧情的布局和调度。到了文人传奇形成之时，生旦主演的体制受到了高度重视"[③]，即使是传达政治题材的作品，如《浣纱记》、《宝剑记》等，也在生旦体制的范围中。当然，有的剧作如《鸣凤记》、《清忠谱》等表达忠奸斗争的剧作，则突破了这种体制，而是以生、净两类脚色为主，而旦脚则处于次要地位了。

到了清代中后期，由于剧本体制相对短小，形式更加自由，甚至与杂剧融合的现象更明显，有的更带有"写心"的倾向，生旦为主的脚色体制特征亦有所弱化。另外由于社会的原因，部分剧作家把笔触伸向现实社会，随之而来的问题就是爱情题材的减少，或者爱情题材在同一部剧作中所占的比重减少，从而使生旦体制产生了微妙的变化。这种生旦脚色体制弱化的现象在杨恩寿作品中表现得十分明显，大致有以下三个方面。

其一，虽以生旦体制为框架，但是生旦二者之间的比重差距很大。脚色上更加突出生与净或者旦与净的比重。这类剧作主要用于表现社

---

① 李渔：《闲情偶寄》卷三，第 65 页。

② 李渔：《闲情偶寄》卷三，第 68 页。

③ 许建中：《明清传奇结构研究》，郑州：中州古籍出版社，1999 年版，第 54 页。

会问题，而不以爱情为主题，《姽婳封》、《理灵坡》、《麻滩驿》、《双清影》这几部政治题材的剧作就属于这种类型。《姽婳封》六出，生脚在一、三、六出出现，旦在一、三、四、六出出现，而净、末等则在二、四出出现；《双清影》生：第一、二、七、八、十、十二、十四出，旦：第一、二、五、九、十四出；《麻滩驿》生：第二、四、六、九出，旦：第一、四、六、十一、十四、十六、十八出；《理灵坡》则更明显，全剧二十二出，而旦脚只在第三、六、九三出出现，其余则是按照故事的发展，围绕生脚与净脚来构成全剧。这几部作品的生旦比重拉大，而生与净、副净、丑等脚色的比重则大体一致，也就是说，全剧虽然基本未脱离传统的生旦团圆的体制框架（《麻滩驿》非是），但是剧本并非以生旦的离合为构剧方式，而是按照生旦与净丑等脚色的对比来结撰。

其二，抛弃生旦离合的框架。有两种情况，第一种，生旦皆为陪衬，突出其他脚色如末、小生等。《再来人》所突出的是老儒陈仲英的命运，为末脚，其妻为老旦；季毓英作为再来人，也是表现的重点，被安排成小生的脚色，其父季承纶则为生，按照常理，《再来人》的脚色安排，季毓英为生，其父季承纶为外可能更为合理。但是从这种安排方式来看，生脚的功能被弱化了。生旦脚色季承纶夫妇虽然安排在《旌善》、《榜样》、《庆余》等场次，但是，这些场次的功能皆是为小生服务，也就是说生旦的功能是为了突出小生。相比之下，老生与老旦、小生与老旦的场次却是剧中重要表现场次。第二种，以生脚的活动为中心，基本属于"独脚"戏。《桃花源》则是以生脚武陵渔人进出桃花源的活动为中心，重点借渔人表达作者对社会、历史的看法。而旦脚只在剧中第二出《农歌》中出现一次，与生脚未形成脚色功能和戏剧内容上的联系，所以并不能构成生、旦的框架。

其三，生与小旦的错位搭配。《桂枝香》田春航为生，李桂芳为小旦，而次要人物杜琴言则为旦脚。这应是考虑到梅子玉和杜琴言在《品花宝鉴》中的地位，所以在《桂枝香》中，杨恩寿仍是延续杜琴言在小说中的身份，定为旦。而李桂芳虽是这部曲作的主角，但是这部戏是依据《品花宝鉴》来创作，故只能屈居小旦的地位了。

从戏曲史的角度来看，清代后期生旦脚色体制的弱化虽然不能称作是新变，但从这几部作品还可以看到，对人物脚色的安排已经不仅仅是以生旦为中心了，并且也可以抛弃生旦离合的框架。

同时，也应该看到，生旦脚色体制向生、净脚色的转化，正是由于时代因素的影响。这种脚色地位的变化，也是戏曲发展中戏曲特征上的一种嬗变，或者可以看作是在脚色特征上的“退化”，明清戏曲中生旦脚色是第一位的，在表现的时候也是以生旦这一线索为主，其他脚色如末、净、丑为辅，即使表现政治性内容，虽非以生旦为主，大部分作品也是把末、净、丑的脚色线索放在生旦线索的框架之内，政治主题为爱情主题服务，从晚清杨恩寿作品中的表现情形来看，虽然有的政治题材的作品如《双清影》还固守着生旦线索第一的模式，而其《理灵坡》、《麻滩驿》已经把生旦的线索放在了生与净丑对立的这一线索之框架内了，爱情主题为政治主题服务了。甚至在《桃花源》中完全放弃生旦模式，并未出现与生脚对立的旦，而净、丑也非内容上对立的脚色。这种脚色变化在晚清戏曲作品中也应该不是孤立的现象，这是戏曲特征在晚清嬗变的表现。

四、南北合套与集曲的曲体效果

南北合套与集曲是古典戏曲发展中出现的特殊表现戏曲效果的曲体方面，南北合套在表现两人或多人对唱时使用较为突出，南曲委婉，北曲激昂，二者交替出现，表现特殊的剧情，集曲相对于单曲在抒情性的表达上更加细腻婉曲。杨恩寿在这两方面都有具体的使用。

（一）南北合套与重大场面的表现

南北合套是两人或多人场面中演唱时的极为方便的套式，许之衡认为：“每一北曲，间一南曲，最便于传奇多人排场。盖北曲限于依人唱，既感不便，若南曲又乏伉爽之致，故折衷南北相间，最为合用。”[①]南北合套在杨恩寿每一部剧作中都有使用，现存七部剧作中，共用十二

① 许之衡：《曲律易知》卷上，1922 年饮流斋刊本。

套。其具体的套数及演唱情况如下：

《姽婳封》一套，第三出《哭师》〔双调·北新水令〕—〔仙吕入双调·南步步娇〕套。（北生唱，南旦、杂等唱）

《理灵坡》三套，第六出《浮湘》〔仙吕入双调·北新水令〕—〔南江儿水〕套；（北生唱，南老旦、旦等唱）第十七出《友诀》〔仙吕·北点绛唇〕—〔南剑器令〕—〔北混江龙〕套；（北生唱，南小生、末唱）第二十出《烈殉》〔黄钟·北醉花阴〕—〔南画眉序〕套。（北生唱，南副末、末、小生等）

《桂枝香》一套，第四出《流觞》〔北新水令〕—〔南步步娇〕套。（北末、小生唱，南旦、副净、丑、老旦等唱，且北、南皆有合唱）

《双清影》两套，第一出《岳降》〔双调·北新水令〕—〔南步步娇〕套（北净唱，南生、旦唱）；第十二出《投缳》〔仙吕·北点绛唇〕—〔南剑器令〕套。（北生唱，南副末、丑等唱）

《麻滩驿》一套，第十四出《辞官》〔黄钟·北醉花阴〕—〔南画眉序〕套。（北旦唱，南众人唱）

《桃花源》一套，第五出《讯古》〔黄钟·北醉花阴〕—〔南画眉序〕套。（北生唱，南众人唱）

《再来人》三套，第四出《舟缘》〔仙侣·北点绛唇〕—〔南剑器令〕套；（北生唱，南副末唱）第十出《雨梦》〔正宫·南普天乐〕—〔北朝天子〕套；（北小生唱，南老旦、杂等唱）第十五出《悼往》〔仙吕入双调·北新水令〕—〔南步步娇〕套。（北小生唱，南老旦、副末等唱）

南北合套的使用一般是生旦唱，生唱北曲，高亢、激越，旦唱南曲，婉转、柔美。但是杨恩寿在剧中把生旦分唱的形式扩展到了重大的场面中，除了《再来人》第四出《舟缘》为生唱北曲，副末唱南曲外，一般生唱北曲，南曲则多由众人演唱，甚至南、北曲都有众人演唱。所以南北合套的使用多用在在重大的叙事场面上。如《麻滩驿·辞官》合套，写沈云英虽拜游击将军之职，但因父、夫皆亡，痛不欲生，故坚辞不受，所唱北曲，慷慨激昂，父老村女等则唱南曲，抒发对沈云英的爱戴之情和挽留之意，曲辞婉转。再如，《桃花源·讯古》，渔人一人唱北曲，为桃花源中人说秦汉以来的历史，而南曲则是由众人唱，一唱一和，表达感慨。

因此可以说，在表现重大的场面上，杨恩寿南北合套的使用，基本突破了南曲只有一人唱的习惯。

（二）集曲对抒情效果的增加

集曲是南曲中集合数曲中的句子组合成一曲的形式，根据原来的曲牌另取一个新名。“取一宫中数牌，各截数句而别立一新名是也。”①它是相对于北曲中的借宫而言的，“借宫集曲，统名犯调”②。集曲有的是集本宫调中的数曲，有的则是集取其他宫调的曲子。其组合方式有数字的组合形式、嵌入的形式、犯调的形式、带过曲的形式等等。集曲现象在宋元戏文中已经出现，在明清传奇中达到顶峰。从使用的角度来说，集曲从数量和技术上都逐渐发展和完善，逐渐形成剧作家用来表现特殊功能的一套技艺，“集曲在昆山腔中已成为越来越普遍采用的手法，在创作实践中自然形成了一套技术法则。这套技术法则后来以成文的形式总结了下来，成为创作的规范”③。

杨恩寿与前代曲家一样，在集曲的使用上注重集曲的抒情功能。在其七部剧作中，有四部使用集曲。并且在剧作的重点场次中，使用集曲以加强抒情和叙事效果，如《麻滩驿》第十八出《梦圆》，是沈云英抒写历史感慨、家国之痛的重点段落。集曲形式如下：〔九回肠〕（〔解三酲〕〔三学士〕〔急三枪〕）—〔巫山十二峰〕（〔三仙桥〕〔白练序〕〔醉太平〕〔普天乐〕〔犯胡兵〕〔香遍满〕〔琐寒窗〕〔刘泼帽〕〔三换头〕〔贺新郎〕〔节节高〕）。（此曲只有十一支）其中〔九回肠〕所集取的三个曲子段落主要写沈云英梦中游历麻滩驿，重在抒情，〔巫山十二峰〕则是写沈云英梦中所见，并给剧中人物以因果报应，使人物各有所归，在方便叙事的基础上，每支曲子的转换都代表着情节的变化。

《再来人》第十一出《魂报》只有一支曲子，即集曲〔雁渔锦〕，由〔雁

---

① 吴梅：《顾曲麈谈》，《吴梅全集》理论卷上，第17页。

② 吴梅：《顾曲麈谈》，《吴梅全集》理论卷上，第18页。

③ 张庚、郭汉城主编：《中国戏曲通史》，北京：中国戏剧出版社，1992年版，第755页。

过声〕〔二犯渔家傲〕〔二犯渔家傲〕〔喜渔灯〕〔锦缠道〕组成，写陈仲英愤懑而逝后，重返家中的经历，以及“是谁过去谁未来？纵然现在何曾在”（《魂报》）的感慨。集曲之间的变化与情节的转折相互映衬，〔雁渔锦〕集曲在情节结构和抒情效果上甚是相合。另外，《双清影》第九出《驭鹤》中〔雁渔锦〕也是易氏的魂魄经历过程，与《再来人》中的〔雁渔锦〕情境相同，表达效果也多相同。

在形式上，有的集曲在套数中单独使用，而有的则是集曲之间组合使用，《再来人》第十三出《奇逢》为全剧中重点抒情场次，《奇逢》用曲如下：〔南吕引子·称人心〕〔过曲·香遍满〕〔朝天懒〕〔二犯梧桐树〕〔刘泼帽〕〔浣溪沙〕〔秋夜月〕〔东瓯令〕〔浣溪乐〕〔浣纱刘月莲〕〔春太平〕〔尾声〕。其中〔浣溪乐〕（〔浣溪沙〕〔普天乐〕）〔浣纱刘月莲〕（〔浣溪沙〕〔刘泼帽〕〔秋夜月〕〔金莲子〕）〔春太平〕（〔宜春令〕〔醉太平〕）三支为集曲，〔浣溪乐〕为老旦陈仲英妻唱，〔浣纱刘月莲〕为小生季毓英唱，〔春太平〕又为老旦唱。写陈仲英祭辰，妻子为其祭祀，抒发陈仲英去世后的穷苦之情，在遇到季毓英后，二人确认季毓英即陈仲英转世，果报分明。

在集曲的使用上，虽然有的曲家并不赞成，如清初黄周星就明确反对：“余尤恨今之割凑曲名以求新异者，或割二为一，或凑三为一……且曲之优劣，岂系于曲名之新旧乎？故余于此类，皆深恶而痛绝之。”[1]但是集曲作为一种表现方式和技术手法，丰富了南曲的表现形式，也就成了曲家用来表现特殊抒情和叙事功能的技术手段。

---

① 黄周星：《制曲枝语》，《中国古典戏曲论著集成》（七），第119—120页。

第六章　杨恩寿曲学思想研究

杨恩寿戏曲理论著作是《词余丛话》三卷和《续词余丛话》三卷，其中的戏曲地位观、戏曲创作观、戏曲声律观等体现其独特的曲学思想。从时代的角度来看，这两部曲论成书于光绪初年，比刘熙载的《艺概》、梁廷楠的《曲话》、姚燮的《今乐考证》等论著更为晚出，同时又距王国维《宋元戏曲史》的问世尚有三十余年的时间，处于新旧交替的时代，借此我们又可以明显看出新旧曲学的异同。

杨恩寿戏曲理论论著及相关作品版本如下：

《词余丛话》版本七种：

1.《坦园全集》本，光绪杨氏坦园家刻本。

2.《重订曲苑》据《坦园丛书》影印本，陈乃乾辑，1925 年版。

3.《增补曲苑》竹集据《重订曲苑》排印本，上海：六艺书局，1932 年版。

4.《正续词余丛话》民国排印本。[①]

5.《中国古典戏曲论著集成》（九）本，中国戏曲研究院编，1959 年版。

6.《历代曲话汇编》（清代编）本，俞为民、孙蓉蓉主编，2006 年版。

7.《杨恩寿集》据坦园家刻本整理本，王婧之校点，岳麓书社，2010 年版。

《续词余丛话》版本五种：

1.《坦园全集》本，光绪杨氏坦园家刻本。

2.《正续词余丛话》民国排印本。

---

① 《正续词余丛话》一册，民国排印本，繁体，无标点，封面粉红色。

3.《中国古典戏曲论著集成》(九)本，中国戏曲研究院编，1959年版。

4.《历代曲话汇编》(清代编)本，俞为民、孙蓉蓉主编，2006年版。

5.《杨恩寿集》据坦园家刻本整理本，王婧之校点，岳麓书社，2010年版。

吴梅先生《顾曲麈谈》中评价杨恩寿的《词余丛话》称“所作《词余丛话》特胜”[①]，而在《奢靡他室曲话》中则认为《词余丛话》“论律论文，率不称意，拟湔雪之而未暇也”[②]。当然这是在不同的情况下所评。赵山林先生《中国戏剧学通论》肯定了杨恩寿《词余丛话》、《续词余丛话》中注重戏曲地位的看法，并在《杨恩寿对戏曲研究的贡献》(《山西师大学报》〔社会科学版〕，1998年第1期)一文中从杨恩寿的戏曲观、戏曲批评标准、地方戏研究等方面指出杨恩寿重视戏曲地位、重排场、重地方戏剧等，高度评价了杨恩寿的戏剧思想和理论贡献。刘奇玉《杨恩寿的戏剧理论体系探析》(《艺术百家》，2002年第4期)主要论述了杨恩寿关于戏曲的本质、功能的看法及主体创作机制，强调人物形象的塑造、关目结构的重要性，并根据《坦园日记》总结杨恩寿对地方戏的观点。2000年周华娆的硕士论文《杨恩寿的生平与他的戏曲创作》第二章主要根据《坦园日记》从三个方面分析杨恩寿的戏曲理论，认为杨恩寿重视地方戏曲、重视观众反映和重视舞台特性等。

这些研究大体对杨恩寿的曲论进行了梳理总结，然杨恩寿作品中尚有大量资料未得到充分利用，这就对全面研究其曲学思想造成了一定的限制，所以，以《词余丛话》、《续词余丛话》的记载为重点，通过分析杨恩寿剧论来全面了解其戏曲思想是有必要的。

---

① 吴梅：《顾曲麈谈》，《吴梅全集》理论卷上，第157页。

② 吴梅：《奢靡他室曲话》，《吴梅全集》理论卷下，第1158页。

第一节　戏曲地位观

在戏曲发展史上，对于曲的溯源和定位，不少理论者将其界定为诗之“变”，认为从诗三百到曲的发展实际上是体制一直在变化的过程，而且把体制之特征与时代的发展相对应起来。如王骥德称：“后《三百篇》而有楚之骚也，后骚而有汉之五言也，后五言而有唐之律也，后唐律而有宋之词也，后词而有元之曲也。代擅其至也，六代相降也，至曲而降斯极矣。”[①]又如于若瀛在《阳春奏》序中说：“《离骚》则楚之变也，五言则汉之变也，律则唐之变也，至宋词、元曲，又其变也。时代既殊，风气亦异。”[②]又如吴伟业：“汉魏以降，四言变为五七言，其长者乃至百韵，五七言又变为诗余……诗余又变而为曲。”[③]另外如邹绮《杂剧三集》跋中提到：“诗《三百篇》不删《郑》、《卫》一变而为词，再变而为曲。”[④]再如徐永昌：“梨园之词曲，由雅颂变骚赋，而再变者也。”[⑤]更有甚者，不仅认为曲是诗之变体，更重要的是把后者看成是因前者亡后而产生的结果：“《诗》亡而后有《骚》，《骚》亡而后有乐府，乐府亡而后有词，词亡而后有曲。”[⑥]等等。

这种诗变为词、词变为曲的观点是否科学合理，当然值得存疑和进一步探讨。但是，排除这些可商榷的内容，我们还可以看出，在变的过程中，除了“体”方面的变化之外，这些论述或多或少地表现出对诗、词、曲地位的看法，即从诗到曲，地位逐步降低，就如孟称舜所言：“诗变为

---

① 王骥德：《古杂剧》序，《续修四库全书》第1763册，第1页。

② 于若瀛：《阳春奏》序，蔡毅《中国古典戏曲序跋集汇编》，第427页。

③ 吴伟业：《杂剧三集》序，蔡毅《中国古典戏曲序跋集汇编》，第466页。

④ 邹绮：《杂剧三集》跋，蔡毅《中国古典戏曲序跋集汇编》，第467页。

⑤ 徐永昌：《缀白裘》八集序，蔡毅《中国古典戏曲序跋集汇编》，第472页。

⑥ 邹式金：《杂剧三集》自作小引，蔡毅《中国古典戏曲序跋集汇编》，第464页。

辞，辞变为曲，其变愈下。”[①]这里的“其变愈下”，虽然没有明确说明具体对象，仍明显看出是指向地位而言。大概这也就可以解释为什么有的文人把词曲作为“小道”、“文人末技”的原因了。那么杨恩寿对这种“变”的传统看法从戏曲源流上对其地位进行辩证，则正是适得其时了。“而将戏曲与诗词进行比较，突出戏曲独具的审美价值与艺术魅力，是古代曲论家推尊曲体的一个最常见的做法。”[②]杨恩寿强调戏曲的地位与诗词并驾齐驱，这正是其“尊体”意识的一种表现。当然，推尊曲体不仅仅是在文体特征上，还表现在对戏曲功能的强调等方面，此处则针对杨恩寿对戏曲地位的强调上进行分析。

杨恩寿对王九思所言“其次致曲”的引用更能说明问题：

> 王渼陂好为词曲，《杜甫游春》诸杂剧，至今传诵。或规之曰：“太上立德，其次立功，其次立言。公宜留心经世文章。”渼陂答曰：“公独不闻‘其次致曲’？”[③]

“其次致曲”语出《中庸》，自然与戏曲无涉，王九思所谓“致曲”，恰恰为戏曲，这里巧换概念，且把戏曲放在与立德、立功、立言相等的地位，看出其反应之机敏，是对别人巧妙的反驳，同时也看出王九思把“曲”放在了经世文章之上了。对王九思话语的引用，或许说明杨恩寿在对戏曲地位的强调上应该还是大有深意存焉。

一、强调曲与诗异流而同源

杨恩寿在戏曲“变”的因素中强调戏曲的地位不变。杨恩寿对于这

---

① 孟称舜：《古今名剧合选序》，明崇祯刻《古今名剧合选》，《续修四库全书》第1763册，第207页。

② 程华平：《试论推尊曲体与古代戏曲的文体建构》，《文艺理论研究》2009年第6期。

③ 杨恩寿：《词余丛话》卷三，第276页。

种"变"的观点有自己的看法:"昔人谓:'诗变为词,词变为曲,体愈变则愈卑'是说甚谬。不知诗、词、曲,固三而一也,何高卑之有?"[①]这里"诗、词、曲固三而一"的观点,是针对"体愈变愈卑"的言论而提出来的,对于这一观点,有学者提出了批评,认为这种观点是固然提高了戏曲的地位,但是混淆了不同艺术形式的基本特点[②]。

当然,从特征上把诗词曲三者合一的观点是不恰当的,毕竟三者体制不同、特征有异,但是杨恩寿此处是针对戏曲地位而言,而并非专门针对其艺术形式而言。他强调戏曲这一样式不应该因为入乐或奏之场上而被认为是卑下的,"风琴雅管,三百篇为正乐之宗,固已芝芳宝鼎,奏响明堂,唐贤律、绝,多入乐府,不独宋、元诸词,喝唱则用关西大汉,低唱则用二八女郎也"[③]。即认为即使是诗三百也是入乐演唱的,唐代律诗、绝句也是大部分入乐府演唱,更不用说宋代豪放词和婉约词了。既然这样就没有必要再认为用于演唱的曲是"愈变愈卑"了,所以杨恩寿说"诗、词、曲界限愈严,本真愈失"[④]。刘奇玉认为"杨氏所说的'本真',是指诗、词、曲所反映的对象是客观存在的,所表达的感情是出自内心的,不是虚假和虚伪的,他从未否认他们三者的区别"[⑤]。这种说法是恰当的,所以我们认为,这种"本真"应该是指由诗到曲不同体之间相通的因素。不管形式怎么变化,其中相通的精神实质如情感的真实性、功能的一致性等并没有变,所以不能说是"愈变愈卑"。

而之所以造成这种现象的原因,杨恩寿也有明确的解释,认为是"后人不溯源流,强分支派"[⑥]的结果。

同时,为了表明曲与诗的具体关系,杨恩寿提到:

---

① 杨恩寿:《词余丛话》卷一,第 236 页。

② 如龙华先生认为:"否定了文艺形式的多样性和独立性,混淆了不同艺术形式的基本特点,也就抹煞了戏曲创作的演变和发展的特殊规律。"龙华:《湖南戏曲史稿》,长沙:湖南大学出版社,1988 年版,第 151 页。

③⑥ 杨恩寿:《词余丛话》卷一,第 236 页。

④ 杨恩寿:《词余丛话》卷一,第 237 页。

⑤ 刘奇玉:《杨恩寿的戏剧理论体系探析》,《艺术百家》2002 年第 4 期。

《旧唐书·音乐志》〔享龙池〕乐章十首，姚崇、蔡孚等十人作，皆七律也。沈佺期之“卢家少妇”一章，即乐府之“独不见”也。陈标《饮马长城窟》一篇，亦是七律。杨升庵《草堂词选序》曰：“唐七言律，即填词之〔瑞鹧鸪〕，七言仄韵，即填词之〔玉楼春〕也。至于醉草〔清平〕、旗亭画壁，绝句入乐府者，尤指不胜屈。”①

乐府中的〔享龙池〕是用七律的形式，“卢家少妇”与乐府“独不见”相同，填词中的〔玉楼春〕等与七言诗的形式也是相同的。当然这些例子并不能说明全部的现象，但是我们可以看出曲与诗之间在形式上，至少有一部分曾有一致性。从诗到词到曲部分形式发展的脉络，虽然不能说三者为一，但是，按照杨恩寿的说法，至少是“异流同源”。也应该看到，杨恩寿的这种戏曲理念并非无源之水，李渔提出的“填词非末技，乃与史传诗文同源而异派者也”②，也可以看作是杨恩寿这一理念的先导。

二、赋予曲以诗、词之品格

杨恩寿将诗词曲三者合一的观点，并非将三者等量齐观，而是为了纠正前人从诗到曲因“体”之变化，进而认为“位”有尊卑的认识，既然三者是“同源”，就没有必要再分伯仲，不管是雅是俗，只不过是由于时代的原因和文体的变化造成的差异。与前代其他曲论者强调曲之于诗词的特性不同，杨恩寿是从“音”的角度肯定三者的一致性，这就赋予曲以诗、词之品格。

在诗词曲关系的问题上，曲论者认为不一致性恰恰是“曲”的特点，很多曲家也都在明确提出曲的特殊品格，即强调曲之“声”、“容”，来区

---

① 杨恩寿：《词余丛话》卷一，第 237 页。

② 李渔：《闲情偶寄·词曲部·结构第一》，第 8 页。

别诗词之“文”、“言”。王骥德认为“曲与诗原是两肠”[①]，并且说：“诗不如词，词不如曲，故是渐近人情……快人情者，要毋过于曲也。”[②]曲强于诗词之处就在于“快人情”；从曲与词的关系看，刘熙载也认为词、曲是合一的，只不过是词属于“文”，而曲属于“声”而已：“词、曲本不相离，惟词以文言，曲以声言耳。”[③]认识到曲不同于词的特点，同时也看到了曲所以高出词之处：“未有曲时，词即是曲；既有曲时，曲可悟词。苟曲理未明，词亦恐难以独善矣。”[④]也就是说可以通过曲来“悟”词，若连曲理还未明了，就不用说理解词了。同时，曲又可以弥补词之不足：“词不能按，乃更为新声，是曲亦可补词之不足也。”[⑤]从其“品格”上来讲，诗词属于“文”和“言”的内容，而曲则属于“声”，程羽文对曲的品格定位更明确，认为“曲者，歌之变，乐声也；戏者，舞之变，乐容也”[⑥]，这里把曲与戏分开论述，实际是一致的，也就是强调曲“声”、“容”的品格。

前代曲论者强调曲的特殊性，也认识到曲作为一种综合性艺术区别诗词的特性[⑦]，杨恩寿等人所强调的是曲也有像诗一样抒情言志的功能。杨悌在《洞天玄记》中提到“体虽不同，其感人则一也”[⑧]，等等，都看到尽管体制有所不同，而其在“音”的感人方面是一致的。那么可以说，杨恩寿实际上是从“音”的角度来突出诗词曲的一致性的，虽然没在此处有突出曲的特殊因素，但是也不能直接抹煞杨恩寿在理论上的努力和贡献。

而后世的继续讨论使这一观点得到深化，如姚华论诗、曲的关系时即认为：

---

① 王骥德：《曲律》卷第四，杂论三十九下，《中国古典戏曲论著集成》(四)，162 页。

② 王骥德：《曲律》卷第四，杂论三十九下，160 页。

③ 刘熙载：《艺概》，《中国古典戏曲论著集成》(九)，第 122 页。

④⑤ 刘熙载：《艺概》，第 115 页。

⑥ 程羽文：《盛明杂剧》序，蔡毅《中国古典戏曲序跋汇编》，第 462 页。

⑦ 邹式金：《杂剧三集》跋，蔡毅《中国古典戏曲序跋汇编》，第 464 页。

⑧ 杨悌：《洞天玄记》前序，蔡毅《中国古典戏曲序跋汇编》，第 859 页。

北曲以乐府为宗，南曲以诗余为祖，从流溯源，强为断代，实则与乐府、诗余，皆诗之所自出也。以诗视乐府，以乐府视诗余，其始作也，声之都鄙，辞之文野，或有间已，及播之久远，传之都邑，加之文彩，则乐府犹诗也，诗犹乐府也，曲犹诗余也。凡乡人之所用，皆有诗之一体。①

而且姚华从地位和文体的角度，将皮簧称为“曲余”：“能濡染正音，规随雅操，亦既有合于习俗，而复不得罪于风雅……等诸郐下，尚存旧国之风。即愧卢前，不废当时之体。盖皮簧之于昆调，犹元曲之于宋词，家法虽变，臭味犹亲。予以曲余之褒，宜存京调之谱，或亦论世者之所必原，而审音者之所不斥也乎！”②从地位不变的角度，诗词曲异流同源，这是强调曲具有和诗词一样的地位。从文体变化的角度，诗变为词、词变为曲，这是强调不同时期的文体更替，不管是从曲的地位的“不变”，还是从曲的文体“变化”，二者并无实质上的矛盾。在姚华看来，昆曲为曲之正宗，但他并不排斥皮簧，并将皮簧称为“曲余”，就是从地位和文体的流变角度来评价的，这一点与杨恩寿“异流同源”的观点一脉相承。

第二节　戏曲创作观

杨恩寿的戏曲创作观主要表现在对戏曲题材、结构、文辞和形象等几个方面的批评。

---

① 姚华：《曲海一勺》第三《明诗》，《庸言》1913 年第 1 卷第 15 期。

② 姚华：《曲海一勺》第二《原乐》，《庸言》1913 年第 1 卷第 8 期。

一、重题材和结构的戏曲创作论

（一）戏曲题材重视历史厚重性

戏曲题材分类方面，朱权《太和正音谱》中“杂剧十二科”对杂剧题材分类，有“神仙道化”、“隐居乐道”、“披袍秉笏”、“忠臣烈士“、“孝义廉洁”、“叱奸骂谗”、“逐臣孤子”、“钹刀赶棒”、“风花雪月”、“悲欢离合”、“烟花粉黛”、“神头鬼面”①。吕天成《曲品》中把南曲分为六类：“一曰忠孝，一曰节义，一曰风情，一曰豪侠，一曰功名，一曰仙佛。”②从杨恩寿所抄录和评论的戏曲作品来看，虽然有个别对语词、用典等方面对评价，但其最为关心的、所录数量最多、评论最多的还是反映亡国之思的吊古伤今之作和表现怀才不遇的自写身世之作两类作品。也就是朱权所谓“忠臣烈士”、“逐臣孤子”及吕天成所说的忠孝节义类的作品。

吊古伤今，传达兴亡之感。明清易代的社会现实，表达兴亡之感、故国之思、吊古伤今成为许多剧作集中而深刻反映的重要主题。有对忠臣烈士的表彰与赞颂，如董榕《芝龛记》、邱园《蜀鹃啼》；有对臣子不思报国的指责，如王夫之《龙舟会》、吴伟业《临春阁》，或者表现深沉的历史之思，如孔尚任《桃花扇》、黄燮清《帝女花》等。对于这些作品，杨恩寿都给予充分的关注，评价时亦皆注重剧作体现的悲壮的情怀和凄冷的意蕴。如评价《龙舟会》：“淋漓悲壮，睥睨古今，高调也。先生深恶明末诸臣，全本结尾，赞小娥之复仇……则愤世词也。”③评黄燮清《帝女花》：“长平忧患余生，虽沐殊恩，重谐佳偶，而桥陵弓剑、故国河山，触目兴悲，自多苦语。余爱写长平处，愈热闹，愈凄凉。瑟柱琴弦，但觉商音满指。”④认识到剧作家通过对具体人物的描写来传达深厚的历史意蕴。

---

① 朱权：《太和正音谱》，《中国古典戏曲论著集成》（三），第 24 页。

② 吕天成：《曲品》，《中国古典戏曲论著集成》（六），第 223 页。

③ 杨恩寿：《词余丛话》卷二，第 245 页。

④ 杨恩寿：《词余丛话》卷二，第 249 页。

自写身世，抒发不平之愤。这类剧作，以嵇永仁《续离骚》杂剧、吴伟业《通天台》等较为出名，杨恩寿特为拈出，认为是借剧中人来传达自己身世之感和满腔悲愤。评《续离骚》："满腔悲愤，藉以发之，杜默哭霸王庙一折，尤为悲壮。月晕风凄之夜，擫铁笛吹之，老重瞳必泪数行下也。"[①]评《通天台》："借沈初明流落穷边，伤今吊古，以自写其身世。至调笑汉武帝，嬉笑甚于怒骂，但觉楚楚可怜。……苦雨、凄风、灯昏、酒醒时读之，涔涔者不觉湿透青衫。"[②]这种评价，看到了剧作者在作品中传达出的悲愤和不平，同时也注意到作品对阅读者的感染力，引起读者深深的共鸣。

对明末清初表现亡国之思作品的垂青，与杨恩寿的创作倾向是一致的。古典戏曲佳作甚多，但杨恩寿并没有把抄录和评论作为严谨的戏曲目录和系统的戏曲理论著作来看待，而是有选择地随时抄录，随时评论。而且从所抄录和评价的内容看，这类有历史厚重感的作品对杨恩寿戏曲创作确实产生影响，如《理灵坡》、《麻滩驿》等作所选题材即是如此。

（二）戏曲结构关目与情节的重要性

对于戏曲结构，王骥德曾从创作过程的角度进行论述："作曲，犹造宫室者然……作曲者，亦必先分数段，以何意起，何意接，何意作中段敷衍，何意作后段收煞，整整在目，而后可施结撰。"[③]就是要求作曲者在创作之前就要考虑整体的结构形式，才不至于结构混乱、眉目不清。李渔对结构更为重视，《闲情偶寄》开篇即论结构。杨恩寿在曲论中没有对结构进行系统论述，而是在对具体作品分析的时候体现出来。

对此，我们先举三个典型的例子。

其一，评董榕《芝龛记》：

---

① 杨恩寿：《词余丛话》卷二，第 245 页。

② 杨恩寿：《词余丛话》卷二，第 266 页。

③ 王骥德：《曲律·论章法第十六》，第 123 页。

董恒岩《芝龛记》，以秦良玉、沈云英二女帅为经，以明季事涉闺阁暨军旅者为纬，穿插野史，颇费经营。惟分为六十出，每出正文外旁及数事甚至十余事者。隶引太繁，止可于宾白中带叙；篇幅过长，正义不免稍略，喧宾夺主，眉目不清。考据家不可言诗，更不可度曲。①

其二，评陈钟麟《红楼梦》传奇：

《红楼梦》为小说中无上上品。向见张船山《赠高兰墅》，有"艳情人自说《红楼》"之句。自注："兰墅著有《红楼梦》传奇。"余数访其书，未得；所见者，仅陈厚甫先生所著院本耳。先生工制艺，试帖为十名家之一。度曲乃其余事，尽多蕴藉风流、悱恻缠绵之作，惜排场未尽善也。原书断而不断、连而不连，起伏照应，自具草蛇灰线之妙。先生强为牵连，每出正文后另插宾白，引起下出；下出开场，又用宾白遥应上出，始及正文。颇似时文家作割截题，用意钩联，究非正轨。且以柳湘莲为红净、尤三姐为小丑，未免唐突；后成男女剑仙，更嫌蛇足。近日梨园多演之者。②

其三，评夏纶《南阳乐》：

夏惺斋征君《惺斋五种》中有《南阳乐》，叙武侯刺杀司马宣王、姜伯约诈降献城、魏延以投魏被杀，布局颇觉支离。惺斋固通经者，其词亦多近理；不若文泉所谱，用魏延出子午谷计径袭长安，直截了当，不必节外生枝。③

从上面几个例子中可以看出杨恩寿在戏曲结构上的主要观点。

---

① 杨恩寿：《词余丛话》卷二，第 247 页。

②③ 杨恩寿：《词余丛话》卷三，第 271 页。

首先，要求关目清晰、直截了当。从剧作整体性角度，做到头绪清晰，不节外生枝。董榕《芝龛记》六卷六十出，而且多按照史实敷衍而成，不但要展现明季相关历史现实，同时还要突出秦良玉、沈云英二位女将。那么在结构上则会出现“隶事太繁”、“喧宾夺主，眉目不清”的情况，戏曲排场也会冗杂不堪。杨恩寿实际上注意到在作品既要据史做曲又要突出人物形象的矛盾性。那么解决这个问题的方法，杨恩寿明确提出“止可于宾白中带叙”，即重视宾白在叙事中的作用。另外减少繁杂的头绪也是很好的解决办法，从杨恩寿的《麻滩驿》创作可以看到，《麻滩驿》的创作是在不满《芝龛记》繁杂的结构的情况下而成的。他在《麻滩驿》自序中说：“秦、沈虽同时，未尝共事，作者必欲纨之使合，支离牵附，已失不经，且隶事太繁，几如散钱失串。论者谓其轶《桃花扇》而上，则非蒙所知也。尝欲析秦、沈为二，各为院本，匆匆未果。”[①]在《麻滩驿》中，以沈云英为主，不涉及秦良玉的相关事迹，“支离牵附”的状况就得以很好的解决。对于夏纶《南阳乐》“布局颇觉支离”的评价也是从剧作整体性角度的批评。

其次，要求情节合理、脚色恰当。“向见《疗妒羹》传奇，大士以慧剑诛妒妇，小青正位偕老，已嫌鹘突；近有《西湖雪》，小青改适才子，开府杭州，逮诛妒妇。地下香魂，忽被李易安之谤，率尔操觚，致堕恶道，令人欲呕！”[②]如果说《疗妒羹》中小青能够“正位偕老”的话，这是戏曲创作中团圆结局的模式，符合作者创作心态，也能体现观众对戏曲结尾的期待，“已嫌鹘突”也应该情有可原。那么《西湖雪》中“地下香魂，忽被李易安之谤”就使戏曲情节走向“恶道”了。在脚色方面，陈钟麟把柳湘莲安排为净脚，而且是“红净”，尤三姐为丑脚，这种安排未必合理，所以杨恩寿认为“未免唐突”，可能由于《红楼梦》中人物众多，才导致脚色安排不一定能尽善。

再次，要求奏之场上、舞台检验。杨恩寿在对戏曲结构的评论上，

---

① 杨恩寿：《麻滩驿》自序。

② 杨恩寿：《词余丛话》卷三，第 270 页。

认为适合舞台演出才是戏曲创作的最终目的,“《太和记》按二十四气,每季填词六折,用六古人故事,每事必具始终,每人必有本末。出既曼衍,词复冗长,若当场演之,一折可了一更漏。虽出博洽人手,然非本色当行”[①]。从体制上看,《太和记》可以看作是传奇和杂剧之间的“变格”,这种创格本来无可厚非,但如果奏之场上,却并不一定适合。如果剧作结构不合理,必然会导致舞台演出的困难。

二、重词采和气韵的戏曲文辞论

(一)“灵妙无匹,不得以人废言”——重词采文笔

戏曲曲辞是剧作家最能体现才情之处,也最能体现剧作的抒情风貌。不管是重辞藻还是偏本色,都是古典曲论中评论的重点。杨恩寿在曲论中重视作品的词采文笔,即使剧作或作家在其他方面有一定的不足,若词采出众,亦加以肯定。如在评论《千钟禄》时,认为虽然建文帝出逃的故事是根据野史而成,失之不经,但是对其词笔甚为叹赏:“《千钟禄》演建文帝出亡,虽据野史,究失不经。然词笔甚佳也。《惨睹》一出,发端无限凄凉。帝子漂零,迥异游僧。托钵选词,何亲切乃尔。”[②]在这里,杨恩寿看到“收拾起大地山河一担装”的发端能表现出建文帝漂零的凄凉。而且在选词上还能突显出建文帝与一般游僧不同的身份特征。

最能体现杨恩寿对词采文笔推崇的是对阮大铖《燕子笺》的评价:“园海词笔,灵妙无匹,不得以人废言,虽不能上抗临川,何至下同湖上。”[③]这一评价,有两方面的作用,其一,对阮大铖的《燕子笺》在戏曲史上作了定位,即虽然不如汤显祖的作品,在词笔上也应高于李渔。其二,对传统文学评论和戏曲评论中“文如其人”这一观点进行颠覆,这也是对“人品”与“文品”是否统一这一现象的反思。

---

① 杨恩寿:《词余丛话》卷二,第259页。

② 杨恩寿:《词余丛话》卷二,第265页。

③ 杨恩寿:《词余丛话》卷二,第254页。

同时期的李慈铭认为《燕子笺》"情事宛转，辞旨清妙"[1]，评价亦甚高，相对而言，杨恩寿的评价更有针对性。在杨恩寿看来，《燕子笺》的"戏品"是不应因阮大铖的"人品"而受到影响。这一结论的得出，是有一定的曲学背景和具体的针对对象的：

> 王梦楼先生以书法名海内。性喜词曲，行无远近，必以歌伶一部自随。客至，张乐共听，穷朝暮不倦。其辨论音律，穷极要眇。长洲叶氏纂《纳书楹》，遍取元、明以来院本，审定宫商，世所称"叶氏谱"也，其中多先生所纠正。论者谓"叶谱功臣"云。先生斥《燕子笺》"以尖刻为能，自谓学玉茗堂，全未窥其毫发。笠翁恶札，从此滥觞"。是说余不以为然。[2]

王梦楼即王文治，因纠正叶堂《纳书楹曲谱》之不足而被称为"叶谱功臣"。这足以看出王文治在戏曲上的造诣和影响。然而杨恩寿并不因其有这样的戏曲成就而附和其对《燕子笺》的评价，而是针锋相对，提出完全不同的观点。杨恩寿对戏曲词采的观点是根据自己的理解做出结论，而不囿于前人观点。

另外，杨恩寿还曾欲谱倩女离魂故事为院本，因后来看到《两世姻缘》杂剧的文笔"骀宕生姿"[3]而搁笔，似有李白"崔颢题诗在上头"之意，这更是体现出对《两世姻缘》文辞的欣赏。

（二）"气味深厚"——重性灵与气韵

对"性灵"的重视，是突出剧作家个人性情的抒发，"气韵"则是作品表现出来的含蓄、蕴藉的风格，这一点主要集中在杨恩寿对《桃花扇》、《长生殿》和蒋士铨《藏园九种》的认识上。

---

① 李慈铭：《桃花圣解盦日记壬集》，《越缦堂日记》（第九册），扬州：广陵书社，2004年影印本，第6037页。

② 杨恩寿：《词余丛话》卷二，第254页。

③ 杨恩寿：《词余丛话》卷二，第263页。

> 康熙时,《桃花扇》、《长生殿》先后脱稿,时有"南洪北孔"之称,其词气味深厚,浑含包孕处蕴藉风流,绝无纤亵轻佻之病。鼎运方新,元音叠奏,此初唐诗也。《藏园九种》,为乾隆时一大著作,专以性灵为宗。具史官才学识之长,兼画家皴瘦透之妙,洋洋洒洒,笔无停机。乍读之,几疑发泄无余,似少余味;究竟无语不炼,无意不新,无调不谐,无韵不响。虎步龙骧,仍复周规着矩,非凫西、笠翁所敢望其肩背。其诗之盛唐乎?[①]

把《桃花扇》、《长生殿》比作"初唐诗",《藏园九种》为"诗之盛唐",首先这是从剧作产生的时代与"初唐"、"盛唐"的相似性,看到了清初与清中叶分别具有代表性的剧作,是对其地位的肯定。其次,对于性灵、气韵的理解,概括起来就是要剧作风格上含蓄蕴藉,在表现内容上无"纤亵轻佻之病",表现出深沉的意蕴,而且语炼、意新、调谐、韵响。可以说,这种深厚的"气韵"是对剧作各个方面所作的总结。蒋士铨曾做史官,《藏园九种》深沉含蓄,也是其性灵的外在表现,这种"气味深厚"的风格,成为清中叶以后黄燮清和杨恩寿等剧作家创作模仿的对象,当然,这无疑也对杨恩寿《再来人》、《理灵坡》、《麻滩驿》等剧作的风格有一定的引导作用。由此可以看到,此时对戏曲文辞的评价,已经不仅仅纠缠对语言的本色或骈俪的论争上了,而是更注重语言的表现力以及语言对作品意蕴的营造。

三、重口吻和性情的戏曲形象论

戏曲形象是戏曲作品表现的主要对象,人物形象生动鲜明与否、人物性情有无个性特征等是衡量戏曲作品优劣的标准之一。而戏曲人物所具有的特征则通过人物的口吻和性情直接表现出来。杨恩寿赞赏人物的描写"须眉欲活"和"口吻宛然"。

① 杨恩寿:《词余丛话》卷二,第251页。

在评《桃花扇》时，杨恩寿非常欣赏孔尚任对阮大铖形象的塑造："《桃花扇·侦戏》一出，从大铖著笔，始而惊，继而喜，继而怒且惧，写佥壬失路，须眉欲活。"[①]在同一出中对同一人物，能写其"惊"、"喜"、"怒"、"惧"等，把人物的各种表情和神态塑造得栩栩如生、恰如其分，做到"须眉欲活"，那么其舞台效果则会十分鲜明。

杨恩寿十分推崇蒋士铨在戏曲人物塑造上的特色，特别是对同一类脚色或者形象的刻画上，尤能做到同中见异而绝不雷同：

> 《空谷香》、《香祖楼》两种，梦兰、若兰同一淑女也，孙虎、李蚓同一继父也，吴公子、扈将军同一樊笼也，红丝、高驾同一绍介也，成君美、裴畹同一故人也，姚、李两小妇同一短命也，王、曾两大妇同一贤媛也，各为小传，尚且难免雷同，作者偏从同处见异，梦兰启口便烈，若兰启口便恨，孙虎之愚，李蚓之狡，吴公子之憨，扈将军之侠，红丝之忠，高驾之智，王夫人则以贤御下，曾夫人则因爱生怜。此外如成、裴诸君，各有性情，各分口吻，无他，由于审题真，措辞确也。[②]

这段文字被研究者所重视，赵山林、刘奇玉等皆有所引用和分析，重视其"审题真"、"措辞确"的评价[③]。当然杨恩寿看到，在同一类型的形象上要做到"各有性情，各分口吻"，确保人物形象的独特性，把握住了同中之异。这对杨恩寿的戏曲创作也产生一定影响，如《姽婳封》中林四娘与《麻滩驿》中沈云英的形象，都是巾帼豪杰，也有报国之志，林四娘曾夺回夫尸，沈云英也曾夺父尸，虽然有很多相似之处，但由于二者身

① 杨恩寿：《词余丛话》卷三，第 281 页。

② 杨恩寿：《词余丛话》卷二，第 251 页。

③ 参见赵山林《杨恩寿对戏曲研究的贡献》，《河北师范大学学报》(社会科学版)1998 年第 1 期；刘奇玉《杨恩寿戏曲理论体系探析》，《艺术百家》2002 年第 4 期。

份不同，性情有异，同时一个取材《红楼梦》，一个取材明末史实，一虚一实，其形象刻画也不觉雷同，这是对蒋士铨同中之异塑造方法的学习。

那么什么样的剧作才算是比较理想的作品呢？吕天成在《曲品》中提到其舅祖孙矿所说的“十要”，曰：“第一要事佳，第二要关目好，第三要搬出来好，第四要按宫调、协音律，第五要使人易晓，第六要词采，第七要敷演——淡处做得浓，闲处做得热闹，第八要各脚色派得匀妥，第九要脱套，第十要合世情、关风化。”[1]可以说，这也是一种完美的要求，完全符合也是很难的，即使是《牡丹亭》这样问世之后就有深远影响之作，也曾被指责不合律，为了更适合舞台演出，当时就有沈璟、冯梦龙等人的改本出现。《长生殿》在音律、文辞等方面可谓尽善尽美，然而因冗长也曾被其友吴舒凫“效墨憨十四种，更定二十八折”[2]，我们且看杨恩寿对李渔作品的评价：“《笠翁十种曲》，鄙俚无文，直拙可笑。意在通俗，故命意、遣辞力求浅显。流布梨园者在此，贻笑大雅者亦在此。究之：位置、脚色之工，开合、排场之妙，科白、打诨之宛转入神，不独时贤罕与颉颃，即元、明人亦所不及，宜其享重名也。”[3]一方面指出其浅显通俗的特征，认为“直拙可笑”，但是另一方面却不得不佩服其“流布梨园”的因素，就是在脚色设置、排场结构、插科打诨等方面安排得极为巧妙。在杨恩寿看来，如果李渔在这些优点的基础上，再加强戏曲题材的历史厚重感，像王夫之、吴伟业、嵇永仁、尤侗等人那样能够抒发深沉的历史感怀的话，就成为完美之作了，但这只是一种较为理想的状态。

总体来说，杨恩寿的戏曲创作观又带有一定的的戏曲品评的特色。从戏曲批评特色上来看，杨恩寿与之前的曲论家所不同的是对戏曲作品抄录与评论的结合，首先完整地抄录整出曲辞，在《词余丛话》和《续词余丛话》中有录有 160 支曲牌之多，有的是以套曲的形式出现，套曲

---

① 吕天成：《曲品》，《中国古典戏曲论著集成》(六)，第 223 页。

② 洪昇：《长生殿》例言，《古本戏曲丛刊》(第五辑)，据康熙稗畦草堂刊本影印本。

③ 杨恩寿：《词余丛话》卷二，第 265 页。

（包括三套散曲）也有二十套之多。同时，也表现出了戏曲品评传统的延续。进行戏曲品评，对作品进行等级划分，也是区分作品优劣的方法。明代曲论家吕天成、祁彪佳等人皆曾从品第的角度对作品分类。吕天成《曲品》按照不同的标准，将旧传奇分为“神品”、“妙品”、“能品”、“具品”四品，新传奇分为“上之上”、“上之中”、“上之下”等九品。祁彪佳《远山堂曲品》将传奇分为“逸品”、“艳品”、“能品”、“具品”、“杂调”，另有部分“雅品”；《远山堂剧品》将杂剧分“妙品”、“雅品”、“逸品”、“艳品”、“能品”、“具品”。尽管分类方法不尽相同，名称也略有所异，但他们都有着明确的品评意识和分类标准。

由于杨恩寿对作品的批评并非从分级别的角度入手，故其对戏曲的品评并没有像祁彪佳、吕天成等人那样有自己的严格分类标准，而主要是建立在自己对曲辞的品读和感受基础之上。如评《芝龛记》与《桃花扇》：“论者谓‘轶《桃花扇》而上’，则非蒙所敢知也。第五十七出有悼南都《渔歌》三折，酣畅淋漓，性灵流露，似集中仅见之作……《桃花扇》结尾，一首弹词，一套北曲，亦是悼南都。以余论之，似高于《芝龛记》也。”[①]再如，比较《天宝曲史》与《长生殿》：

明曲《天宝曲史》，相传为汪太涵手笔，当时传播艺林。以余观之，不及洪昉思远甚。《窥浴》一出，洪作细腻风光，柔情如绘，汪则索然也。[②]

很明显，一“如绘”、一“索然”的评价，是通过对曲辞的阅读和感受做出的简单评判，并不囿于前人的观点，体现出对剧作曲辞的重视。这种品评方式，也可以看作是戏曲品评传统的延续，只不过已经没有前代品评那么具体、细致了。

---

① 杨恩寿：《词余丛话》卷二，第 247—248 页。

② 杨恩寿：《词余丛话》卷二，第 242 页。

第三节　戏曲声律观

对于戏曲声律的讨论自然要与戏曲文辞联系起来，从对《琵琶记》、《拜月亭》高下优劣的论争到汤沈之争，再到清代对于《长生殿》音律的高度评价，无不涉及到文辞的本色与词采及作品合律与否的问题。这正是中国古典戏曲特征的两方面，也是明清曲论家长期关注的问题。杨恩寿的声律观对前人有所借鉴，但也有自己独到的见解，特别是在用韵与脚色声口之间的关系、字音的发声与字义的关系等方面。

一、肯定声韵性质与脚色声口之间的特殊关系

杨恩寿在《续词余丛话》卷一"原律续"中提到："侵寻、监咸、廉纤，同是闭口之音，其实各异。侵寻一韵，每至收音处，虽闭口而音尤清亮。若监咸、廉纤，则沉郁而涩；作急板小曲则可，若填悠扬大套之词，甚不相宜。"[①]这样就对同为闭口音的三个韵部在实际创作中提供了具体区分的依据。

实际上这段文字基本上是抄录李渔《闲情偶寄》"音律第三"中的"廉纤宜避"，当然也可看出杨恩寿对李渔理论的认可和模仿。然重要的是，同样是举《西厢记》中"不念法华经，不礼梁王忏"的例子，李渔只是就事论事，"以出于惠明口中，声口恰相合耳"[②]。而杨恩寿则进行总结，上升到以脚色概之的角度："以出自净脚口中，声口相合耳。"[③]表面上看，杨恩寿没有提出什么新的观点，但从"惠明"这一戏曲角色到"净脚"一词的变化，足以看出杨恩寿认识到特定性质的声韵与某一类型脚色声口之间的特定关系，并在李渔的基础上进一步论述："使生、旦口中

①③　杨恩寿：《续词余丛话》卷一，第294页。

②　李渔：《闲情偶寄》"音律第三"，第41页。

用此等字，驱莺燕与鹰隼齐飞，强桃李与松柏竞秀，不伦甚矣。”[①]由于监咸、廉纤为闭口音，而又多为险韵，韵部中可供选用的字则是有限，“急板小曲”多为净丑脚色所唱，而长套则适合生、旦抒情。所以这种观点在创作中是有一定实际运用的道理和指导价值。而王骥德虽提到“至侵寻、监咸、廉纤，开之则非其字，闭之则不宜口吻，勿多用可也”[②]。不过这更似限于理论层面的探讨，且曰“不宜口吻”，则又似忽略了净脚这一脚色的口吻特征。

二、“呼之有轻重、疾徐”——注重出字口气与舞台表现的关系

> 或问：“曲本中多用‘哎哟’、‘哎也’、‘哎呀’、‘咳呀’、‘咳也’、‘咳咽’诸字，同乎？异乎？”曰：“字异，而义略同。字同，而呼之有轻重、疾徐，则义各异。凡重呼之为厌辞、为恶词、为不然辞，轻呼之为幸辞、为娇羞之辞，疾呼之为惜辞、为惊讶之辞，徐呼之为怯辞、为悲痛辞、为不能自支之辞。以此类推，神理毕见。”[③]

如果说对声韵性质与脚色声口关系的探讨体现了其对声韵的重视，那么，从字的发声角度来探讨“神理”则是更进一步。“曲本”上的字必须通过演员念唱才能表现出舞台效果。同一字以“轻重、疾徐”等不同的口气读出，则表现出特定场合下的“义”了，而这一特定之“义”，则正是不同脚色、不同剧情下所体现的具体的“神理”，当然也会体现出不同的舞台效果。而杨恩寿的这一观点正是从舞台表现这一角度出发的。李渔虽然在《闲情偶寄》“声容部”“教白第四”里面谈到说白的“高低抑仰”、“缓急顿挫”，但未提到同一字的口气与舞台表现的关系。而

---

① 杨恩寿：《续词余丛话》卷一，第 294 页。

② 王骥德：《曲律》“杂论第三十九上”，第 154 页。

③ 杨恩寿：《词余丛话》卷二，第 258 页。

杨恩寿的这一观点也可以看作是对李渔曲论的补充。杨恩寿这种通过字的不同情境的发声来表现神理的观点是注重实际的舞台表现的，也是对声律理论和舞台实际运用方面的开拓。

三、“以诗就乐”与“以乐就诗”——重法度与重才情的统一

关于音律与词采孰重孰轻，一直为曲家所论，明代至“汤沈之争”发展到顶峰，而汤显祖与沈璟则成了论争双方的代表人物。到了王骥德、徐复祚等人，则是以中和的角度评之。如王骥德曰：“临川之于吴江，故自冰炭。吴江守法，斤斤三尺，不欲令一字乖律，而豪锋殊拙；临川尚趣，直是横行，组织之工，几与天孙争巧，而屈曲聱牙，多令歌者乍舌。”[①]这一论断可谓是对声律和文辞争论的终结。

杨恩寿在《续词余丛话》中的观点体现了二者的统一：“按曲者照谱填词，不敢意为增损，以诗就乐是也；兴之所至，犯一曲、两曲，至十余曲而成一曲者，以乐就诗是也。”[②]杨恩寿虽然不是直接针对“汤沈之争”而发，但毕竟没有对声律和才情二者提出明显的偏好，他从诗与乐的角度对重声律者论以“以诗就乐”，对重才情者论以“以乐就诗”，同样是体现了对二者的统一的态度，而且这也应该是王骥德等人之后对这一问题的新的提法。

但是，从戏曲创作的角度来说，杨恩寿应该更加倾向于“以乐就诗”，因为他在创作中更加注重“意趣”，而非音律本身。

四、“避难就易”——针对音律之难提出创作方法

“音律之难，不难于铿锵顺口之句，而难于倔强聱牙之句。”[③]对于顺口之句，一般即能成文，而难点就在诘屈聱牙的句子，如作者所举曲

---

① 王骥德：《曲律》，《中国古典戏曲论著集成》(四)，第165页。

② 杨恩寿：《续词余丛话》卷二，第303页。

③ 杨恩寿：《续词余丛话》卷一，第297页。

牌〔小桃红〕、〔下山虎〕等即如是。在《幽闺记》中〔下山虎〕“轻轻将袖儿掀……”的曲子后，杨恩寿评论：“只须‘懒能向前’、‘待推怎地展’、‘是非偶然’之三句，平仄拗口，捻断吟髭，方能成句。若‘懒能向前’难免谐平仄，而文义甚不可解。南曲中若此类者，指不胜偻。”[①]这种虽协音律而不能让人明白文义之曲，就连被称为本色派的代表作的《幽闺记》也不能幸免，就更不用说其他剧作了。

那么，如何解决这种“难”句带来的文意不通的问题，杨恩寿提出引用成语、颠倒更换成语的方法。“避难就易，惟有引用成语，便觉顺口……设或所引成语，平仄未能相谐，即颠倒更换数字，仍较自造之句，大不相同。”[②]通过这种“避难就易”的方法，对于实际创作是有一定的作用的。杨恩寿即有自己的相关创作经历，在黄其恕的建议下，改去“不知是爱乌，不知是爱屋”的句子后见顾炎武所论“屋、乌可以并协”又后悔不已的例子[③]，也可以看出杨恩寿在戏曲创作中对于声律的要求，是以韵书为标准，做到按谱填词，做到平仄和谐并能引经据典就可以了。

《词余丛话》与《续词余丛话》是杨恩寿重要戏曲理论之作，也是中国古典戏曲理论的重要组成部分，从时代角度来讲，又创作于清代后期，这一时期的曲论与前代相比又有新的特点，赵山林先生认为：“由于乾嘉朴学的影响，这一时期的戏曲家们对戏曲学各个方面的资料和已有研究成果的搜集整理、求索考证表现出相当大的兴趣，因此在各个方面都出现了一批重在总结的著作。”[④]并称杨恩寿的曲著为“剧史考证方面”的“总结型著作”[⑤]。说是“总结型”著作，确实如此，因为作为晚出的曲论著作，不管是采取什么方式，或多或少都会对前代的曲论有所

---

①② 杨恩寿：《续词余丛话》卷一，第 297 页。

③ 杨恩寿：《续词余丛话》卷一，第 298 页。

④ 赵山林：《中国戏曲传播接受史》，上海：上海人民出版社，2008 年版，第 536 页。

⑤ 赵山林：《中国戏曲传播接受史》，第 536 页。

借鉴和吸收，在前代曲论的基础上作出自己新的理解和判断。这也是历代曲论和文艺理论发展的一条自身调整的道路。当然，这种“总结”，不少地方是直接对前人理论的抄录，而不做自己的评判，或者直接把别人的理论照抄过来，最为明显的是对李渔曲论的抄录。

同时，杨恩寿的理论也受到批评，孙楷第在《戏曲小说书录解题》一书中曾提到不足之处：“其原律一卷仅十余叶，于声律无所发明，亦不免有误，如以旦为司乐之总名，云入声派入三声即《中原音韵》所谓务头，皆属臆说。原文、原事二卷评文记事稍有可采……其他评论记载间有可采，所举作者曲名亦有时可补《曲录》所未备，然考订不详，究非当行之书也。”[①]如在脚色的考证上，对于旦脚的提法，历来有不同的观点，杨恩寿根据《辽史·乐志》的相关记载认为旦是“司乐”，“所谓旦者，乃司乐之总名”[②]。这种说法与之前对“旦”脚这一直令人费解的理解有不同，也未得到后世的广泛认可。

在对具体内容分析之后，我们尝试对这两部曲论的成书时间和著述方式进行探析。《词余丛话》的成书时间，程华平根据裴文祀《词余丛话》所作序，认为成书于光绪三年(1877)九月前[③]，即裴文祀作序之前，这种结论没有错误，但我们还可以找到更为确切的时间。在《续词余丛话》中，杨恩寿提到《汉阳志》记载的《绛红袍》传奇，“光绪丙子，余需次武昌，忽于旧书肆得是书。急购归读之，乃弹词也”[④]，要购《绛红袍》传奇，却误买一本弹词，也记录下了具体时间是光绪二年(1876)，这一事件没有记载在《词余丛话》中，却记于《续词余丛话》，或可说明当时《词余丛话》的写作已经完成，那么其时间的下限可以定在光绪二年(1876)。裴文祀在序文中提到“付梓后愿以百本见寄”[⑤]，可见裴文祀

① 孙楷第：《戏曲小说书录解题》，北京：人民文学出版社，1990年版，第458页。

② 杨恩寿：《词余丛话》卷一，第238页。

③ 程华平：《明清传奇编年史稿》，第544页。

④ 杨恩寿：《续词余丛话》卷三，第323页。

⑤ [越南]裴文祀：《词余丛话》序，《中国古典戏曲论著集成》(九)，第232页。

作序时所见为稿本或抄本，并未刊刻，但已经完成。而对于《续词余丛话》，裴文祀并未提到，应该说此书成稿应在光绪三年（1877）九月之后。

在成书方式上，从所录内容看，应该是在音律探讨、文辞评骘、本事考证等方面确定的基础上，分这三个方面随记随评、随见随录。如："前见嵇留山先生《杜秀才痛哭霸王庙》，已录其〔新水令〕套曲矣。尤西堂《钧天乐》院本内有《哭庙》一出，即此事也。异曲同工，两不相犯。亟录之。"[①]又如在《词余丛话》"原文"中录赵秋舲《咏月》小令〔江儿水〕一曲，极为赞赏，后见其《咏月》套曲，〔江儿水〕只是其中一支，则录全套于《续词余丛话》中[②]。从这些文字透露的信息来看，两书的成书方式应大抵如斯。

---

① 杨恩寿：《词余丛话》卷二，第 266 页。

② 杨恩寿：《续词余丛话》卷二，第 305 页。

第七章　杨恩寿观剧活动与花部戏曲批评

杨恩寿《坦园日记》记载了其在郴州、长沙、北流等地的观戏记录与评论，这不管是在戏曲史料还是对花部戏曲的评价上，都有极为重要的参考价值，《兰芷零香录》记录了相关的艺人、艺事，也从侧面反映了杨恩寿的戏曲批评。

《坦园日记》版本五种：

1. 杨恩寿手稿本，未见。

2. 陈长明标点本，上海古籍出版社，1983 年版。

3.《一个师爷的案牍生涯》本，根据陈长明标点本节选《北流日记》、《长沙日记》两部分，马自力注释，九州图书出版社，1998 年版。

4.《杨恩寿集》整理本，王婧之校点，岳麓书社，2010 年版。

5.《京剧历史文献汇编》清代卷（第七卷）整理本，傅谨主编，凤凰出版社，2011 年版。

《兰芷零香录》版本三种：

1. 光绪杨氏家刻本，收入《坦园全集》。

2. 民国二年（1913）扫叶山房石印本。

3.《笔记小说大观》本，第四编，第九册，台北新兴书局，1978 年版。

第一节　社会风习与文人雅好

演剧与地域的消费情况、文化娱乐活动的兴盛程度有很大的关系，而这些因素又是与当时的社会生活状况密切相连的。晚清湘军的兴起和盐政的变化对社会风习有一定的改变。戏班与伶人的增多，也使文

人与伶人之间有更多的交往，

一、社会风习

湘军的衣锦返乡和湖湘盐商的富贵为湖湘的演剧和观剧风习提供了一定的外在环境。

太平天国运动结束后湖湘军兴以来，大量湖湘人士通过建立军功以至富贵，而不少文人亦投笔从戎。杨恩寿描述军兴的过程称："咸同以来，洪寇燔乱。大湖南北，以军功名显者，国史不绝书。当其始也，一二儒生号召子弟以忠义相激劝，后之彪炳旂常者，率辍耕起自乡里，亦以平时矜式长老嘉言懿行有所则效，渐非朝夕。"[①]军士多衣锦还乡，这对湖湘风气也产生影响："军兴以来，湖湘子弟，帕首荷戈，富贵而归故乡。挥金如土，每值豪宴，洵如王恺、石崇，竞夸豪富。"[②]杨恩寿六兄杨彤寿即是以从军起家，并改变家庭的经济状况，而且得以上封三代，有着物质保障和社会荣耀。

同时，曾国藩实行的盐政改革使得盐商兴起，盐商富贵后便效仿扬州盐商风气："湘乡侯相开府江南，改定鹾引章程。不及十年，掣得引票者，渐成富商。宫室车马、衣服饮食，力模维扬风气。置酒宴客，无花不欢。大腹贾障以肉屏风，恶谑毒顽，堕入魔道。曲中辄以结议鹾商为幸。视吾辈措大，匿笑万端。几如《板桥杂记》所谓名士值几文矣。"[③]盐商富而且贵，挥金如土，宴饮招伶人演剧侑酒，也为各种场合的演剧活动提供了资金上的保障。

特别是湖湘"力模维扬"，这种模仿，包括对扬州盐商物质追求的模仿，而扬州盐商在物质追求上可谓竞逐豪奢："扬州盐务，竞尚奢丽，一

---

① 杨恩寿:《资政大夫吴公墓志铭》，《坦园文录》卷十一，《清代诗文集汇编》第727册，第464页。

②③ 杨恩寿:《兰芷零香录》卷二，杨氏坦园刻本。

婚嫁丧葬，堂室饮食，衣服舆马，动辄费数十万。”[1]除此之外，扬州盐商“还特别追求精神方面的满足，或蓄养戏班，或从事诗文之会”[2]。而湖湘盐商也是由于富贵而追求奢侈消费和各种娱乐活动。这在客观上形成了庞大的消费群体，也形成了相对固定的活动场所，杨恩寿提到：“同治以前，聊聊数酒馆，肴亦适口。近因名花坌集，遂穷工极巧，以待不时之需。有若庆春园，有若萃贤阁，有如松馆、玉壶春，而以老怡园为最。垒石为山，栽花作障。长廊小榭，疏密合宜，月可上衣，雨不湿履。每值佳日，有女如云，莺颠燕狂，左宜右有，虽秦淮之丁字帘、吴门之冶芳浜，无一过之。”[3]这在客观上促进了城市的娱乐活动和演剧活动的展开。

二、文人雅好

文人雅会，开觞豪饮，多有歌妓侑酒，湖湘文人观剧与文宴风习的兴起，与地方官员个人的爱好与提倡有很大关系，杨恩寿在《兰芷零香录》中有详细记载：

> 楚南风气僻陋，远不逮吴越燕赵。道光中叶，始有歌妓，合省不过三四辈。招之侑酒，必于重帘秘室，偶一开觞，邻里亦耳而目之，诧为仅见。咸丰改元后，阳羡方伯、嘉定太守先后莅官，提倡风雅，时作文酒笙歌之会。乌纱红粉，镇日排当，官绅从而和之，即下及伧楚，亦慕雅效尤，若辈遂以省城为花薮。[4]

官员的倡导和文人的雅好，使得湖湘伶人进入公众视野，伶人也逐渐参与到文人的诗文活动中。《坦园日记》记载大量文人与艺人交往的

---

① 李斗：《扬州画舫录》卷六，扬州：江苏广陵古籍刻印社，1984 年版，第 142 页。

② 杨飞：《乾嘉时期扬州剧坛研究》，华东师范大学 2006 年博士学位论文，第 15 页。

③④ 杨恩寿：《兰芷零香录》卷二，杨氏坦园刻本。

活动，反映出晚清湖湘文人并不拘于所谓的礼法，也无“头巾气”。一般情况下，文人饮酒多有艺人参加。这些艺人亦多是戏班演员，有的演员正是班中名角。

官员对戏曲的雅好，对戏班的演出产生较大影响。杨恩寿曾记载欲与友人观剧却“寻戏未见”，由于官方的喜好使得梨园的商业演出多供奉官府。《坦园日记》记载如下：

> 走访文安，寻戏未见。缘中丞李公，颇好音乐，辄张剧招饮，故同官效之，梨园供役，殆无虚日，外间演戏甚少。[1]

此处提到的“中丞李公”即李鸿章，根据《坦园日记》，李鸿章“颇好音乐”，即喜欢戏曲，经常招戏班演出，而这一爱好，也使得其他官员效仿，最终导致很少有戏班在外间演出，而多供演于官府。关于李鸿章对戏曲的“颇好”，曾凡安先生曾作过相关考察，认为李鸿章“不仅参加过有关剧场（戏楼）的修建，参加过观剧活动，而且组织过相当规模的堂会演剧，甚至还在特殊场合演唱过其家乡的地方戏”[2]。而此处的“堂会演剧”正《坦园日记》里面提到的“梨园供役”相一致，由于李鸿章喜欢戏曲，也受到到其他官员的模仿，使堂会演剧风生水起，而民间演剧因此受到影响，所以才出现杨恩寿在公共场合“寻戏未见”的情况。

喜好观剧的王文韶在日记中也有一定的记载，同治七年（1868）五月初四曾传戏班演剧：“传班三台演剧，请司道两首府两首县，兼请刘冰如廉访，唐时雍观察适到省，并邀在座，方菊人、吴觐臣两太守将引见，并附饯焉，子初席散。”[3]可以说这也是处于公务的例行演剧，以增加气氛。时隔一日，王文韶为母祝寿而招戏班在家中演剧：“家人公祝老太

---

① 杨恩寿：《坦园日记》，第 202 页。

② 曾凡安：《李鸿章戏曲活动考论》，《艺术百家》2004 年第 1 期。

③ 王文韶：《王文韶日记》，袁英光、胡逢祥整理，北京：中华书局，1989 年版，第 94 页。

太，演戏一日，是日演《二度梅》，自《骂相》至《相会》全本，颇有可观。”①不管是公务还是私务，官员本身对演剧的喜好自然会对整体的演剧情况产生一定的影响。

而在文人与艺人的交往中，文人为艺人庆祝生日而举办大型的宴会。同治六年三月初二，《坦园日记》记录杨恩寿文人陈小斋为伶人预庆生日的情况：“晚与文安、恕卿饮于醉仙小馆。明日乃凤伶生日，陈小斋在醉仙小馆开觞预庆，遍集时优，欢呶满座，余往醉仙馆时犹未散，酒香人影，烛彩灯光，如陈芳园万花齐放时也。豪举哉！”②这则材料是分析文人与艺人交往的重要材料，可以看出，陈小斋为凤伶庆祝生日而“预庆”，即使是预庆，也能够“遍集时优”，足见凤伶在伶人中的地位，艺人在文人的推重下能提高地位，被杨恩寿称为“豪举”，更可想见次日凤伶生日的场面之盛。

同治六年三月初六日，《坦园日记》记载了张鸿为伶人作生日的情况，也可以窥探文人与艺人的交往情形：

> 陈小斋招同唐兰生、孙季芳、陈九山午饮。席间季芳谈及近事云：“二月十一日在麓香亭醵饮，适张力臣之子名鸿号芝存者，大集群伶，与艺云作生日，视渠辈酒波冷落，匿笑万端。杜石衡茂才即席草绝句招龙芝生云：‘癫狂酒客有张鸿，它在楼中叫相公；寄语桐园龙太史，好乘酒兴逐南风。’龙正侨寓唐艺农观察桐园也，得诗一笑而赴，此诗遂流播于外，而张鸿之名大振矣。”我辈花酒陶情，原不可有头巾气；但须稍为检束，不宜太越范围耳。③

此则材料亦披露出文人与伶人交往活动的情况。提到的张鸿即张力臣之子，张力臣，名自牧（1832—1886），又字笠臣，湖南湘阴人，家资

① 王文韶：《王文韶日记》，第 94 页。
② 杨恩寿：《坦园日记》卷五，第 211 页。
③ 杨恩寿：《坦园日记》卷五，第 211—212 页。

丰厚，以筹饷有功，并参与《湖南通志》的编纂。其子张鸿在为伶人艺云庆祝生日的时候能够“大集群伶”，与其家庭背景有一定关系。正因为杜石衡的一首诗，使得张鸿名声大振，这实际上是在与艺人的交往中体现的。杨恩寿认为作为文人能以花酒陶情，无可厚非，若总是文人头巾气，不免酸腐。但是若不知检束，超越界限，便失去文人风度。

文人集会亦有伶人参加。王先谦与杨恩寿多次在一家名为疏灯人语的酒馆饮酒，其中就有伶人在座的记录，同治六年七月十五“王益吾招饮，座有伶人咏伶”①，同年九月十八日，“座有伶人咏苓”②。另外，陈小斋是杨恩寿交往密切的友人之一，二人共同观剧、饮酒，并招有伶人。如同治五年十一月十六日：“陈小斋招同何少云饮于清香圃，有朱仙庆及蕙云、眉云、艺云三伶在座。”③同治六年二月二十日：“陈小斋招饮于清香圃，有伶人艺云、喜云在座。”④三月二十九日：“晚间与陈小斋饮于清香圃。召有伶人王庆寿者，年甫十二，能以诗句飞觞，聪慧可爱。”⑤

甚至，《坦园日记》亦记录文人因对艺人态度不同而发生龃龉之事。同治六年正月二十三日，杨恩寿、皮树棠、陈小斋等人在醉仙小馆宴席请家商农，而陈小斋与家商农即因伶人瑞兰而导致不悦：“小斋必欲招瑞兰侑酒，商农甚不以为然，小斋竟呼之而至。商农词色颇不乐。小斋亦因之怏怏，未尽欢而别。”⑥又过五日，家商农又通过瑞兰与陈小斋缓和关系。“商农因忤瑞兰，因而见绝于小斋，遂书楹联持赠瑞兰，意在与小斋相解释也。早间招同朱岳秋及瑞兰，在同庆轩小饮。”⑦陈小斋为了表示对伶人的欣赏竟不惜与友人不欢而散，又足见文人对艺人的不同态度。

---

① 杨恩寿：《坦园日记》卷五，第 225 页。

② 杨恩寿：《坦园日记》卷五，第 231 页。

③ 杨恩寿：《坦园日记》卷五，第 196 页。

④ 杨恩寿：《坦园日记》卷五，第 210 页。

⑤ 杨恩寿：《坦园日记》卷五，第 214 页。

⑥ 杨恩寿：《坦园日记》卷五，第 203 页。

⑦ 杨恩寿：《坦园日记》卷五，第 204 页。

《坦园日记》的这些记录，一方面保存了文人真实的生活细节，另一方面也体现了文人与艺人交往的侧面。杨恩寿是这些活动的记录者，又是参与者。通过这些记录，有助于进一步了解杨恩寿的观剧心态和对待艺人的态度。

第二节　观剧纪录辑考

与诗文词赋相比，日记是最能直接表露文人生活轨迹和心理状态的载体，而且不受文体的束缚。晚清不少日记都保存了大量观剧纪录及相关的戏曲史料。比较著名的如《曾国藩日记》、《翁同龢日记》、《王文韶日记》、《管庭芬日记》、《坦园日记》等。但是，由于晚清的相关戏曲禁忌和身份、地位的不同，曾国藩、翁同龢、王文韶等人所记载的戏曲史料与杨恩寿《坦园日记》的记载有很大的不同，从记录上说，曾国藩等人在日记中较少记载相关的剧目、戏班、演员与表演艺术等内容，多数是一笔带过。这是因为由于特殊的身份，曾国藩等人对戏曲的态度和观剧目的很明确，他们"尽量将自己的戏曲活动定位在社会各方面均能接受的范围之内，即：既不逾越朝廷律令的界限，也不偏离社交礼仪的常轨；既不拒绝戏曲带来的声色之美，又避免因为溺爱之而深陷其中"[①]。

从观剧对象上看，曾国藩、翁同龢、王文韶等人的日记所记载的观剧活动多是宫廷演剧与堂会演剧，保留了宫廷演剧的重要资料，弥补其他戏曲档案记载的不足。而管庭芬的日记则多表现在对戏曲创作的记载、戏曲序跋题词的记录、戏曲作品的阅读等方面，如记录创作《南唐杂剧》的过程和友人为其题词的情况[②]。虽记录相关观剧情况，但很少保

---

① 曾凡安：《曾国藩戏曲活动考论》，《南昌大学学报》（人文社会科学版）2009年第2期。

② 管庭芬：《管庭芬日记》，张廷银整理，北京：中华书局，2014年版，第1051—1052页。

留戏班、演员、剧目等详细信息。

相比之下，杨恩寿《坦园日记》则记录大量的职业戏班的演剧情况，以及与艺人交往的情况，这些观剧活动反映了文人的生活状态、相关的社会风习，以及晚清的戏曲班社、戏曲演员的活动状况，并体现了杨恩寿的花部戏曲观念。《坦园日记》为后人提供了丰富的演剧内容和观剧纪录。《坦园日记》记录了观剧情况，并提出其对花部戏曲的观点。与《王文韶日记》、《管庭芬日记》相比较，《坦园日记》所记戏班、剧目等资料更具价值。《湖南戏曲志》中有关晚清湖南的演剧内容多是根据《坦园日记》的记载。

杨恩寿的观剧纪录从同治元年（1862）三月开始，到同治十三年（1874）三月初四日杨恩寿在北京观剧结束，为我们提供了晚清时活跃在衡州、郴州、长沙等地的戏班的演剧情况。为直观展示杨恩寿记录的观剧及相关戏剧活动情况，专列下表：

表四　杨恩寿观剧活动表

时间	地点	戏班	剧目	演员	备考
同治元年 壬戌（1862） 三月初四日	衡州 财神殿 万寿宫	老天源部 义合班	赵宏观榜 沙桥饯别 斩黄袍 生祭 刺梁 三官堂		“……探得财神殿演老天源部……人山人海，万头攒动。始终演《沙桥饯别》，殊冷落也……排场忽换为《斩黄袍》之戏，生旦净丑颇佳，韩素梅风神甚隽，稍嫌环肥耳。……正演《生祭》，一声泪落，千古心酸，虽玉貌稍斑，而珠喉最脆，盖衡郡之鞠部班头也。次演昆曲《刺梁》，最劣。……哗言万寿宫戏局绝佳，余亦随之而往。正演《三官堂》，不耐寓目。台下三五少年相谓‘此义合班也，视老天源相去甚远，’旨哉言乎！”p4

续表

时间	地点	戏班	剧目	演员	备考
十一日	梅州河西口		柳莺晒鞋 整鞋（金莲调叔、卖肉打线）		"楚俗于昆曲、二簧之外，别创淫辞，余固久知之二未见也……至则金鼓轰云，灯光如海。缚草为台，环以破布；台侧别有茅屋，盖装束处也。妆毕缘梯而上。乡人争先睹以为快，咸伺于此，人数半于台下焉。余至，正演次出之半，不识其名。有书生留柳莺婢于室，甫目成而书僮至，仓促匿案下。书生与僮语，辄目注案下，案下人亦送盼焉。僮觉，执婢，书生羞而遁。僮婢相调，极诸冶态。台下喝彩之声，几盖钲鼓，掷金钱如雨。柳莺流目而笑，若默谢云。次出系《整鞋》，始出丑演张三，次出旦演金氏，为嫂叔称。三鞋破，倩金针纫。金始织而缝之，纺车线筐，神在个中。缝毕，三、金唱歌以娱，此倡彼答，亵不耐闻。歌阑，遂搂而去。其排场合《金莲调叔》及《卖肉打线》为一。……闻柳莺为金氏之弟，柳黧而媚，金颀而长，二惠虽称二美，难弟究胜难兄，使柳隶梨园，亦佳品也。"p8

续表

时间	地点	戏班	剧目	演员	备考
廿一日	郴州 娘娘庙	吉祥班	闹金阶 三战吕布 金银牌	张明瑞 (曹妹)	“余寄寓西廨,稍偏有射圃亭……亭之西,即娘娘庙,地址内高外低。亭面戏台,立亭下即可观剧。今日始演戏,为吉祥班。余至,正演《闹金阶》,曹妹婉转生姿,莺声呖呖。省中珠喉之脆,首推咏仙;以此较之,始叹前者之陋。闻此地有班凡三,曹妹为翘楚云。”p13
廿二日	娘娘庙	清华部	法门寺 阳五雷 芦花河		
廿三日	娘娘庙	清华部	南楼释犯 李密降唐 生祭 重台 烤火	杏姐	“杏姐风度甚佳,冶容殢客。画工但知写艳,诗人不解言愁。此出用违其才,未尽其妙。有人见其演《烤火》者,尝啧啧焉。花烛光中,销金帐里,千娇百媚,可想而知。”p14
廿四日		清华部	殷家庄 (王英 下山)		
廿五日	娘娘庙	清华部	程咬金庆 百岁 黑松林 春生投江 活捉	杏姐	“阎惜娇即殷妃、杏姐之化身也。是部贴旦数人,此为特出,声容凉楚,曲尽其妙;拟访之,问其名,以标殊尤焉。”p14

续表

时间	地点	戏班	剧目	演员	备考
廿六日	娘娘庙	清华部	打棍开箱 一品忠	何亚莲	“所谓殊尤者，名亚莲，姓何。粤人辄以‘亚’命名，郴与粤相毗连，故沿其习。不图莲貌，竟染梅疮，弗敢近也。”“史秋舲与张亦欣唱昆词小曲。”p15
廿七日	娘娘庙	吉祥部	披发祖师得道 空城计 木门道 烈疯配	张明瑞	“(张明瑞)声价甚高。台下有着单縠衫，持冰纨扇，或倚柱而听，或仰面而笑，皆赏鉴家也，明眸恒波及焉。”p15
廿八日	娘娘庙	吉祥部	望儿楼 双带箭	张明瑞	
廿九日	娘娘庙	吉祥部	金沙滩		“演《金沙滩》全本，智多星、玉麒麟工力悉敌，贾氏与燕青调情及一丈青等打花鼓入城，尤为艳绝。”p16
三十日	娘娘庙	祥泰部	金水桥 刮莽		“贴旦不逮吉祥，而生净过之。”p17
四月朔	娘娘庙	祥泰部	检柴 狗家滩 四门 吃醋 扇坟	周喜红	“《四门》不足观，《扇坟》差可，《吃醋》乃喜红得意之作也。始则貌为恭敬，继则醉态逼真；迨返家时，恶语、怒语、忿语、浪语、亵语、骂妾语、咒夫语、讽叔语，千态万状，一时并作，而台下笑声不绝，即旁观之村姑闺秀，红女白婆，亦喝彩焉。喜红为谁？祥泰之领袖也。”p17

续表

时间	地点	戏班	剧目	演员	备考
初二日	娘娘庙	祥泰部	黑蛮进表 采石矶 大红袍		
初三日	娘娘庙	祥泰部	三顶本（斩广） 龙凤阁（斩波）		"无甚趣味，虽未往观，亦不悔也。"p17－18
初四日	娘娘庙	祥泰部	三官堂		"只得耳闻，未尝目睹，何与香台戏缘分之浅邪?"p18
初五日	娘娘庙	祥泰部	一捧雪		"忆自十余年来，颇有戏癖。在家闲住，行止自如，路无论远近，时不分寒暑，天不问晴雨，戏不拘昆乱，笙歌岁月，粉黛年华，虽曰荒嬉，聊以适志。"p18
初六日	娘娘庙	吉祥部	买胭脂		
初七日	娘娘庙	清华部	牧羊关		"闻娘娘庙系前月廿六诞辰，祝嵩还愿，故连日演戏。"p18
初九日	娘娘庙	祥泰部	重台分别 马踏五营 南牢释犯	周喜红	
初十日	娘娘庙	祥泰部	五台出家 回营斩婿 太君辞朝 王英下山	周喜红	"《斩婿》一出，红儿所演也，声情激越，恻恻动人。回忆去年，'一曲薰风'听演是剧，同人有'官止神行'之赞。抚今追昔，成六言云：'临寺清歌如沸，萧斋独客情殇。一字字都入耳，九回回绕柔肠。''诸徒心比石顽，

续表

时间	地点	戏班	剧目	演员	备考
					鲰生身入笼关。密迩仅三尺堵，迢遥抵万重山。'‘阁楼巧啭珠喉，野史侠传铁剑。料他毳帐娇啼，红泪湿桃花面。'‘去年佳日春三，徵歌曾到城南。客里重听此曲，离情我独何堪！'‘流目曾经一顾，微情默喻两心。惹得同人苦羡，纷纷传到于今。'‘今日云山千里，当年花月三生。省识个人相待，此心郑重分明。'”p19—20
十八日				周喜红	“喜红来谒，阍人阻之。渠闻之黎友舲，谓我极赏鉴也。深感悦己，故肯先施。”p20
十九日	娘娘庙	吉祥部	党人碑 造盔甲 庙会大审	张明瑞	
廿日	刘桐轩招饮	祥泰部	受禅台 山海关 孙世灵 卖身 回营探母 金水桥 祭塔 吃醋	周喜红	“酒边握手，始与周旋。渠姓周，又名秀凤，祁阳人也。年十九。因弹琴来郴，四月初始隶是部。将赴乡，须七月初方回，行期约在明后日也。相逢款款，话别匆匆，一面之缘，亦关前定。”p21
廿一日	娘娘庙	吉祥部	血掌印 生祭	张明瑞	“余往观时，适明瑞演《生祭》，颇足动人，视红稍逊耳。”p21

续表

时间	地点	戏班	剧目	演员	备考
廿四日	娘娘庙	吉祥部	凤仪亭		
五月初六日	娘娘庙	吉祥部	永乐观灯 湘江大会 水擒庞德 王公子嫖院	张明瑞	
初七日	吴西园宅			秀英	"女伶名秀英者，甫自省来，西园召以侑酒。粉痕狼藉，莲面皆斑，非佳品也。"p24
十一日	娘娘庙	吉祥部	天门阵	张明瑞	"演《天门阵》全围，穆娃者明瑞也。俄打围，俄招亲，俄投营，俄破阵，刀光如雪，雉尾飘风，奇观哉！"p24
十三日	石理堂署楼		孙膑下山	桂伶	"剧场有丽者名桂——昔年青楼翘楚也，近从良人，屏绝旧好，无赖子尚垂涎焉——著云蓝縠衣，藕红纱裈，持芭蕉扇，镯串铮铮云，面瘦而不削，秋水盈盈，光射出眶外尺许，准隆唇朱，眉弯如月，肤如凝脂，明润绝腻，却嫌脂粉，本色文章也。如此佳丽，省中亦罕。余平章花色，眼力太高，数年来绝无入盼者；如桂娘者，颇在赏鉴中焉。"p25
十五日	财神殿	吉祥部	桂枝写状 放告团圆	张明瑞	"明瑞绛服乌纱，赫然按院，对之颇忆旧游焉。"p25

续表

时间	地点	戏班	剧目	演员	备考
十六日	郭嵩焘招观剧				“程履斋(开信)言:‘常德昔有宝华部……有仙喜者……’嗟乎,喜亦雷海清哉! 拟为之传,先记其略。”p25
廿日	城隍庙		精忠传		“粉黛如云,游人若蚁,署中幕丁趋之,几空署焉。余惮热未往。”P26
廿九日					“客有约访女伶秀英者,余婉斜谢之,客颇怫然。平生不好狎邪之游,而又无头巾气;‘外圆内方’四字,虽不能至,不敢不勉。”p29
六月初五日	娘娘庙		瑞罗帐		“王母诞日,有仙猿窃其瑞罗帐而逸,堕于桂秀才家。桂固寒士,一妻二子,其长子赴京观光去矣。夜得是帐,莫名其宝。许真人幻为卜者,桂就占之……”p30
初七日	娘娘庙	吉祥部	金马门 闹金阶 取洛阳 打金镯		
腊月廿八日					“(张亦欣)晚来唱昆曲,二鼓始去。”p48
同治二年癸亥(1863)九月廿五日	长沙天后宫	太和部	淤泥河		
廿六日	祝融宫 天后宫				
廿九日	祝融宫	泰益部	飘海反关		

续表

时间	地点	戏班	剧目	演员	备考
十月朔日	楚北馆	泰益部	回营见母		
初十日	西关圣殿	太和部	桂枝写状		
十六日	紫云宫	永和部	赐旂袍 金水桥		
腊月初六日	郴州五通庙	阳泰部	祭风台		
廿四日	长沙祝融宫	大庆部	飘海报喜		“大庆新班，甫开台也。”p68
廿六日	祝融宫	太和部	取定军山		
廿七日	祝融宫	大庆部	青石岭 十八扯 打鱼		
同治三年甲子(1864)正月初五日	祝融宫	仁和部	天水关		
初五日	苏州馆	大庆部	战河 庙会		
初六日	三圣殿	仁和部	访袍打围		
初八日	天后宫	泰益部	坐楼战山		
初八日	祝融宫	仁和部	造盔甲 南阳关		
初九日	祝融宫	泰益部	取宛城		
十六日	春台	仁和部	黑松林		
廿一日	湖北馆	仁和部	芦花荡 拾镯 拷寇		“晤陈松生、寄云、慎堂、绍圃于剧场。”p71

续表

时间	地点	戏班	剧目	演员	备考
廿四日	苏州馆	大庆部	调叔 反关		
廿七日	祝融宫	仁和部	坐楼		
廿八日	祝融宫	太和部	定军山		
二月初一日	春台	太和部	合银牌		
初二日	天后宫	太和部	赐旂袍		
初五日	粤东馆	大顺部	打雁回窑		
三月初四日	郴州 娘娘庙		检柴 抢伞		“不足观也。”p78
初八日	娘娘庙		借妻 醉妃 宛城 龙棚 火棍		“演戏酬神。”p79
十二日	娘娘庙		戏凤 造八珍汤		
十三日	寿佛殿		文武升 三打蔡 伯喈 写状		
十八日	三公祠		薛刚反唐		
廿四日	娘娘庙		挑帘 三家店 定军山 虎牢关		
廿五日	娘娘庙		上寿 摆渡 拾镯		

续表

时间	地点	戏班	剧目	演员	备考
廿八日	娘娘庙		蝴蝶梦 斩广		
四月初四日	石理堂楼上		观灯 挑帘 射戟 夺魁 铁弓缘		
初五日	娘娘庙		和番		
初六日	黎福恩(竹舲)局		赠剑 斩信 拷吉平	宾谷桥	“初晤伶人宾谷桥，菱菱少年，匆匆而别。”p83
廿四日	长沙祝融宫	仁和	芦花荡		“只见《芦花荡》半剧。夜间，万福禅林扮演花灯故事，极热闹，旋以县示禁止而罢，颇扫兴也。”p86
五月初二日	药王殿	泰益部	庙会		
初六日	万寿宫	泰益部	凤鸣山		
十一日	江南会馆	普庆部	白罗衫		
十二日	右局	仁和部	牛头山		“因《牛头山》之戏不佳，及门而返。”p89
廿九日	善化				“善化城隍庙赛会，其热闹较胜长沙。安徽有流民，长今尺六尺七寸，扮作无常，招摇过市，虽异防风之长，仿佛魈之跃，大观哉！又有狡童二人，年均未冠，扮女妆，弹琵琶，踏高脚，长五尺余，且行且唱，婀娜作凌波步，亦绝技也。”p89－90

续表

时间	地点	戏班	剧目	演员	备考
六月廿日	长沙 莲花台	太和部	盗宗传		
同治四年乙丑(1865)三月初四日	永州 冷水滩				“上岸散步,有关帝庙,戏台匾额题‘如读春秋’四字,何巧切乃尔!”p101
初五日	风神庙		合银牌		
十六日	桂林 武圣宫				“土音啁杂,不足听也。”p107
四月初二日	昭平				“道遇伶妇,有绝美者,以花帕裹首,两耳垂银环数十,长披于胸,赤脚著藤鞋,洵有如唐人所谓‘两足白如霜’者,惜言语不通耳。”p111
十二日	梧州 河岸	粤东天乐部	六国封相		“缚席为台,灯光如海。演《六国封相》,登场者百余人,金碧辉煌,花团锦簇,惟土音是操,啁杂难辨,颇似角牴鱼龙耳。”p114
九月初六日	北流 白马庙	乡间新集部	汾阳上寿 黑风帕		“村笛呕哑,甚不耐听,而游人颇盛,沿街夜市,灯火如云。”p137
十月初五日			满床笏		
十六日					“抄胥利端光将院本二稿钞出,今日始亲自校对。”p141

续表

时间	地点	戏班	剧目	演员	备考
十一月初一日					“城中建醮，彩棚耀日，笙管飘云。闻有狡童十一人，乃贼首曾五所部，教以歌舞，声色颇佳。自曾逆伏诛，仍以歌舞户口，至是来赴会。余因气疾未愈，且关防甚严，遂未往观，兴致其颓唐乎，不复作歌楼之梦矣！”p142
初七日	县署	清音小唱			祝杨彤寿生日，“夜招清音小唱入署暖寿。”p143
十二日	县署	清音小唱			“自初七夜始，每日诸绅坌集，俱有歌童小唱侑酒。”p144
十九日	粤东会馆	梧州八音班小唱			“飞钹技。”p145
廿四日		廉州募广班	六国封相		“演《六国封相》，闻出场者将及百人，其热闹不减梧州。余正拟往观，适办刘子友催米销差禀稿，需之甚急，竟未果往，举动之不自由如此。”p146
廿六日	广东会馆		林英送道袍与韩湘子故事		“增人伉俪之情。”p146
腊月朔日	粤东馆		困曹		
初二日			打辰州擂		

续表

时间	地点	戏班	剧目	演员	备考
初三日					“早饭后拨除繁冗，急往观剧。盖粤俗出场必演天姬送子故事，出宫妆天女凡七，各献舞态；其宫妆裹外异色，当场翻转，睹之如彩云万道，仿佛天花乱落也。剧场于明日将止，余故急欲观之。”p147
同治五年丙寅(1866)正月初二日	粤东馆	昇平部	还阳配 问卜 沙陀 检柴		“粤俗：日间演大套，乃土戏，谓之‘内江戏’；夜间演常见之戏，凡三出，谓之‘外江戏’”。p151
初六日	粤东馆		龙棚 刺梁		
初八日	宾兴馆		困曹 庙会	阿文	“有伶人名阿文者，貌颇都雅，无粤东浓痴肥艳习气。”p152
五月初三日		梧州八音班			“有梧州新来八音班，皆垂髫童子，著绿纱衣、红纱裤，打‘细十番’，唱‘清音’小曲。夕阳箫鼓，烟波画船，甚足玩也。”p168
十一月十三日	长沙 清香圃			蕙云 眉云 艺云	
十八日	长城隍 真人殿	五云班 庆和班			“皆新出小班，不甚佳妙。”p197
十九日	关圣殿 玉泉山				
廿一日	东岳宫				

续表

时间	地点	戏班	剧目	演员	备考
廿五日	醉仙阁学署				
廿六日	祝融宫		斩狐	东山	“我闻东山名已八年矣，兹甫寓目，颇不惬心，殆不免秋娘之感耳。”p197
廿八日	三圣殿				
三十日	祝融宫				
腊月初二日	玉泉山				
初三日	祝融宫				
初九日	善城隍庙				“是日为余初度，早面午饭，家人团聚，庆更生也。连年时运既否，遇合辄舛，今岁远归，途中叠遭颠沛，其剥极将复之机乎？”p199
十三日	朗公庙				
十四日	太清宫		斩将封神		
十六日	玉泉山				
廿五日	善城隍庙				
同治六年丁卯(1867)正月初五日	善城隍庙				
初六日	万寿宫				
初八日	善城隍庙				

续表

时间	地点	戏班	剧目	演员	备考
初十日					“寻戏未见。缘中丞李公，颇好音乐，辄张剧招饮，故同官效之，梨园供役，殆无虚日，外间演戏甚少。”p202
十三日				李凤翎 余瑞岚 罗玉美	
廿二日	祝融宫				
二月初二日	藩臬署				
初三日	善城 隍庙				
初九日	藩署 协署				
初十日	协署				
十二日	协署				
十四日	藩署				
十五日	藩署				
十八日	府署				
十九日	善城 隍庙				“陈小斋在善城隍庙演剧酬神。”p209
廿二日				艺云 喜云	“陈小斋招饮于清香圃，有伶人艺云、喜云在座。”p210
廿三日	听月楼				“有粗俗雏伶在茶楼作剧，几不欢而散。甚矣伶无人焉！”p210
廿四日	玉泉山				

续表

时间	地点	戏班	剧目	演员	备考
三月初二日					“明日乃凤伶生日，陈小斋在醉仙小馆开觞预庆，遍集时优，欢呶满座，余往醉仙馆时犹未散，酒香人影，烛彩灯光，如陈芳园万花齐放时也。豪举哉！”p211
初六日					“陈小斋招同唐兰生、孙季芳、陈九山午饮。席间季芳谈及近事云：‘二月十一日在麓香亭醵饮，适张力臣之子名鸿号芝存者，大集群伶，与艺云作生日，视渠辈酒波冷落，匿笑万端……’我辈花酒陶情，原不可有头巾气；但须稍为检束，不宜太越范围耳。”p211－212
十四日	鲁班庙				
廿三日	轩辕殿				
廿五日	长城隍庙				
廿六日	善城隍庙				
廿七日	广东会馆三圣殿				
廿九日	清香圃			王庆寿	“召有雏伶王庆寿者，年甫十二，能以诗句飞觞，聪慧可爱。”p214
四月初二日	祝融宫				

续表

时间	地点	戏班	剧目	演员	备考
六月初一日	城隍庙		济颠伏虎		“城隍赛会，举国若狂……惟永州猎得一虎，圈之，扮作《济颠伏虎》，戏颇佳。又有丑脚，著破靴，戴车礫顶，傲岸作威福，张一布伞，上书‘酆都团总’四字；其后有缨帽便服者，则酆都保正也。省城亦行街团，凡充团总者，皆类市井伧楚，得六品功牌后，夜郎自大，鱼肉小民，而上台不知也。若辈又善于逢迎巨室，故大绅士辄左之。兹之侮也，盖有所指也。快心哉！吾谓今之观会，惟活老虎、死团总颇奇；究之团总亦虎而冠者，一而二二而一也。”p221
廿四日	局关祠		精忠传		
七月廿四日	祝融宫				
八月廿一日	玉泉山				
廿四日	三圣殿				
廿九日	祝融宫				
九月初三日				咏伶	
初四日	三圣殿				
初五日	判官庙	太和部	钓金龟		“归遇寄云，邀往判官庙观太和部。因《钓金龟》戏不佳，同归家小坐。”p232

续表

时间	地点	戏班	剧目	演员	备考
重九日	楚卿画室			意云 眉云	“与陈小斋、皮鹤泉、王逸梧醵资饮于楚卿画室，召意云、眉云侑酒。”p233
初十日	朗公庙				
十六日	西关圣殿		楚宫听琴	凤伶	“乃凤伶演《楚宫听琴》，不见凤伶者将半年矣。”p233
十九日	天后宫				
廿一日	三圣殿				
廿四日	雷祖殿				
廿八日	粮署				“与王逸梧、罗寄云观剧于粮署，因祝灵官诞而演也。戏太不佳，同至舍间。”p236
廿九日	吕祖殿				
十月十二日	天后宫	五云班			“张力臣醵资在天后宫演剧赏剧。黄少昆来邀同往，至则五云班已开场矣。”p240
同治七年戊辰(1868)正月初五日	天后宫 万寿宫				
初八日	天后宫 湖北馆				
初九日	宛园	普庆部	金山寺·水斗		“少昆、力臣两方伯同裕时卿方伯(麟)、胡恕堂中丞、何子贞太史丈、黄南坡方伯丈、黄子寿方伯于宛园观剧，乃普庆部，演灯戏《金山寺·水斗》故事也。”p257

续表

时间	地点	戏班	剧目	演员	备考
十八日	湖北馆				
十九日	善城隍庙		东吴招亲		
廿日	鲁班庙				
廿五日	万寿宫				
廿九日	洞庭宫				“陈杏生在洞庭宫演戏酬神，招余往观。”p259
二月初六日					“经过清香圃，闻楼上豪饮欢笑，探之，乃陈小斋、皮鹤泉、春泉、竹泉，召得新到之高、曾、吴三伶人，团坐大啾，见余至，拉之入座。余正苦渴，索浓茗一盂，饮毕即去。”p261
十三日	万寿宫				
十四日	太清宫				
十七日	府署	五云部			
廿日	将署	庆和部	反昭关		
廿六日	太清宫				
廿九日	玉泉山	普庆部	水漫		
三月初三日	祝融宫				
初五日	长沙县署				
初六日	万寿宫				
初七日	长沙县署				

续表

时间	地点	戏班	剧目	演员	备考
初十日	中州会馆				
十二日	长沙县署				
十四日	鲁班庙				
廿五日	天后宫				
四月初八日	万寿宫善城隍庙				
十三日	祝融宫				
十四日	祝融宫				
十八日	祝融宫				
廿六日	中州会馆				
闰四月初三日	玉泉山		三官堂		“乃陈世美复前妻事，甚不耐观。”p273
初四日	善城隍庙				
初五日	玉泉山				
十二日	宛园	庆和部	木（穆）桂英打围	廖庆瓛	“黄少昆、黄子寿、张力臣三方伯、易云陔都转，招同威毅伯曾沅甫宫保、胡恕堂中丞、黄南陂方伯、郭意城京卿、陈怡生驾部，在宛园歌谯，乃庆和部，廖伶庆瓛演《木桂英打围》，舞妙天魔，真绝技也。”p274

续表

时间	地点	戏班	剧目	演员	备考
十六日	宛园	仁和部			“胡恕堂中丞、赵玉班方伯召集宛园歌谶……乃仁和部。”p275
五月 廿八日	善城 隍庙				
六月廿三日	马王庙				
廿四日	湖北馆				
七月十八日	万寿宫				
十九日	长城 隍庙				
二十日	善城 隍庙				
廿八日	长城 隍庙				
八月初五日	万寿宫				
初六日	万寿宫		十五贯		
初十日				蕙云 意云	“皮鹤泉招同常迪叔与小斋作饯，并招蕙云、意云侑酒，夜阑乃别。”p287
廿日	鲁班庙				
廿一日	鲁班庙 浙江 会馆		雷峰塔		“浙会馆正演《雷峰塔》大戏也。”p289
三十日	太清宫				
九月 初五日	善城 隍庙				

续表

时间	地点	戏班	剧目	演员	备考
十二日	善城隍庙 观音寺				
十七日	善城隍庙				
十八日	家中		“道情”	张跛	“母亲寿诞……夜招张跛唱道情。”p292
廿一日	祝融宫				“因谋一枝栖不得,而私逋毕集,夜思之不寐。嘻,中年苦恼哉!”p293
廿四日	桓侯庙				
廿八日	祝融宫				
十月初二日	祝融宫				
十一日	臬署				
十三日	善城隍庙				
十七日	长城隍庙				
十八日	三圣殿				
廿日	善城隍庙				
十一月十二日	万寿宫				
十九日	关圣殿				
腊月初四日	祝融宫				
十五日	祝融宫	玉联部			

续表

时间	地点	戏班	剧目	演员	备考
十八日	万寿宫				
廿二日	玉泉山				
廿四日	祝融宫				
廿五日	洞庭宫				
廿七日	朗公庙				
廿八日	马王庙				
同治八年己巳(1869)正月十三日	祝融宫				
十五日	三元宫				
十六日	天后宫				
十九日	万寿宫				
廿五日	江南会馆				
廿六日	多佛寺				
廿七日		太和部		锦源	“太和部伶人锦源，与师母毛姓同居，其养媳艳甚，锦与之通，又于去腊娶妇，锦屡挑屡拒，突于今早手刃立毙，已亦自戕不殊。传遍省城，无不恨锦之淫凶，而悼媳之玉碎花也。”p306
廿八日	玉泉山				
廿九日	玉泉山				
二月朔日	祝融宫 玉泉山				

续表

时间	地点	戏班	剧目	演员	备考
初八日	藩署	仁和部			
十三日	太清宫				
十六日	藩署				
廿二日	玉泉山				
廿四日	玉泉山				
三月十三日	天后宫	太和部			“曾沅甫宫保招同各绅士，在天后宫听歌轰饮，乃太和部也。”p311
四月初八日	黄彭年（子寿）召饮观剧	仁和部			“黄子寿召饮观剧，座客极多，乃仁和部。郭子美在湘潭招永和部入省演戏侑客，泛舟而来，傍晚抵省，约于明日假黄佩皆宅开场酹客。”p314
初九日	郭子美招饮黄佩皆处	永和部			
十一日	黄佩皆召饮	永和部	定军山		
六月十三日	宛园	仁和部			“与郭意城、李次青、黄子寿……诸君子，公饯李申夫方伯，并为黄昌岐提戎洗尘，设音樽于宛园，乃仁和部也。”p321
十四日	宛园	仁和部			“为郭子美祖道。”p321
廿八日				凤伶	“黄南陂年丈招同李申夫、裕时卿、胡听泉、葆芝岑诸公饮，有凤伶侑唱，大醉而归。”p323

续表

时间	地点	戏班	剧目	演员	备考
七月初五日				沈金枝	“前月三十日,有沈金枝者,乃老妓也,近以窃赌为业,凡官、幕、绅,趋之若鹜,叠经访拿,均有要人以庇之,故不少改。——适有小婢,患病濒危,不俟气绝,雇人弃之城外,经人瞥见,遽以活埋婢女宣于世。……县令吴公,亦其座上客也,以温语慰金枝者甚至,并叱众为‘哄堂’……裴樾岑因群情之沸也,立提金枝至团局,责背二十,枷号一日。吴公忿其侵官,将局役重责,意在辱裴观察也。樾岑衔之,今日又将金枝押游各城,凡市廛繁盛处,当街鞭二十。噫,此岂政体哉?”p325
初六日				意云	“意云,乃名伶也,于是日死。余挽以联云:‘生日近花朝,占断二分春色;佳期辍瓜果,可怜七夕秋风!’”p325
九月十二日	玉泉山				
十七日	家中		“道情”	张跛	“晚间在家祝寿,并听张跛唱道情。”p332
二十日	城隍庙				
廿一日	江南会馆				
廿三日	学署				

续表

时间	地点	戏班	剧目	演员	备考
廿五日	学署				
十月初四日	学署				
初五日	学署				
十六日	天妃宫				
廿三日		仁和部			“黄子寿招陪易笏山、刘复堂、张云阁、郭涵万、张力臣午饮，观演仁和部。”p336
廿四日		泰益部			“黄南陂年丈、李仲云、黼堂昆仲招陪曾宫保、郭意城，观演泰益部。”p336
廿七日	天妃宫祝融宫				
十一月初四日		庆和部			“赴黄恕丈处桃觞，凡三席，演庆和部。”p337
初九日	祝融宫善城隍庙				
十五日	真人殿				
廿二日	江南会馆				
廿八日	善城隍庙				

续表

时间	地点	戏班	剧目	演员	备考
廿九日	石阳宾馆	太和部			“俞竹君承办一切，在石阳宾馆张乐设酒，为卢丽老作生日，凡十席，演太和部。”p339—340
腊月初二日	善城隍庙				
初八日	善城隍庙				
十二日				罗伶 黄伶 刘伶	“遇黄伯初寓。黄乃湖北候补别驾，余与文安之旧雨也，试访之，坚留至麓香亭轰饮，并招罗、黄、刘三伶。”p341
十四日	观音寺演戏酬神	泰益部			“父亲在观音寺演戏酬神，命余行礼；乃泰益部也。”p341
十九日	洞庭宫				
廿日	祝融宫				
廿二日	马王庙				
廿四日	长城隍庙				
廿七日	马王庙				
同治九年庚午(1870)正月初四日			灯戏		
十二日	天后宫				

续表

时间	地点	戏班	剧目	演员	备考
十五日		太和部 庆和部	灯戏		“偕幕友合尊演太和并庆和灯戏。”p344
十八日			灯剧		“居停(魏士曾)招陪绅士观灯剧。”p344
十九日		泰益部			“居停张乐设宴,遍饮幕友,乃泰益部也。”p344
廿日	两浙馆				“通省幕友团拜,演剧于两浙馆。”p345
廿八日	张荫乔宅	泰益部			“道皮鹤泉娶媳喜,与王亦陶、唐荫云……诸君合尊演戏,为泰益部,设席张荫乔宅。”p454
二月初二日	郭涵万处	仁和部			“郭涵万招同劳凯臣、李迪斋……午饮,观仁和部。”p346
十三日	修志局	泰益部			“曾宫保、黄南陂年丈招陪张石卿制府、裕时卿、李黼堂两方伯演泰益部。”p347
十四日	太清宫				
十五日		泰益部			“黄子寿、张力臣招陪张、裕二公,仍演泰益。”p347
三月初三日	裕春阁			廖伶 王伶	“戴煦卿、陈杏生合尊在裕春阁作赠芍之会,召有廖、王二伶,是剧亦雅俗参半也。”p348

续表

时间	地点	戏班	剧目	演员	备考
初五日	长沙县署		打樱桃		
初九日	江南馆				
十五日	洞庭宫				
廿三日	天妃宫				
廿四日	祝融宫				
廿七日	天后宫				
廿九日	江南会馆				
四月初五日	宛园	永和部			“与黄子寿、张力臣合尊演永和饯子美、昫荄，仍在宛园。”p351
初六日	如松馆			梅伶 兰伶	“与戴煦卿醵饮于如松馆，召梅、兰二伶侑酒。兰因事受其事责，饮酒不乐。”p351
十五日		泰益部			“蒋幼怀太夫人生日，潘子箴鸠合幕友醵资泰益部，天太热而戏不佳。”p351
十八日	戴煦卿家	庆和部			
廿二日	天妃宫				“(陈)杏生在天妃宫演戏酬神，召去看戏，因雨未去。”p352
廿四日	祝融宫	普庆部			“今年始听昆曲也。”p353
廿七日	观音寺				

续表

时间	地点	戏班	剧目	演员	备考
廿九日	云秀宅			云秀 王伶 廖伶	“王石铭召同陈杏生、戴煦卿饮于云秀宅，并召王、廖诸伶侑酒。云秀似吾一古人，见之增虎贲中郎之感。”p353
五月初七日	鲁班庙				
十六日	善城隍庙				
二十日	善城隍庙				
廿一日	朗公庙				“观剧于朗公庙，与戴煦卿、王石铭醵饮于麓香亭，谈及意云，顿增生死之感。”p355
廿二日	江南馆				
廿三日	裕春阁			玉伶 凤伶	“与陈云亭、阮保之、戴煦卿、王石铭醵饮于裕春阁，召有玉、凤诸伶侑酒。”p355
廿五日				黄伶 张伶	“与戴、王召黄、张二伶同观长城隍庙会，遂饮于醉仙馆，自观会以来未有之乐也。”p356
六月初四日	江南馆				
初九日	云秀宅				“王石铭招同昫卿、杏生饮于女伶云秀宅。杏生又携兰至，乃一时翘楚也；以余观之，并非佳品，而声价极高。”p357

续表

时间	地点	戏班	剧目	演员	备考
十八日	云秀宅				"昫卿召饮于云秀女伶宅，仍前局诸君，但增寄云、笛仙而已。"p358
廿四日	湖北馆				
八月初一日	天妃宫	庆和部			"为麓儿酬神，在天妃宫演庆和部。"p362
初二日	长城隍庙				"戴煦卿在长城隍庙演戏酬神。"p362
十七日	万寿宫				
十八日	万寿宫 苏州馆				
廿一日	万寿宫				
廿三日	朗公庙				
廿四日	桓侯庙				
九月初二日	茨山祠 雷祖殿				
初三日	万寿宫				
初六日	南岳行宫				
十五日	真人殿	庆和部			"赴学宫与长沙诸同年谒圣，政纲十四人，副车二人，亦胜亦哉！在真人殿酬神，演庆和部。"p367
十六日	家中	庆和部			"家中演唱庆和部。"p367
十七日	家中	庆和部			"家中仍演庆和部，并无杂宾。"p367

续表

时间	地点	戏班	剧目	演员	备考
十八日	家中	泰益部			“母亲诞辰，贺客悉屏不见。演泰益部。”p367
十月初五日	天后宫	太和部			“饶树亭纠合凡十二人，在天后宫演太和部作贺，凡三席。”p368
十二日	粮署	玉联部			
廿六日	易小亭处	庆和部			“赴易小亭寿筵，凡四席，皆同年也，演庆和部。”p371
廿七日	韩公祠				
三十日	云秀家				“杏生招同岳舲饮于女伶云秀家，为余祖道也，不来此者已五阅月矣。”p371
同治十三年甲戌(1874)二月廿日	北京安徽馆	四喜部	戏凤 红泥关 祭江 空城计 打雁		“龙芝生、徐寿鸿、蒋寿三、唐斐泉、皮小舲，合尊招同张鹤帆、熊敬生、龙千里、蔡与循，在安徽馆谯歌，为四喜班，余到颇迟，仅见《戏凤》、《红泥关》、《祭江》、《空城计》、《打雁》数出，皆非其致也。”p378
廿二日	戏园	四喜部	扫雪		“魏温云招饮于同升堂，凡四席。酒罢，偕往戏园，观四喜部，乃《扫雪》也。”p378
三月初四日	庆合园				

注：1. 本表根据杨恩寿《坦园日记》整理，陈长明标点，上海古籍出版社，1983年版。2. 除了观剧记录，有关与伶人交往活动亦辑录在内。

剧班方面，据笔者核对，《坦园日记》所记剧班有二十四个，按照剧班活动地点分类如下：衡阳老天源部、义和班；梅州戏班一个，名不详；郴州吉祥班、清华班、祥泰班、阳泰班；常德宝华班；长沙太和班、泰益班、永和班、大庆班、仁和班、大顺班、普庆班、五云班、庆和班、玉联班；梧州粤东天乐部、八音班；北流乡间新集部、募广班、昇平部；北京四喜班。从中可以窥探到晚清湖湘演剧史上花雅争胜的较量。为更清晰了解演剧概况，此处把演剧戏班、所属演员、演出剧目、演出地点等信息进行分类整理[①]。

1. 老天源部（衡州）

所演剧目：《赵宏观榜》、《沙桥饯别》、《斩黄袍》、《生祭》、《刺梁》。

演出地点：财神殿等。

2. 义合班（衡州）

所演剧目：《三官堂》。

演出地点：万寿宫等。

3. 剧班不详（梅州）

所演剧目或内容：《柳莺晒鞋》[②]、《整鞋》（《金莲调叔》、《卖肉打线》）等。

演出地点：西河口等。

4. 吉祥班（郴州）

所演剧目：《闹金阶》、《三战吕布》、《金银牌》、《披发祖师得道》、《空城计》、《木门道》、《烈疯配》、《望儿楼》、《双带箭》、《金沙滩》、《买胭脂》、《党人碑》、《造盔甲》、《庙会大审》、《血掌印》、《生祭》、《凤仪亭》、《永乐观灯》、《湘江大会》、《水擒庞德》、《王公子嫖院》、《天门阵》、《桂枝写状》、《放告团圆》、《金马门》、《取洛阳》、《打金镯》等。

---

① 同一戏班的演出剧目重复者，只录一次。

② 杨恩寿《坦园日记》未记录此剧剧名，第8页。剧名据《中国戏曲志·湖南卷》“柳莺晒鞋”条补，且此剧又名《丁宝讲书》、《金斗闹书房》、《晒绣鞋》，见《中国戏曲志·湖南卷》，北京：文化艺术出版社，1990年版，第156页。

主要演员：张明瑞等。

演出地点：娘娘庙、财神殿等。

5. 清华部（郴州）

所演剧目：《法门寺》、《阳五雷》、《芦花河》、《南楼释犯》、《李密降唐》、《生祭》、《重台》、《烤火》、《殷家庄（王英下山）》、《程咬金庆百岁》、《黑松林》、《春生投江》、《活捉》、《打棍开箱》、《一品忠》、《牧羊关》等。

主要演员：何亚莲等。

演出地点：娘娘庙等。

6. 祥泰部（郴州）

所演剧目：《金水桥》、《刮莽》、《检柴》、《狗家滩》、《四门》、《吃醋》、《扇坟》、《黑蛮进表》、《采石矶》、《大红袍》、《三顶本（斩广）》、《龙凤阁（斩波）》、《三官堂》、《一捧雪》、《重台分别》、《马踏五营》、《南牢施犯》、《五台出家》、《回营斩婿》、《太君辞朝》、《王英下山》、《受禅台》、《山海关》、《孙世灵卖身》、《回营探母》、《祭塔》等。

主要演员：周喜红等。

演出地点：娘娘庙等。

7. 阳泰部（郴州）

所演剧目：《祭风台》等。

演出地点：五通庙等。

8. 宝华部（常德）

主要演员：仙喜等。

9. 太和部（长沙）

所演剧目：《淤泥河》、《桂枝写状》、《取定军山》、《定军山》、《合银牌》、《赐旂袍》、《盗宗传》、《钓金龟》等。

演出地点：天后宫、西关圣殿、祝融宫、春台、莲花台、判官庙等。

10. 泰益部（长沙）

所演剧目：《飘海》、《反关》、《回营见母》、《坐楼》、《战山》、《取宛城》、《庙会》、《凤鸣山》等。

演出地点：祝融宫、楚北馆、天后宫、药王殿、万寿宫等。

11. 永和部(长沙)

所演剧目:《赐旂袍》、《金水桥》、《定军山》等。

演出地点:紫云宫等。

12. 大庆部(长沙)

所演剧目:《飘海》、《报喜》、《青石岭》、《十八扯》、《打鱼》、《战河》、《庙会》、《调叔》、《反关》等。

演出地点:祝融宫、苏州馆等。

13. 仁和部(长沙)

所演剧目:《天水关》、《访袍》、《打围》、《造盔甲》、《南阳关》、《黑松林》、《芦花荡》、《拾镯》、《拷寇》、《坐楼》、《牛头山》等。

演出地点:祝融宫、三圣殿、春台、湖北馆、宛园等。

14. 大顺部(长沙)

所演剧目:《打雁回窑》等。

15. 普庆部(长沙)

所演剧目:《白罗衫》、《金山寺·水斗》、《水漫》等。

演出地点:江南会馆、宛园、玉泉山等。

16. 五云班(长沙)

17. 庆和班(长沙)

所演剧目:《反昭关》、《穆桂英打围》。

18. 玉联部(长沙)

19. 粤东天乐部(梧州)

所演剧目:《六国封相》。

演出地点:河岸等。

20. 乡间新集部(北流)

所演剧目:《汾阳上寿》、《黑风帕》。

演出地点:白马庙等。

21. 募广班(北流)

所演剧目:《六国封相》。

22. 昇平部(北流)

所演剧目:《还阳配》、《问卜》、《沙陀》、《检柴》。

演出地点:粤东馆等。

23. 四喜部(北京)

演出剧目:《戏凤》、《红泥关》、《祭江》、《空城计》、《打雁》、《扫雪》。

演出地点:安徽馆、戏园、庆和园等。

此外,《坦园日记》载有大量有关演出的记录,并未著录完整的剧目、戏班、演员等情况。如下:

杨恩寿在郴州观剧时,有时未著录戏班而只记载剧目,常演剧目有《孙膑下山》、《精忠传》、《瑞罗帐》、《检柴》、《抢伞》、《借妻》、《醉妃》、《宛城》、《龙棚》、《火棍》、《戏凤》、《造八珍汤》、《文武升》、《三打蔡伯喈》、《写状》、《薛刚反唐》、《挑帘》、《三家店》、《定军山》、《虎牢关》、《上寿》、《摆渡》、《拾镯》、《蝴蝶梦》、《斩广》、《观灯》、《射戟》、《夺魁》、《铁弓缘》、《和番》、《赠剑》、《斩信》、《拷吉平》等。其实,这些剧目多不出吉祥部、清华部、祥泰部、阳泰部等几个戏班所演。另外在郴州常演出地点有娘娘庙、寿佛殿、三公祠、石理堂署楼等。所记载伶人又有桂伶、宾谷桥等人。

永州未记录戏班者,有剧目《合银牌》,演出地点为风神庙。

北流所观剧目又有《满床笏》、《林英送道袍》、"韩湘子故事"、《困曹》、《打辰州擂》、《龙棚》、《刺梁》、《庙会》,主要观剧场所为粤东馆。

这些对剧班、演员、剧目、演剧地点、演剧原因以及观剧者情况的详细纪录,一方面具重要的戏曲史料价值。可以说,《坦园日记》中的观剧记录,也是详细的剧目单。其所记录剧目的声腔,多为弹腔、高腔等,仍有部分是昆曲。由于昆曲剧目中不少改编为地方戏,故对于杨恩寿所记载的昆曲剧目中的声腔是否为地方戏,按照龙华先生在《湖南戏曲史稿》中的统计,"《坦园日记》在湖南各地看到的高腔、昆腔、弹腔和花鼓戏记有剧名的剧目约 169 出,其中约昆腔 9 出,高腔 18 出,花鼓戏 2 出,弹腔 140 出,弹腔戏占总数的百分之八十左右"[①]。需要说明的是,

---

① 龙华:《湖南戏曲史稿》,长沙:湖南大学出版社,1988 年版,245 页。

李斗在《扬州画舫录》中提到的花部名称有“京腔、秦腔、弋阳腔、梆子腔、罗罗腔、二簧腔”[①]。杨恩寿对湖南郴州、长沙等地的高腔、弹腔等花部声腔的关注，从地域角度对李斗的记录作了很好的补充。

另一方面，这也是杨恩寿观剧心态的真实呈现，他经常把乐于观剧的心态呈现得淋漓尽致，丝毫不掩饰自己对戏曲的喜爱。如同治元年(1862)六月初七日：“晴。阅课卷。生卷分与吴莲室披校，余阅童卷，题《若季氏则吾不能》。首卷陈东升，余所定也。邻寺演吉祥部，芑江先于墙内大槐树下支床为台，余与小峰辈遂登眺焉，浓荫归凉，须眉皆绿。戏则《金马门》、《闹金阶》、《取洛阳》、《打金镯》半截也。《金阶》乃余初到此间第一寓目之剧也。数月后重见妙容，如好书正不妨百读耳。”[②]这一段文字很有意思，字里行间透露出文人的意趣。杨恩寿等人在郴州魏式曾幕府中，校阅课卷是主要任务之一，一边是校阅枯燥的八股文章及琐屑事务，隔壁就是鲜活的舞台演剧。所以几位斯文的文人，在站在院内大槐树下支起的高台，眺望着临寺的演出，这幅场景也是极为有趣，极有戏剧性。而关键在观剧时，能够感受到“浓荫归凉，须眉皆绿”，这可以说是当时的实际情况，更重要的是，他们在观剧时感受到的片时休暇与放松，这种难得的惬意正是由于对戏剧的喜爱，而这种心态是在校阅试卷时无法感受的。

第三节　花部戏曲批评——兼评《花部农谭》

清中叶以来，花部戏曲逐渐崛起，嘉庆时期的扬州与同治年间的郴州等地都是花部戏曲演出的兴盛之地。而扬州人焦循(1763—1820)与长沙人杨恩寿都是清代中后期著名的戏曲理论家，而且两位皆喜爱地方戏曲，并都对当地的地方戏作了记载与评论。虽然同是喜爱和研究

---

① 李斗:《扬州画舫录》卷五，扬州:江苏广陵古籍刻印社，1984 年版，第 103 页。

② 杨恩寿:《坦园日记》卷一，第 29 页。

花部戏曲，其具体的目的和态度却有微妙的差别。为了更加明确了解杨恩寿对于花部戏曲的态度，我们以焦循的《花部农谭》作为比较的坐标，来窥探二者在花部视域下的曲学观的趋同与异趣。

一、对花部戏曲的共同喜好

焦循宣言"独好"花部。在当时戏曲界崇尚吴音之时，焦循以独到的见解和胆识明确表示了对花部戏曲的喜爱："梨园共尚吴音。'花部'者，其曲文俚质，共称为'乱弹'者也，乃余独好之。"①而且这种与当时所尚向左的观点在今天看来却体现了焦循对戏曲走向的洞察力。自己喜欢，还要带上家人共同观看，而且平时所谈论的话题也多是花部戏曲。"余特喜之，每携老妇、幼孙，乘驾小舟，沿湖观阅。天既炎暑，田事余闲，群坐柳阴豆棚之下，侈谈故事，多不出花部所演。"②这种不同于潮流的观点与行为正是体现对花部戏曲的推崇。也是由于这种独好，才形成了他针对昆曲的具有宣言性质的《花部农谭》。而焦循的戏曲研究，是其学术框架的一部分，其《剧说》就是运用经学的方法在戏曲方面的研究成果。确切的说，焦循是经学家，我们可以把焦循的戏曲观定位为经学家的戏曲观，或者其对戏曲的研究更多的是以经学的方法，把戏曲作为一门学问来研究。然而，从《花部农谭》所记载内容上看，这种喜好却是有"选择"的。

杨恩寿则颇有戏癖。杨恩寿在长沙、郴州、北流等地，所观多为当地民间兴盛之戏曲声腔，"忆自十余年来，颇有戏癖。在家闲住，行止自如，路无论远近，时不分寒暑，天不问晴雨，戏不拘昆乱"③。当然这正是出于这种"戏癖"，在《坦园日记》日中对不得观剧之苦有具体的呈露。同治元年(1862)到郴州的第二个月中，就有十四天的观剧记录。并且多次表达由于公务而不得观剧之遗憾。其在郴州幕府，所居之书房离戏场仅有一墙之隔，在听演员喜红演《斩婿》时不禁抚今追昔，写成六言

①② 焦循：《花部农谭》，《中国古典戏曲论著集成》(八)，第225页。

③ 杨恩寿：《坦园日记》卷一，第18页。

诗六首，以表达其这种不能观看之遗憾。兹录二首："邻寺清歌如沸，萧斋独客情伤。一字字都入耳，九回回绕柔肠。""诸徒心比顽石，鲰生身入笼关。密迩仅三尺堵，迢遥抵万重山。"[①]在北流为六兄彤寿佐幕时，也经常因有公事而不得看戏，有时候还会因此而抱怨，如同治四年(1865)十一月廿五日记载："剧场甚佳，未往寓目，缘署中公事。若在署闲坐，则无一事可办；偶一出门，必有迫不及待之事，非使人要于路，即积牍于案，濡笔不遑。噫嘻，此文字魔也！"[②]但是由于公事所需，虽有戏癖，也只好无可奈何了。

因此只要有观剧的机会，杨恩寿自然不会放过。他在郴州、北流等地的游幕生活、在北京的经历以及在长沙的生活都为他提供了观剧及其接触花部戏班、演员的机会。更重要的是，他对花部戏曲并没有排斥的态度，而是极为欣赏，正式这种"不拘昆乱"的观念，才对优秀的剧班、演员青眼有加，相对于焦循对地方戏的研究而言，杨恩寿则是在日记中记录所观剧目、剧班、演员等具体情况，这为我们了解咸丰、同治间郴州、长沙、衡阳、北流等地的戏曲演出生态提供了丰富的资料，是研究同治时期戏曲演出的重要文献。

二、道德轨范与艺术评骘的不同视角

对于花部戏曲，文人的态度并不相同，焦循称赞花部在内容、曲词、音乐等方面的独特性，《花部农谭》提到"其事多忠、孝、节、义，足以动人；其词直质，虽妇孺亦能解；其音慷慨，血气为之动荡"[③]。抓住"事"、"词"、"音"三个主要因素，认为这种传达忠孝节义的主题、质朴的曲辞和激昂慷慨的音乐风格更易于普通观众接受。并把《清风亭》与在昆曲中有类似事件的剧作《双珠记》相比较："余忆幼时随先子观村剧，前一日演《双珠》《天打》，观者视之漠然。明日演《清风亭》，其始无不齿，既

① 杨恩寿：《坦园日记》卷一，第19—20页。

② 杨恩寿：《坦园日记》卷三，第146页。

③ 焦循：《花部农谭》，第225页。

而无不大快。铙鼓既歇，相视肃然，罔有戏色；归而称说，浃旬未已。彼谓花部不及昆腔者，鄙夫之见也。”[1]与昆曲相比，焦循认为花部的舞台效果要更为精彩，其感染世人作用更为直接明显。可以说在对花、雅争论的问题上，这是肯定花部戏曲地位的重要宣言。

然而，我们也应该看到焦循对花部的推崇却是有所保留、有所顾忌的：“余因略为解说，莫不鼓掌解颐。有村夫子者笔之于册，用以示余。余曰：‘此农谈耳，不足以辱大雅之目。’为芟之，存数则云尔。”[2]对花部的喜爱和重视自不待言，却认为有的故事“不足辱大雅之目”，并且“芟之”，所评只剩下《铁丘坟》、《两狼山》、《清风亭》等几部表达“忠、孝、节、义”题材的戏曲，可以说这是有意的删减，也就是说他所观看的花部戏曲也绝非仅仅是这几部作品，也并非仅仅是这类题材的作品，而此外凡是不符合这一规定性之作就被摒弃在《花部农谭》之外了，也可以说，焦循是在规定的框架内对花部戏曲进行有目的介绍和评价，在编写《花部农谭》之前就已经有一种先在的规定性在其中了。这当然不能让后人得到全面的“花部”信息，多少是令人惋惜的。

未录的是哪方面的内容，我们从焦循对昆曲剧目的评价中可以看出：“其《琵琶》、《杀狗》、《邯郸梦》、《一捧雪》数十本外，多男女猥亵，如《西楼》、《红梨》之类，殊无足观。”[3]即，崇尚的是体现忠孝节义的作品，而《西楼》、《红梨》这样的“无足观”的作品则认为是“男女猥亵”。那么在花部戏曲中，我们可以肯定的是，焦循所不录的内容即亦是“男女猥亵”之作，如《扬州画舫录》所载“肥子演《大夫小妻打门吃醋》，曲尽闺房儿女之态”[4]就明显是焦循所摒弃的对象了。我们可以说，焦循“独好”花部是无疑的，但是，这是在其道德轨范目的下的喜爱。刘献廷曾说：“若夫观郴郊之剧，吾不识声色之外，复何所有也。”[5]焦循的态度与刘

---

① 焦循：《花部农谭》，第 229 页。

②③ 焦循：《花部农谭》，第 225 页。

④ 李斗：《扬州画舫录》卷五，第 125 页。

⑤ 刘献廷：《广阳杂记》，中华书局，1957 年版，第 108 页。

献廷这种反对花部戏曲“声色”的态度又好像没有太大的差别了，因为花部戏曲并不仅仅局限于忠孝节义。

因此，我们同意明光先生对于焦循关于花部观点的看法：“焦循推崇花部的用心之一，乃在不满意大量昆剧作品描写男女情事有违礼教伦理的现状，借农村流行的花部唱演忠孝故事来矫正世风；是基于传统的风教立场，而非民间立场。”[①]就是说，不管是对待花部还是雅部，焦循都是以题材的倾向作为取舍的标准。仍可以补充的是，焦循也是在不满意花部戏曲中的男女情事而将此类题材的作品付之阙如，只是要通过对忠孝节义作品的宣传来达到道德轨范的目的。焦循推崇花部，是由于“他着眼于‘花部’更能有效地实现教化功能”[②]。

相比之下，杨恩寿则是以日记的形式，对当日所观戏剧进行评骘，这种批评则是没有先行的道德框架来约束。从内容上看有对戏班优劣的评比，有对演员容貌、表演技艺、演出效果的记载。杨恩寿在梧州看到粤东天乐部在河岸演《六国封相》时，记载：“缚席为台，灯光如海。演《六国封相》，登场者百余人，金碧辉煌，花团锦簇；惟土音是操，啁杂莫辨，颇似角牴鱼龙耳。”[③]赞叹的是以简陋的舞台演出这种百人登场的宏大场面，所不满意的只是以当地方言演出而难以听懂，但是杨恩寿并未对昆、乱两种戏曲声腔进行扬此抑彼，而是“不拘昆乱”，特别是也未像焦循那样对男女题材的地方戏进行抵制，相反却对这类题材的戏曲评价较高。

如对喜红演出《吃醋》的评价：“《吃醋》乃喜红得意之作也。始则貌为恭敬，继则醉态逼真；迨返家时，恶语、怒语、忿语、浪语、亵语、骂妾语、咒夫语、讽叔语，千态万状，一时并作，而台下笑声不绝，即旁观之村姑闺秀，红女白婆，亦喝采焉。”[④]从曲目和演出内容来看，这是表现一

① 明光：《焦循戏剧理论新议》，《艺术百家》2008 年第 4 期。

② 范春义：《焦循戏剧学研究》，南京：凤凰出版社，2012 年版，第 178 页。

③ 杨恩寿：《坦园日记》卷三，第 114 页。

④ 杨恩寿：《坦园日记》卷一，第 17 页。

位妻子醉酒后的表现，喜红能把这位吃醋的妻子的“千态万状”表现得栩栩如生。这是对演员表演艺术的肯定和赞赏。从舞台效果来看，收到了“笑声不绝”效果，所表现的题材虽然无关忠孝节义的宏旨，也不像昆曲那样优雅，却能让村姑闺秀、红女白婆为之喝彩，能为一般观众所接受和喜欢。在其所观看的戏曲中，像这样的剧作如《买胭脂》、《调叔》、《借妻》、《拾镯》、《挑帘》等，从题目上看，大多也都属于焦循所认为的“男女猥亵”的题材，但是杨恩寿则是从表演技艺的角度，或者从这类题材恰有的舞台效果来给以肯定，并不以道德的标准来横加约束。在评杏姐演《烤火》时说：“有人见其演《烤火》者，尝啧啧焉。花烛光中，销金帐里，千娇百媚，可想而知。”[①]没有先在的道德优劣的评判，而是从艺术水准上的评骘，而这些恰恰是焦循所摒弃的。

当然，杨恩寿非常看重戏曲的立教作用，在《词余丛话》中就引用王阳明《传习录》、刘念台《人谱类记》及张九钺的观点，表达通过忠孝节义的作品来达到移风易俗、感化人心的目的。并且在《麻滩驿》中借王聚奎之口曾道出自己创作的目的“是与修春秋一般，寓褒贬，别善恶，借此要感动人心，扶持世教呀”[②]。但是这与他对花部戏曲所谓的“男女猥亵”题材剧作的喜爱和评价是并不矛盾的。前者是作为曲家对戏曲功能的认识，后者则是作为具有“戏癖”的观众对地方戏的评论。

三、对演员排斥与欣赏的对立态度

出于道德轨范或艺术评价的不同目的，焦循与杨恩寿对待伶人的态度是不同的。焦循在《剧说》中提到：“嘉庆壬戌，余在京师，拜王君引之太夫人寿，适演剧，优冠珊瑚顶，扮显贵。副宪陈公嗣龙立命褫去其顶，曰：‘名器何可令优伶亵之！’”[③]伶人扮显贵，也不能戴珊瑚顶，这应

---

① 杨恩寿：《坦园日记》卷一，第 14 页。

② 杨恩寿：《麻滩驿》第五出《蚁聚》。

③ 焦循：《剧说》，《中国古典戏曲论著集成》(八)，第 208 页。

该是伶人受到的普遍“礼遇”。虽非焦循本人所言，但对此事记录，也大体表明了自己的态度。由于对花部戏曲的接受持道德评价的态度，故对不符道德“标准”的演员，焦循也持反对态度。如焦循对魏长生等人的评价：“自西蜀魏三儿倡为淫哇鄙谑之词，市井中如樊八、郝天秀之辈，转相效法，染及乡隅。近年渐反于旧。”[①]而魏长生在花部戏曲的演出中，确实开一代之风气：“魏长生开近代风气，序中颇致讥词，然曲艺之佳，实超时辈。”[②]而焦循对魏长生本人和演出内容并不赞同，反对其唱词“淫哇鄙谑”，未对其表演艺术进行肯定。

杨恩寿本人作为戏曲作家与理论家，由于对花部伶人的表演多表现为欣赏的态度，因而对花部演员多有记载，在《坦园日记》中提到许多花部戏曲演员，如周秀凤、张明瑞、云秀、意云等等，记录伶人容貌、艺术的特点，也不避讳与女伶的交往。而且专门为伶人作传，在《兰芝零香录》中则为十多位咸丰、同治时期的伶人作传，可以说这都是很多正统文人不愿为之甚至不屑为之的事情。《兰芝零香录》共分三卷，卷一“列传”，为桂龄、宝翠、金芝、玳梅、兰卿、毛大、小春、盈袖、桂伶、六秀、若兰等十多位伶人作传。实际上可以看作是同治时期长沙等地花部戏曲演员的传记。《兰芝零香录》有关伶人传记的创作与作者对时过境迁、盛时不再的感慨有关，也传达出红儿零落的惋惜，杨恩寿晚年《重过梨花坡感旧》则曰：“一声檀板一声歌，狼藉青衫宿酒多。风雨满天行不得，鹧鸪何事叫哥哥？逝水华年去不留，欢场顾曲想风流。薰香傅粉犹如昨，不信红儿也白头。”[③]这里从题名“零香”也可以看到这种情愫。关于创作动机，杨恩寿在序言中说：

---

① 焦循：《花部农谭》，第225页。

② 安乐山樵：《燕兰小谱》例言，张次溪编《清代燕都梨园史料》，北京：中国戏剧出版社，1988年版，第6页。

③ 杨恩寿：《重过梨花坡感旧》，《坦园诗录》卷二十，《清代诗文集汇编》第727册，第662页。

风风雨雨，曾经无限相思，燕燕莺莺，都作有情眷属，爰仿群芳之谱，藉为记事之珠。志考《青楼》，图批《仕女》，却嫌脂粉。绘来彼美，风神细意，旦黄付与诸君。月旦嗟呼，吴宫花草，早已沦落西风；胜国烟花，无复传呼南部。烧当筵之绛蜡，残泪成堆，掷记曲之青缯，空箱委地。……所冀洛浦留踪，花丛回顾；不碍题襟送抱，但妨乐极悲生。然则是编也，其亦敲红楼五夜之钟，惊翠被十年之梦乎？挑灯起草，岂徒录彼小名说偈散花，傥亦悟兹大旨。[①]

"志考《青楼》"，很明显，此集的编撰在目的和形式上也有追溯《青楼集》的痕迹，《青楼集》的创作原因是"追念旧游，恍然梦境，于心盖有感焉"[②]，是对盛时的怀念。《寄陈杏生闽中》也表达了类似的感慨："笙歌丛里度年华，惯解轻裘质酒家。相对何须问宾主，及时未肯负樱花。月支药赠戎王子，（辛酉年事）菊部名传古押衙。（己未冬事）可惜红儿零落尽，衔英唼絮遍天涯。"[③]所记女伶，主要写其生活经历，有的突出刚强的性格，"金芝"条写山阴谢先生负心，女伶金芝刚强独立："（谢先生）谋得武陵砚席。衣四笥皆姬所制，去半年无一字寄相思，姬愤甚，泛舟朗江，径入县治，曳谢出，堂皇且批且攉，出笥中衣，手裂之，谢长跽哀乞，姬不顾而去。"[④]有的写其钟情的特征，如"小春"条。小春与吕秀才两美相悦，"好读《会真记》，能背诵其词。吕生将行前夕，置酒祖道，歌'碧云天，黄花地'一折，声泪俱下"[⑤]。杨恩寿通为伶人作传来保存伶人的生活状态，这正是由其对伶人的态度决定的。

对于焦循来讲，其戏曲方面的研究和评论是其"业余"爱好，他将主要精力用在对《易经》的研究上，蒋星煜先生认为："焦循对于戏曲理论，仅仅是作为业余爱好来研究的，与他的研究专题《周易》当然没有什么

---

① 杨恩寿：《兰芷零香录》自叙，杨氏坦园刻本。

② 夏庭芝：《青楼集志》，《中国古典戏曲论著集成》（二），第8页。

③ 杨恩寿：《坦园诗录》卷七。

④⑤ 杨恩寿：《兰芝零香录》卷一列传，杨氏坦园刻本。

联系，也不是他授徒或课孙的教程。也正因为如此，他对戏曲既不偏爱也不偏恶，并无定见或成见，他的戏曲理论的成果并不影响他的得失，所以他的立场是相当客观的。”[①]这里提到的客观的立场并非十分恰当，因为焦循已经是站在了道德评判的立场上了。当然，焦循所谓独好花部也并非不好雅部，只是花部戏曲在“事”、“词”、“音”方面更加符合其戏曲的道德倾向而已。而对于杨恩寿来讲，作为戏曲家，自己有大量的戏曲创作，而且在其游幕生涯中接触了大量的花部戏曲，并以专业的眼光进行评骘。仿《青楼集》的编写方式对花部戏曲演员列传，并记其事，确实为研究清代咸丰、同治时期湖南地方戏提供了丰富的资料。

清代中叶以后，花部戏曲在不同地域蓬勃兴起，展示了鲜活的生命力，在对待花部戏曲的态度上，焦、杨二人都具有时代的前瞻眼光。由于其身份的不同、社会经历的区别和研究范围与兴趣的相左，虽然都是喜欢花部，但其研究的具体目的、研究方法与对待艺人的具体态度都呈现出了巨大差别，也体现出经学家与曲学家在曲学思想上的异趣。由此可以窥探文人对于花部戏曲的不同兴致和关注侧面，而且涉及到对戏曲史、戏曲功能的不同观点，这正是我们对二人的花部戏曲观进行比较的目的所在。

① 蒋星煜:《中国戏曲史探微》，济南:齐鲁书社，1985 年版，第106 页。

余　论

杨恩寿经历了复杂的科举考试和长期的游幕活动，杨恩寿与曾传钧、黄其恕等戏曲家又有交游活动，自然形成了咸丰同治年间湖湘戏曲创作的群体。同时他也与文人学者王闿运、王先谦、杨彝珍、郭嵩焘等都有丰富的交往。其戏曲创作阶段从咸丰初年持续到光绪时期，无可置疑的是，杨恩寿的作品在晚清戏曲创作中占有重要的地位。

由于蒋士铨的倡导，清中叶以后，文人剧作逐渐走向雅化，杨恩寿的剧作在这一倾向中也表现得较为突出，文人戏曲的雅化、注重风化的痕迹渗透在剧作中。同时其戏曲作品表现了隐藏在其复杂的人生经历之后的创作心态：《再来人》以穷巷老儒的悲惨遭遇以及英俊少年的得第，来慨叹半生科举经历的多艰；《桂枝香》以李桂芳能辨天下士的慧眼来抒发感慨；《理灵坡》、《双清影》、《麻滩驿》以纪念先贤忠烈，并反观时代的种种弊端；《姽婳封》以虚构来表达对大厦将倾、无人支撑大局的忧虑；《桃花源》传达以局外人论说古今兴亡、笑谈生死荣利的心态。杨恩寿的八部戏曲作品，在个人情志、社会现象和地域文化上都有不同程度的反映，而且对历史、现实都有深入的思考，表现出较为突出的历史文化内涵和对现实世风的观照。左鹏军先生认为："从个人创作成就与当时戏曲水平的角度来看，可以认为杨恩寿在晚清民国传奇杂剧史上当拥有比较重要有的地位。"[①]这一评价是中肯的。从地域戏曲创作来说，杨恩寿的戏曲创作在湖湘戏曲发展中具有重要的地位。清代湖湘戏曲家有王夫之、黄周星、张九钺、王维新、熊超、张声玠、杨恩寿、曾传

① 左鹏军：《晚清民国传奇杂剧史稿》，广州：广东人民出版社，2009 年版，第 214 页。

钧、黄其恕、夏大观、陈时泌、陈天华、陈家鼎、黄藻、毛国翰、陶之采、程大壮、朱景英、刘代英、王时润等[①]，不管是从戏曲创作的数量还是戏曲的影响来说，杨恩寿的戏曲创作都是首屈一指的。

但又不可否认的是，这些作品并无舞台演出的记载，成为案头之作。道光以来的清代雅部戏曲受到花雅之争的影响已经逐渐走向衰落，未产生能与《长生殿》《桃花扇》等相比肩的作品，很少有新创作的雅部作品搬上舞台，而更多的是案头化之作，这已成为不争的事实，也基本成为学界的共识。不仅仅是杨恩寿的作品如此，晚清的多数曲家作品亦是如此。

"花雅之争"之后的文人戏曲创作确实很少有舞台搬演的现象，但是并不必然证明晚清的戏曲创作是衰落的。有学者对这一现象有较为精当的分析："所谓的'雅部衰落'，只是从演出的角度而言，而在文人学士的案头则雅部（传奇、杂剧）的创作不但没有衰落，反而继续获得他们的青睐。清末乃至民国时期创作的传奇、杂剧的数量依然很可观，其中不乏大家之作，也不乏艺术水准和思想水准很高的作品。中国古典戏曲包括戏曲文学与戏曲演出两端，忽略任何一端都是不够全面的。"[②]从晚清戏曲创作的整体环境来看，由于花部戏曲兴盛的影响，很少有作品活跃于戏曲舞台，这是事实，但是在整体数量上并不亚于清初或清中叶。

文人戏曲的创作逐渐脱离舞台，并非用"花雅之争"所能全面解释的，而文人创作观念的变化则是重要的原因，不应被忽略。晚清时期重要的创作现象就是"以文为曲"，这一创作现象从很大程度上受到"诗言志"、"文以载道"观念的影响，用在戏曲创作上，就是以"戏曲言志"、"戏

---

① 对所列戏曲家，参考邓长风《明清戏曲家考略四编》（上海古籍出版社2008年版，第106—107页）、伍光辉《清代湖南杂剧传奇研究》（华中师范大学2013年博士学位论文第18—19页）。

② 张晓兰：《清代经学与戏曲：以清代经学家的戏曲活动和思想为中心》，上海：上海古籍出版社，2014年版，第179页。

曲载道”的观念，而这一观念应该是戏曲家群体的自觉选择。

这是清代中后期的重要创作现象，这一时期的文人并不重视明代后期以来的巧合、误会等创作技巧，而更注重表情达意，注重戏曲的功能，在创作倾向上，戏曲家更加重视“以作文之法作曲”[1]，而此处的“文”，笔者更倾向于传记之文，故戏曲创作更类似于用戏曲的文体为人作传，这一现象在晚清戏曲创作中更为突出，即使是黄燮清这样的晚清著名曲家也“未能免俗”，其《居官鉴》便类似于一部戏曲体的“传记”。杨恩寿的《麻滩驿》根据毛奇龄的《沈云英传》及徐岳的《琼枝曼仙记》敷演而成，《理灵坡》则根据蔡道宪的行状、明史记载来创作，《双清影》也是根据《先正事略》、《庐阳战守记》等史料创作，表现出“以作文之法”作曲的倾向。

戏曲“言志”的观念与雅化追求和风化功能不无关系，也造成了戏曲排场、戏曲音律的弱化，吴梅称：“盖自藏园标下笔关风化之旨，而作者皆矜慎属稿，无青衿挑达之事。”[2]由于“言志”观念的影响，文人在创作时更加注重个人的情志的抒发和戏曲的功能的展现，也由此造成了戏曲从舞台向案头的退缩，因此吴梅先生感慨：“乾隆以上，有戏有曲；嘉道之际，有曲无戏；咸同以后，实无戏无曲矣”[3]。即使杨恩寿被吴梅、青木正儿等认为排场极佳的作品，也因在“言志”观念的主导下注重意趣与情志的表达和对剧中主要人物的“记录”而逐渐不适合舞台演出，形成了案头化的倾向。

这种“言志”和“载道”的观念形成的“以文为曲”的创作倾向，与清代戏曲创作的传记化、文章化是有很大影响的。对于杨恩寿来说是如此，对于晚清多数戏曲家亦是如此，因此，“言志”、“载道”可以是探讨晚清文人戏曲走向的重要角度。

也有学者从戏曲家的身份角度来探讨戏曲创作与舞台的关系。如

---

① 吴梅：《〈清人杂剧二集〉序》，《吴梅全集》理论卷中，第 1019 页。

② 吴梅：《中国戏曲概论》，《吴梅全集》理论卷上，第 315 页。

③ 吴梅：《中国戏曲概论》，《吴梅全集》理论卷上，第 315—316 页。

有学者认为:“文人戏曲家基本是以诗文家自居的。肯定戏曲家的诗文家身份,也是元明清时期对戏曲家身份认同的最为常见的方式。”①这一点说明了古代戏曲家的身份特征,有的戏曲家虽然创作大量戏曲,但仍坚持自己的诗人身份。杨恩寿便是显著的例子,他自称半生所作以“曲子为最,诗次之”,但是最终以“诗人杨坦园”自我定论,无疑是对自己诗人身份的坚守。

这种身份的坚守为我们阐释戏曲的案头化提供一条思路。文人不再像李渔、阮大铖等人,不仅创作,而且指导演员,甚至粉墨登场,而只是创作表达个人意趣的剧本,至于是否适合演出,就不是他们所关心的了。“身份意识的形成与坚守,导致了文人剧作家对具有丰富的舞台演唱经验的倡优艺人的疏远。文人剧作家不再参与瓦舍构栏中的戏曲活动,不再为戏班剧团编撰剧本了,而是回到他们熟悉的书斋之中,依据兴趣和爱好来创作戏曲,文本创作与舞台实践逐渐疏离,逐渐走上了文人化之途。”②因而后来艺人群体逐渐成为戏曲演出的中心也就不足为怪了。杨恩寿与晚清其他多数文人戏曲家一样,创作出的作品并非为了舞台演出,而是为了“言志”和“达意”,也就是说,不必通过舞台演出也一样传达出作者的情感。“许多戏曲家宁愿在文人之间把玩,也不愿意将剧作交给优伶艺人来演出。戏曲被当做了淘写性情、抒发情感的载体,而不是面向舞台的艺术品。”③因此造成了作家与演员、剧场的疏离,戏曲家首先是文人,他们的戏曲创作多是“业余”所好。所以,随之而来的结果就是,“文人学者身份的强化……使得清代曲家逐渐边缘于曲坛中心,而慢慢退居为幕后的参与者,代之而起的艺人群体成为曲坛活动关注的焦点”④。

从戏曲家身份的角度阐释剧作与舞台的疏离,不失为较为新颖的

---

①②③ 程华平:《古代戏曲家的身份意识与演剧观念之生成》,《戏剧艺术》2015 年第 4 期。

④ 汪超、谭帆:《古代曲家的身份认同与观念阐释》,《文艺研究》2015 年第 5 期。

观点，但对于杨恩寿来说，他与晚清其他多数文人不同，曾与伶人有广泛的交往，并且为伶人作传，保存了大量的观剧纪录，从文人身份来说，他并未完全以文人自居而与艺人完全对立。至于杨恩寿既然与伶人关系密切，却为何未将作品付之伶人，我们认为，杨恩寿交往的艺人多是地方戏演员，而非昆曲演员。即使将创作的作品付之歌伶，也未必能够付之氍毹。

以杨恩寿为个案进行研究，一方面可以从细微的角度入手，尽可能多地展示一位戏曲家的多个侧面，逐步形成较为立体的认识。另一方面，也是进一步深入研究同时期戏曲家的群体特点、创作倾向、艺术风貌以及时代特征等内容的基础。因此，以杨恩寿为例，在探讨戏曲家的生平经历、戏曲交游、戏曲创作、曲学思想以及观剧活动等基本内容，评价其在戏曲史上的地位，以及在地域文学上的成就的同时，反思影响戏曲家创作的诸多因素如戏曲观念的变化、时代因素的变革等内容，并进一步扩展到同时期其他戏曲家的创作上来分析群体的时代特征，则是进一步研究的方向。

参考文献

作品类

(清)董榕:《芝龛记》,清乾隆十六年(1751)刻本。

(清)杨恩寿:《坦园全集》,清光绪长沙杨氏坦园刻本,南京图书馆藏。

(清)杨恩寿:《坦园六种》,清光绪长沙杨氏坦园刻本,南京图书馆藏。

(清)杨恩寿:《杨氏曲三种》,清同治九年(1870)刻本,首都图书馆藏。

(清)杨恩寿:杨恩寿《坦园诗录·附传奇六种》,杨氏坦园家刻本,南京图书馆藏。

(清)杨恩寿:《坦园文录》、《坦园诗录》、《坦园词录》、《坦园词余》、《坦园赋录》、《坦园偶录》,《清代诗文集汇编》第727册,上海:上海古籍出版社,2010年版。

(清)杨彝珍:《移芝室文集》,清同治刻本,南京图书馆藏。

(清)方维甸:《勤襄公诗稿遗存》,道光癸巳年(1833)刻,镜清阁藏版,南京图书馆藏。

(清)姚鼐:《惜抱轩文集后集》,嘉庆三年(1798)刻增修本,《续修四库全书》第1543册。

(清)黄燮清:《倚晴楼诗集》,清道光刊本,南京图书馆藏。

(清)李文瀚:《银汉槎》,清道光刊本,南京图书馆藏。

(清)黄其恕:《坤灵扇》,抄本,国家图书馆藏。

(清)李元度辑:《国朝先正事略补编》,清光绪十一年(1885)敦怀书屋刊本,《续修四库全书》第539册。

(清)杨逢辰:《建安七子集》,清光绪十六年(1890)长沙坦园杨氏刻本,南京图书馆藏。

(清)吴敏树:《柈湖文集》,清光绪十九年(1893)思贤讲舍刻本,《续修四库全书》第1534册。

(清)王闿运:《湘绮楼全集》,清光绪三十三年墨庄刘氏长沙刻本,《续修四库全书》第1568、1569册。

(清)杨恩寿:《姽婳封》,吴仲校刊本《望夫石、盂兰梦、姽婳封》,《晨风阁丛书》甲集残本,宣统元年(1909)刊,南京图书馆藏。

(清)王先谦:《虚受堂文集》,清光绪二十六年(1900)刻本,《续修四库全书》1570册。

(清)王先谦:《虚受堂诗存》,清光绪二十八年(1902)苏氏刻增修本,《续修四库全书》第1570册。

(清)王先谦:《王先谦自定年谱》,清光绪三十四年(1908)长沙王氏刻本,北京图书馆编:《北京图书馆藏珍本年谱丛刊》第179册。

国学扶轮社编:《香艳丛书》二十集,清宣统元年(1909)至民国三年(1914),上海中国图书公司和记印行。

(清)王代功编:《湘绮楼府君年谱》,民国十二年(1923)刻本,《北京图书馆藏年谱丛刊》第178册。

(清)王闿运:《湘绮楼日记》,上海:商务印书馆,民国十六年(1927)。

(清)刘献廷:《广阳杂记》,北京:中华书局,1957年版。

国学萃编社:《国学萃编》,台北:文海出版社,1970年版。

(清)朱彝尊、汪森编《词综》,上海:上海古籍出版社,1978年版。

(清)郭嵩焘:《郭嵩焘日记》四卷,长沙:湖南人民出版社,1980—1983年版。

《笔记小说大观》,台北:新兴书局,1976—1987年版。

(清)杨恩寿:《坦园日记》,上海:上海古籍出版社,1983年版。

（清）万树：《词律》，上海：上海古籍出版社，1984 年版。

（清）李斗：《扬州画舫录》，扬州：江苏广陵古籍刻印社，1984 年版。

（清）涨潮：《虞初新志》，石家庄：河北人民出版社，1985 年版。

唐圭璋：《词话丛编》，北京：中华书局，1986 年版。

王德毅编：《丛书集成续编》，台北：新文丰出版公司，1989 年版，影印本。

（清）陈森：《品花宝鉴》，上海：上海古籍出版社，1990 年版。

王筱云、蒋寅等编：《中国古典文学名著分类集成》，天津：百花文艺出版社，1991 年版。

（清）蒋士铨撰，周妙中点校：《蒋士铨戏曲集》，北京：中华书局，1993 年版。

周光培编：《清代笔记小说》，石家庄：河北教育出版社，1996 年版，影印本。

（清）杨恩寿：《北流日记》、《长沙日记》，马自力注释：《一个师爷的案牍生涯》，北京：九州图书出版社，1998 年版。

（明）谢肇淛：《五杂组》，上海：上海书店出版社，2001 年版。

（清）李慈铭：《越缦堂日记》，扬州：广陵书社，2004 年影印本。

谢伯阳、凌景埏编：《全清散曲（增补版）》，济南：齐鲁书社，2006 年版。

俞为民、孙蓉蓉编：《历代曲话汇编——新编中国古代戏曲论著集成》，清代编，合肥：黄山书社，2008 年版。

张翰仪编：《湘雅摭残》，曾卓、丁葆赤校点，长沙：岳麓书社，2010 年版。

（清）杨恩寿：《杨恩寿集》，王婧之校点，长沙：岳麓书社，2010 年版。

刘于锋整理：《全民国曲话第一辑》，郑州：河南文艺出版社，2015 年版。

论著类

许之衡:《曲律易知》,1922年饮流斋刊本。

王季烈:《螾庐曲谈》,上海:商务印书馆,1928年石印本。

周贻白:《中国戏剧史》,上海:中华书局,1953年版。

范文澜:《文心雕龙注》,北京:人民文学出版社,1958年版。

中国戏曲研究院编:《中国古典戏曲论著集成》(1—10册),北京:中国戏剧出版社,1959年版。

周贻白:《中国戏剧史长编》,北京:人民文学出版社,1960年版。

张敬:《南曲联套述例》,台北:台湾大学文史哲学报第十五期抽印本,1966年版。

曾永义:《中国古典戏剧论集》,台北:联经出版事业公司,1975年版。

严敦易:《元明清戏曲论集》,郑州:中州书画出版社,1982年版。

吴梅著,王卫民编:《吴梅戏曲论文集》,北京:中国戏剧出版社,1983年版。

王国维:《王国维戏曲论文集》,北京:中国戏剧出版社,1984年版。

蒋瑞藻:《小说考证(附续编、拾遗)》,上海:上海古籍出版社,1984年版。

钱基博、李肖聃:《近代百年湖南学风·湘学略》,长沙:岳麓书社,1985年版。

蒋星煜:《中国戏曲史探微》,济南:齐鲁书社,1985年版。

周妙中:《清代戏曲史》,郑州:中州古籍出版社,1987年版。

梁淑安:《中国近代文学论集(1919—1949)戏剧卷》,北京:中国社会科学出版社,1988年版。

张次溪:《清代燕都梨园史料(正续编)》,北京:中国戏剧出版社,1988年版。

龙华:《湖南戏曲史稿》,长沙:湖南大学出版社,1988年版。

陈芳:《晚清古典戏剧的历史意义》,台北:学生书局,1989年版。

郭延礼:《中国近代文学发展史》,济南:山东教育出版社,1990年版。

吴毓华:《中国古代戏曲序跋集》,北京:中国戏剧出版社,1990年版。

张庚、郭汉城主编:《中国戏曲通史》,北京:中国戏剧出版社,1992年4月第2版。

郭英德:《明清文人传奇研究》,北京:北京师范大学出版社,1992年版。

胡世厚、邓绍基主编:《中国古代戏曲家评传》,郑州:中州古籍出版社,1992年版。

赵山林:《中国戏剧学通论》,合肥:安徽教育出版社,1995年版。

张庚、黄菊盛主编:《中国近代文学大系》第5集第16卷《戏剧集一》,上海:上海书店,1996年版。

马积高:《清代学术思想的变迁与文学》,长沙:湖南出版社,1996年版。

郭英德:《明清传奇综录》,石家庄:河北教育出版社,1997年版。

徐娟编:《中国历代书画艺术论著丛编》,北京:中国大百科全书出版社,1997年影印本。

赵山林:《中国古典戏剧论稿》,合肥:安徽文艺出版社,1998年版。

左鹏军:《文化转型中的中国近代戏剧》,海口:南方出版社,1999年版。

郭英德:《明清传奇史》,南京:江苏古籍出版社,1999年版。

许建中:《明清传奇结构研究》,郑州:中州古籍出版社,1999年版。

严迪昌:《清词史》,南京:江苏古籍出版社,2001年版。

程华平:《中国小说戏曲理论的近代转型》,上海:华东师范大学出版社,2001年版。

左鹏军:《近代传奇杂剧研究》,广州:广东高等教育出版社,2001年版。

吴梅:《吴梅全集》,王卫民编,石家庄:河北教育出版社,2002

年版。

赵山林、田根胜、朱崇志著:《近代上海戏曲系年初稿》,上海:上海教育出版社,2003年版。

俞为民:《宋元南戏考论续编》,北京:中华书局,2004年版。

郭英德:《明清传奇戏曲文体研究》,北京:商务印书馆,2004年版。

朱德慈:《近代词人考录》,北京:中国社会科学出版社,2004年版。

廖奔:《中国戏曲史》,上海:上海人民出版社,2004年版。

杜桂萍:《清初杂剧研究》,北京:人民文学出版社,2005年版。

尚小明:《清代士人游幕表》,北京:中华书局,2005年版。

谭帆、陆炜:《中国古典戏剧理论史》(修订版),上海:华东师范大学出版社,2005年版。

孙海洋:《湖南近代文学》,北京:东方出版社,2005年版。

杨剑明:《曲话文体考论》,北京:中国戏剧出版社,2005年版。

刘水云:《明清家乐研究》,上海:上海古籍出版社,2005年版。

田根胜:《近代戏剧的传承与开拓》,上海:上海三联书店,2005年版。

聂荣华、万里主编:《湖湘文化通论》,长沙:湖南大学出版社,2005年版。

左鹏军:《晚清民国传奇杂剧考索》,北京:人民文学出版社,2005年版。

么书仪:《晚清戏曲的变革》,北京:人民文学出版社,2006年版。

卢前:《卢前曲学四种》,北京:中华书局,2006年版。

陈居渊:《焦循阮元评传》,南京:南京大学出版社,2006年版。

赵义山:《明清散曲史》,北京:人民出版社,2007年版。

刘玉珺:《越南汉喃古籍的文献学研究》,北京:中华书局,2007年版。

范丽敏:《清代北京戏曲演出研究》,北京:人民文学出版社,2007年版。

肖宗志:《候补文官群体与晚清政治》,成都:巴蜀书社,2007年版。

赵山林:《中国戏曲传播接受史》,上海:上海人民出版社,2008年版。

赵山林:《中国近代戏曲编年(1840—1919),上海:华东师范大学出版社,2008年版。

王汉民,刘奇玉:《清代戏曲史编年》,成都:巴蜀书社,2008年版。

程华平:《明清传奇编年史稿》,济南:齐鲁书社,2008年版。

陈友峰:《生命之约:中国戏曲本体新论》,北京:文化艺术出版社,2008年版。

魏泉:《士林交游与风气变迁——19世纪宣南的文人群体研究》,北京:北京大学出版社,2008年版。

曾永义:《曾永义学术论文自选集》,北京:中华书局,2008年版。

陈书良主编:《湖南文学史》,长沙:湖南教育出版社,2008年版。

邓长风:《明清戏曲家考略全编》,上海:上海古籍出版社,2009年版。

左鹏军:《晚清民国传奇杂剧史稿》,广州:广东人民出版社,2009年版。

王文章主编:《傅惜华藏古典戏曲珍本丛刊提要》,北京:学苑出版社,2010年版。

谢雍君:《傅惜华古典戏曲提要笺证》,北京:学苑出版社,2010年版。

徐国华:《蒋士铨研究》,上海:上海古籍出版社,2010年版。

徐雁平:《清代文学世家姻亲谱系》,南京:凤凰出版社,2010年版。

曾凡安:《晚清演剧研究》,广州:中山大学出版社,2010年版。

杜桂萍:《清代杂剧作家创作论考》,台北:"国家出版社",2011年版。

李志远:《明清戏曲序跋研究》,北京:知识产权出版社,2011年版。

[日]青木正儿原著,王古鲁译著,蔡毅校订:《中国近世戏曲史》,北京:中华书局,2011年版。

左鹏军:《晚清民国传奇杂剧文献与史实研究》,北京:人民文学出版社,2011 年版。

贾志刚:《中国近代戏曲史》,北京:文化艺术出版社,2011 年版。

王继平:《晚清人才地理分布研究(1840—1912)》,北京:中国社会科学出版社,2012 年版。

徐雁平:《清代世家与文学传承》,北京:生活·读书·新知三联书店,2012 年版。

廖奔,刘彦君:《中国戏曲发展史》,北京:中国戏剧出版社,2013 年版。

范春义:《焦循戏剧学研究》,南京:凤凰出版社,2012 年版。

张晓兰:《清代经学与戏曲:以清代经学家的戏曲活动和思想为中心》,上海:上海古籍出版社,2014 年版。

陆林:《金圣叹史实研究》,北京:人民文学出版社,2015 年版。

方志、曲目、工具书类

(清)刘华邦纂:[同治]《桂东县志》,《中国方志丛书》,华中地方,313 册。

(清)刘采邦:[同治]《长沙县志》,同治十年刊本。

(清)吴兆熙:[光绪]《善化县志》,光绪三年刊,南京图书馆藏。

(清)[光绪]《北流县志》,二十四卷,光绪六年(1880)刊,宾兴馆藏版,南京图书馆藏。

(清)卞宝第、李瀚章等修,曾国荃、郭嵩焘等纂:[光绪]《湖南通志》,清光绪十一年刻本,《续修四库全书》第 661—668 册。

王国维:《曲录》,1909 年晨风阁刊本,《丛书集成续编》第 71 册。

郑振铎:《西谛书目》,北京:文物出版社,1963 年版。

周明泰:《道咸以来梨园系年小录》,刘绍唐,沈苇窗主编:《平剧史料丛刊》(第一辑),台北:传记文学出版社,1974 年版。

傅惜华:《清代杂剧全目》,北京:人民文学出版社,1981 年版。

庄一拂:《古典戏曲存目汇考》(全三册),上海:上海古籍出版社,1982 年版。

赵景深、张增元:《方志著录元明清曲家传略》,北京:中华书局,1987年版。

王钟翰点校:《清史列传》,北京:中华书局,1987年版。

蔡毅:《中国古典戏曲序跋汇编》,济南:齐鲁书社,1989年版。

湖南省戏曲研究所编:《湖南地方剧种志丛书》,长沙:湖南文艺出版社,1989—1992年版。

中国戏曲志编辑委员会编:《中国戏曲志·湖南卷》,北京:文化艺术出版社,1990年版。

孙楷第:《戏曲小说书录解题》,北京:人民文学出版社,1990年版。

中国艺术研究院戏研所资料室编:《中国戏曲研究书目提要》,北京:中国戏剧出版社,1992年版。

于曼玲:《中国古典戏曲小说研究索引》,广州:广东高等教育出版社,1992年版。

梁淑安、姚柯夫:《中国近代传奇杂剧经眼录》,北京:书目文献出版社,1996年版。

郭英德:《明清传奇综录》,石家庄:河北教育出版社,1997年版。

齐森华、陈多、叶长海主编:《中国曲学大辞典》,杭州:浙江教育出版社,1997年版。

秦国经主编:《清代官员履历档案全编》,上海:华东师范大学出版社,1997年版。

钱仲联:《广清碑传集》,苏州:苏州大学出版社,1999年版。

上海图书馆编、王鹤鸣等主编:《上海图书馆馆藏家谱提要》,上海:上海古籍出版社,2000年版。

李灵年、杨忠主编:《清人别集总目》,合肥:安徽教育出版社,2000年版。

柯愈春:《清人诗文集总目提要》,北京:北京古籍出版社,2001年版。

杨廷福、杨同甫编:《清人室名别称字号索引》(增补本),上海:上海古籍出版社,2001年版。

吴新雷主编:《中国昆曲大辞典》,南京:南京大学出版社,2002 年版。

上海图书馆编:《上海图书馆藏近现代中文期刊总目》,上海:上海科学技术文献出版社,2004 年版。

朱德慈:《近代词人考录》,北京:中国社会科学出版社,2004 年版。

江庆柏:《清代人物生卒年表》,北京:人民文学出版社,2005 年版。

来新夏主编:《清代科举人物家传资料汇编》,北京:学苑出版社,2006 年版。

江庆柏:《清朝进士题名录》,北京:中华书局,2007 年版。

陶君起:《京剧剧目初探》,北京:中华书局,2008 年版。

赵山林:《中国近代戏曲编年(1840—1919)》,上海:华东师范大学出版社,2008 年版。

吴平、回达强主编:《历代戏曲目录丛刊》,扬州:广陵书社,2009 年版。

来新夏:《近三百年人物年谱知见录(增订本)》,北京:中华书局,2010 年版。

论文类

报刊论文

吴晓铃:《〈红楼梦〉戏曲》,《文汇报》,1962 年 7 月 4 日,第 3 版。

杨瑾琤:《杨恩寿的生卒年》,《文汇报》,1962 年 7 月 7 日,第 3 版。

梁淑安:《杨恩寿的戏剧创作》,中国社会科学院文学所编、《中国近代文学百题》编写组,《中国近代文学百题》,北京:中国国际广播出版社,1989 年版。

赵山林:《杨恩寿对戏曲研究的贡献》,《山西师大学报》(社会科学版),1998 年第 1 期。

梁淑安:《戊戌维新前后中国戏剧的变革》,《文史知识》,1999 年第 6 期。

周华娆:《从题剧词看杨恩寿的人生观》,《中山大学研究生学刊》(社会科学版),2000 年第 1 期。

周华娆:《论杨恩寿的题剧词》,《广东教育学院学报》,2000 年第 1 期。

刘奇玉:《末世商音——杨恩寿及其〈坦园六种曲〉》,《湖南工程学院学报》,2002 年第 2 期。

刘奇玉:《杨恩寿的戏剧理论体系探析》,《艺术百家》,2002 年第 4 期。

朱德慈:《〈清人别集总目〉订补(续)》,《南阳师范学院学报》(社会科学版),2004 年第 11 期。

曾凡安:《李鸿章戏曲活动考论》,《艺术百家》,2004 年第 1 期。

易惠莉:《科举制下湖南士人的生活和精神状态——以长沙杨恩寿为例》,《社会科学》,2006 年第 5 期。

刘玉珺:《越南使臣与中越文学交流》,《学术研究》,2007 年第 1 期。

明光:《焦循戏剧理论新议》,《艺术百家》,2008 年第 4 期。

刘于锋:《杨恩寿曲学思想新论》,《戏剧文学》,2010 年第 12 期。

张宇:《越南贡使与中国伴送官的文学交游——以裴文祀与杨恩寿的交游为中心》,《学术探索》,2010 年第 4 期。

张宇、许建中:《杨恩寿生平考论——兼论晚清湖南中下层士人的生存轨迹》,《湖南社会科学》,2010 年第 5 期。

王婧之:《杨恩寿与湖湘文化——以研究杨恩寿戏曲作品为中心》,《湖南大学学报》(社会科学版),2011 年第 1 期。

张惠思:《游幕、地方戏与"藉张吾楚"意识——论杨恩寿的游幕生活与戏曲的关系》,《戏曲研究》第 86 辑(2012 年第 3 期)。

刘于锋:《清代戏曲家陆和钧行实系年》,《中华戏曲》第 46 辑(2013 年第 1 期)。

程华平:《古代戏曲家的身份意识与演剧观念之生成》,《戏剧艺术》,2015 年第 4 期。

汪超、谭帆:《古代曲家的身份认同与观念阐释》,《文艺研究》,2015 年第 5 期。

学位论文

杨飞:《乾嘉时期扬州剧坛研究》,博士学位论文,华东师范大学,2006年。

张宇:《杨恩寿研究——以戏曲为中心》,博士学位论文,扬州大学,2011年。

张惠思:《文人游幕与清代戏曲》,博士学位论文,北京大学,2011年。

伍光辉:《清代湖南杂剧传奇研究》,博士学位论文,华中师范大学,2013年。

何湘:《清代湖湘文人社群研究》,博士学位论文,苏州大学,2015年。

周华娆:《杨恩寿的生平与他的戏曲创作》,硕士学位论文,中山大学,2000年。

王夏迎:《杨恩寿戏曲研究》,硕士学位论文,华东师范大学,2009年。

张园园:《〈坦园日记〉中的戏曲史料研究》,硕士学位论文,山西师范大学,2013年。

张晶晶:《杨恩寿笔下的戏曲史料考索》,硕士学位论文,湖南师范大学,2013年。

后　记

本书是我在硕士论文《杨恩寿戏曲研究》的基础上修改而成的，可以算作是前对一段时间的学习历程和状态的记录与总结。

从2008年考入南京师范大学开始攻读硕士学位，直到2014年获博士学位，期间得以忝列陆林先生之门墙。先生的谨严在学界是有名的，每次去见先生，总是有一种莫名的忐忑，而后来则逐渐认识到这种谨严乃是一种规范自我的学术态度和纯粹的学术理念。当年我把硕士论文的选题《杨恩寿戏曲研究》送到先生面前，获得了肯定与支持，在写作过程中更是深深体会到先生这种"谨严"的督责和期许。平时的简短交谈，总能让我认识到问题所在，三言两语的点拨，总能给我提出可操作性的意见。

先生特别注重实证研究，强调文献实证与理论研究结合、文艺研究与史学研究结合的治学方法，对我很有启发。在《金圣叹史实研究》"导言"中，先生认为实证研究"需要长期沉潜其中，培植细腻的文献敏感性，激发热情的史实探求欲望；它需要耐得住书房的寂寞"（人民文学出版社，2015年版，第17页）。这对我来说更是一种鞭策。然而天不假年，2016年3月9日，先生在饱受病痛的折磨中遽归道山，令人泣涕哀痛，百身莫赎。而由于自己有时与先生沟通不足，导致一些遗憾永远无法弥补，只待以后更加努力，来回报先生的培育之恩。

感谢师母多年的关心，感谢同门兄弟姐妹，特别是王卓华、裴喆、侯荣川、刘叙武、吴春彦、张小芳、孟宪华、周凌云、张岚岚、胡瑜、张芳等对我的帮助。

感谢孙书磊教授多年的关心和指导，孙老师温雅勤勉，让我在专业的学习方法上得到了锻炼，其治学态度和精神对我也是一种激励。曹辛华教授从词学的角度进行指点，曾建议我将杨恩寿的词学观点、词学活动以及词的创作写成专文。

感谢朱万曙教授在百忙中为本书赐序，车文明教授对本书出版十分关心，并提供出版资助，范春义教授提出切中肯綮的修改建议，赵廷琛教授、宋希芝教授对我的鼓励，也是我一直感怀的。

感谢长沙市文物局师磊先生提供重要信息，使我及时联系到杨氏后人。感谢杨恩寿曾孙杨瑾珪先生，还记得 2010 年 4 月份电话联系到杨先生时，我简单说明自己的意图，当时杨先生耐心回答我提出的一连串问题，随后慷慨地通过电子邮件提供杨恩寿碑文照片和释文等重要资料。这弥补了我此前到长沙石马铺的后山上寻觅杨恩寿墓而未得的遗憾。

在写作和修改过程中，经常向徐波、王以兴、昝圣骞、廖建明、吴松、顾春军、晁胜杰、杨祥民、姜永帅诸兄请教问题，获益良多。此后，熊言安兄将在《近代史所藏清代名人稿本抄本》中查到的杨恩寿诗歌手稿及时提供给我，叶康宁兄也提供重要的书影资料，王阳师弟以及周伟娟、时双双同学帮我查阅、核对资料。在此一并感谢。

感谢父母多年来对我的理解和支持，感谢妻子黄莹多次为本书进行细心校对。

以杨恩寿的戏曲活动为中心进行个案研究，考证戏曲家的生平、戏曲创作等内容，表面上看起来，这并不是很“宏大”的题目，而且可能难以构建出新的“理论体系”。但是，恰恰通过这样的个案，能让人在史实考证、文本细读、艺术特征分析等方面能得到多方位的、系统的学术训练，认识到以小见大的重要性。

限于本人目前的学识和眼界，本书难免存在一些疏误，祈请方家正之。

2017 年 4 月